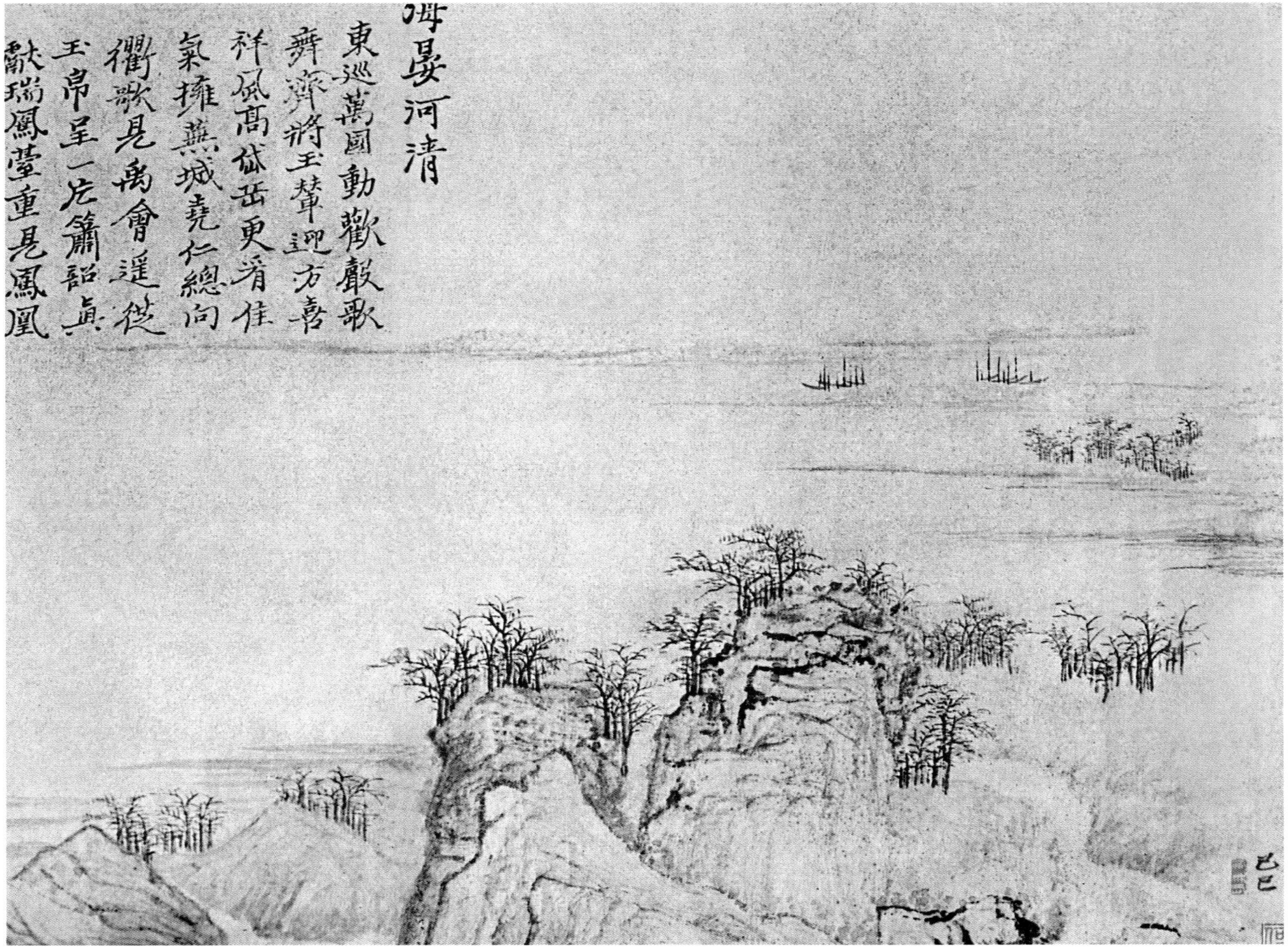

東巡渡河詩

蒼蒼荼荼巡河濱
荼荼新禾藹芊芊
雅樂見聞甚工動
進呈獻玉華動歡
還荼葦層歌迎歡
鳳進荒荒磊選
磊選湧淒蓼渺

元濟「海晏河清圖」——元濟，即石濤，清初最受推崇之大畫家，生於明崇禎十三年左右，比韋小寶約大十六歲。本圖作於己巳年，即康熙八年，該年簽署尼布楚條約，康熙南巡至揚州、杭州亦在該年。石濤繪製此圖以頌，題詞中有「克仁總角衛歌」句，頌揚康熙為堯舜，即韋小寶所謂之「鳥生魚湯」。自來評者稱石濤為明宗室，臺中每有泰雄故國之思。然馮曾遙從玉帝星君，生民安樂，石濤深為感動，因此也要「臣僧元濟九頓首」了。本書五集封面，作者皆與韋小寶同時見。然其時天下太平，生民安樂，石濤深為感動，因此也要「臣僧元濟九頓首」了。

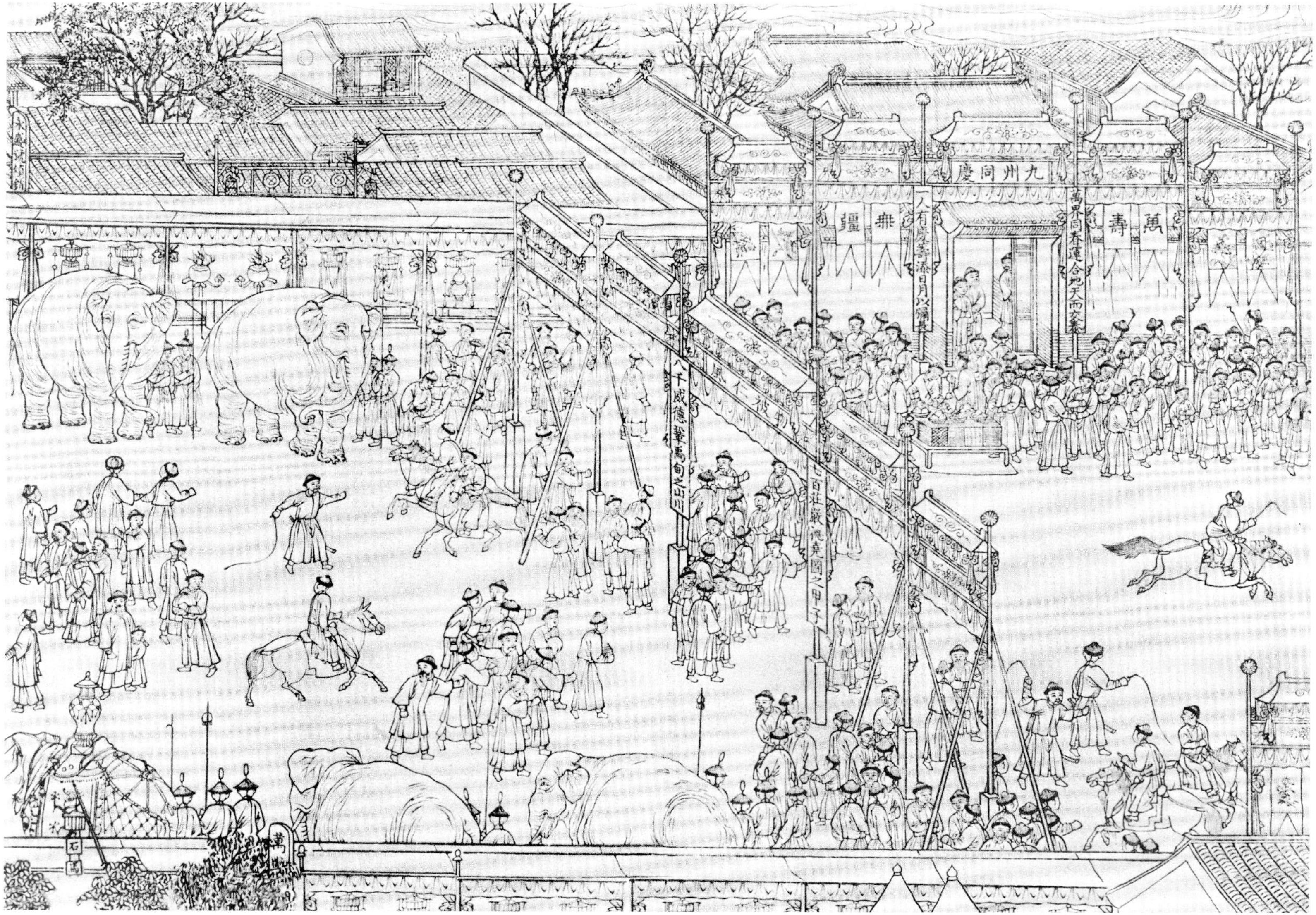

萬壽貢象圖——康熙五十歲生日，全國盛大慶祝，南方屬國貢象祝賀。此木刻版畫根據王原祁所主持繪畫之長卷而作，係當時情景之寫實。

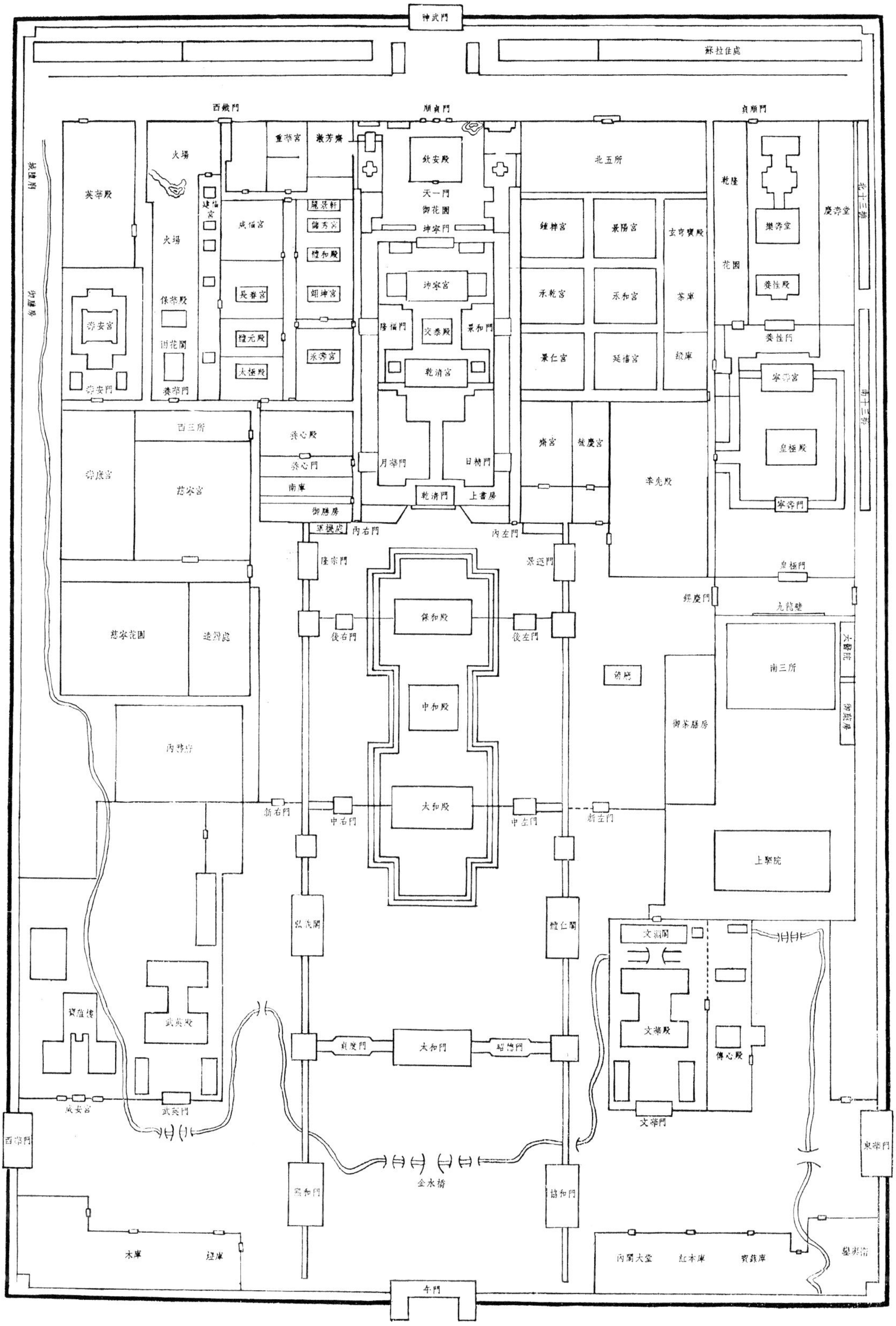
神武門
蘇拉住處
西鐵門
順貞門
貞順門
重華宮
漱芳齋
欽安殿
天一門
御花園
坤寧門
北五所
英華殿
火場
建福宮
咸福宮
麗景軒
儲秀宮
體和殿
長春宮
翊坤宮
體元殿
太極殿
坤寧宮
交泰殿
景和門
隆福門
乾清宮
鍾粹宮
景陽宮
玄穹寶殿
承乾宮
永和宮
茶庫
景仁宮
延禧宮
緞庫
乾隆
花園
樂壽堂
養性殿
養性門
慶壽堂
寧壽宮
皇極殿
寧壽門
壽安宮
壽安門
雨花閣
西三所
養心殿
養心門
南庫
御膳房
軍機處
內右門
內左門
月華門
日精門
乾清門
上書房
齋宮
毓慶宮
奉先殿
壽康宮
慈寧宮
隆宗門
景運門
慈寧花園
造辦處
保和殿
後右門
後左門
皇極門
錫慶門
九龍壁
南三所
箭亭
中和殿
內務府
御茶膳房
太和殿
中右門
中左門
上駟院
弘義閣
體仁閣
文淵閣
文華殿
傳心殿
武英殿
寶蘊樓
貞度門
太和門
昭德門
咸安宮
武英門
西華門
東華門
文華門
金水橋
熙和門
協和門
木庫
內閣大堂
紅本庫
午門

紫禁城各宮殿。

康熙中年時畫像（部分）——臉有壽斑，微有白髮，當接近原貌。

康熙中年時畫像——現藏紐約大都會博物館。

荷蘭兵首次登陸澎湖，當地人民奮起擲石抵抗。

荷蘭據臺之熱蘭遮要塞受到鄭成功軍砲轟。

鄭成功軍攻熱蘭遮要塞，荷蘭兵船紛紛為鄭軍擊沉。以上海戰諸圖，錄自《被忽視的臺灣》一書，該書作者署名C. E. S.，即當時駐守臺灣的荷蘭總督揆一及其僚屬。書中指責荷蘭當局忽視臺灣。

荷蘭軍被擊敗後，荷軍總督揆一及官兵列隊通過鄭成功的受降台。

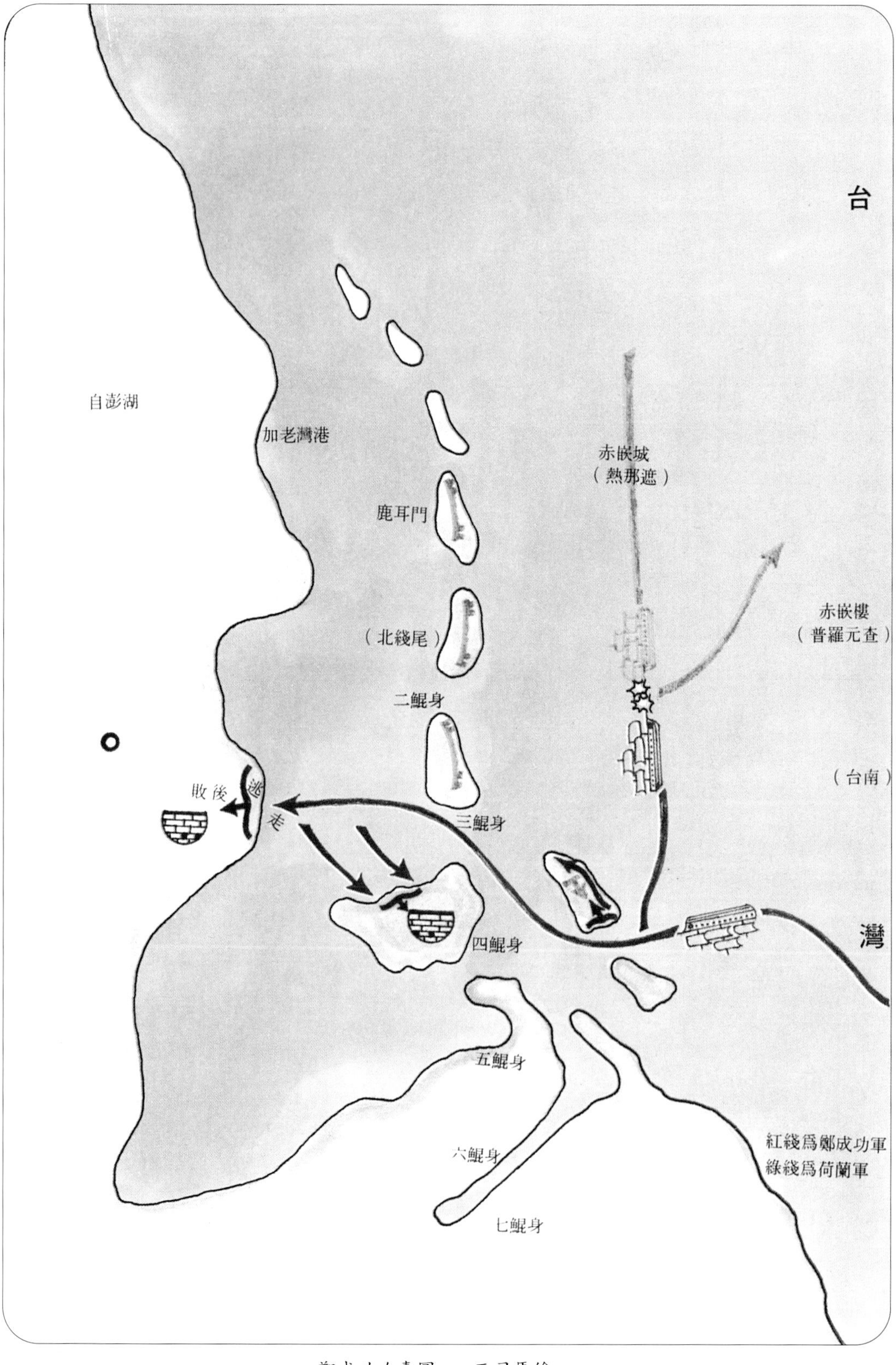
台
自澎湖
加老灣港
鹿耳門
（北綫尾）
二鯤身
三鯤身
四鯤身
五鯤身
六鯤身
七鯤身
赤嵌城
（熱那遮）
赤嵌樓
（普羅元查）
（台南）
敗後
逃走
灣
紅綫爲鄭成功軍
綠綫爲荷蘭軍

鄭成功攻臺圖——王司馬繪。

大字版

鹿鼎記

金庸

⑨智取神龍

鹿鼎記(大字版) / 金庸作. -- 二版.
-- 臺北市：遠流, 2017.10
冊； 公分. -- (大字版金庸作品集；63–72)

ISBN 978-957-32-8144-3 (全套：平裝).

857.9 106016902

大字版金庸作品集⑺

鹿鼎記 (9)智取神龍 「公元2006年金庸新修版」

The Duke of the Mount Deer, Vol. 9

作　者／金　庸

封面設計／唐壽南　內頁插畫／姜雲行

發 行 人／王　榮　文
出版・發行／遠流出版事業股份有限公司
臺北市中山北路一段11號13樓
電話／25710297　傳真／25710197　郵撥／0189456-1

□2006年10月 1 日　初版一刷
□2022年 3 月16日　二版四刷

大字版　每冊 380 元（本作品全十冊，共3800元）
〔另有典藏版共36冊（不分售），平裝版共36冊，新修版共36冊，新修文庫版共72冊〕

ISBN　978-957-32-8144-3（套：大字版）
ISBN　978-957-32-8142-9（第九冊：大字版）
Printed in Taiwan

YLib 遠流博識網
http://www.ylib.com　E-mail:ylib@ylib.com

目錄

何惕守突然左手伸出，抓住韋小寶後頸，將他提在左側，但聽得嗤嗤嗤聲響，桌上三枝蠟燭登時熄滅，對面板壁上啪啪之聲，密如急雨般響了一陣。

第四十一回　漁陽鼓動天方醉　督亢圖窮悔已遲

次日韋小寶帶同隨從兵馬，押了吳之榮和毛東珠離揚州回京。康熙的上諭宣召甚急，一行人在途不敢躭誤停留，不免少了許多招財納賄的機遇。

沿途得訊，吳三桂起兵後，雲南提督張國柱、貴州巡撫曹申吉、提督李本深等歸降，雲南巡撫朱國治遭殺、雲貴總督甘文焜自殺。這日來到山東，地方官抄得邸報，呈給欽差大臣，乃是康熙斥責吳三桂的詔書。韋小寶叫師爺誦讀解說。那師爺捧了詔書讀道：

「逆賊吳三桂窮蹙來歸，我世祖章皇帝念其輸款投誠，授之軍旅，錫封王爵，盟勒山河；其所屬將弁，崇階世職，恩賚有加；開闢滇南，傾心倚任。迨及朕躬，特隆異數，晉爵親王，重寄干城，實託心膂，殊恩優禮，振古所無。」

韋小寶聽了師爺的解說，不住點頭，說道：「皇上待這反賊的確不錯，半分沒吹牛皮。像我韋小寶，對皇上忠心耿耿，也不過封個伯爵，要封到親王，路還差著這麼一大截呢。」

那師爺繼續誦讀：

「詎意吳三桂性類窮奇，中懷狙詐，寵極生驕，陰圖不軌，於本年七月內，自請搬移。朕以吳三桂出於誠心，且念及年齒衰邁，師徒遠戍已久，遂允所請，令其休息。乃飭所司安插周至，務使得所，又特遣大臣往宣諭朕懷。朕之待吳三桂，可謂體隆情至，蔑以加矣。近覽川湖總督蔡毓榮等奏：吳三桂徑行反叛，背累朝豢養之恩，逞一旦鴟張之勢，播行兇逆，塗炭生靈，理法難容，人神共憤。」

韋小寶聽一句解說，讚一句：「皇上寬宏大量，沒罵吳三桂的奶奶，算得是很客氣了。」

張勇、趙良棟、王進寶、孫思克，以及李力世等在側旁聽，均想：「聖旨中只說皇帝待他好到不能再好，斥責吳三桂忘恩負義，不提半句滿漢之分，也不提他如何殺害明朝王室，可十分高明，好讓天下都覺吳三桂造反是大大的不該。」

那師爺繼續讀下去，敕旨中勸諭地方官民不可附逆，就算已誤從賊黨，只要悔罪歸誠，也必不究既往，親族在各省做官居住，一概不予株連，不必疑慮。詔書中又道：

「其有能擒吳三桂投獻軍前者，即以其爵爵之；有能誅縛其下渠魁，及以兵馬城池歸命自效者，論功從優取錄，朕不食言。」

韋小寶聽那師爺解說：「皇上答允，只要誰能抓到吳三桂獻到軍前，皇上就封他為平西親王。」不由得心癢難搔，回顧李力世等人，說道：「咱們去把吳三桂抓了來，弄他個平西親王做做，倒也開胃得很。」衆人齊聲稱是。張勇等武將均想：「吳三桂兵多將廣，要抓到他談何容易？」李力世等心想：「我們要殺吳三桂，是為了他傾覆漢人江山，難道眞是為韃子皇帝出力？但如韋香主做了平西親王，在雲南帶兵，再來造反，倒也不錯。那時我們天地會造反，就未必輸了。」

韋小寶聽完詔書，下令立即啓程，要儘快趕回北京，討差出征，以免給人趕在頭裏，先把吳三桂抓到了，搶去了平西親王的封爵。

這一日來到香河，離京已近，韋小寶吩咐張勇率領大隊，就地等候，嚴密看守欽犯毛東珠，自己帶同雙兒和天地會羣雄，押了吳之榮，折向西南，去莊家大屋，要親自交給莊家三少奶，以報答她相贈雙兒這麼個好丫頭的厚意。

傍晚時分，來到一處鎭上，離莊家大屋尚有二十餘里，一行人到一家飯店打尖。這時各人已換了便服，將吳之榮點了啞穴和上身幾個穴道，卻不綁縛，以免駭人耳目。衆人圍坐在兩張板桌之旁。無人願和吳之榮同桌，雙兒怕他逃走，獨自和他坐了一桌，嚴加監視。

飯菜送上，各人正吃喝間，十幾個官兵走進店來，爲首一人是名守備，店外馬嘶聲不絕，兩名兵士自行打水飼馬。一名把總大聲吆喝，吩咐趕快殺鷄做飯，說道有緊急公事，要趕去京裏報訊。掌櫃的喏喏連聲，催促店伴侍候官老爺，親自替那守備揩抹桌椅。

一批官兵剛坐定，鎭口傳來一陣車輪馬蹄聲，在店前停車下馬，幾個人走進店來。當先二人是精壯大漢。第三人卻是個癆病鬼模樣的青年漢子，又矮又瘦，兩頰深陷，顴骨高聳，臉色蠟黃，沒半分血色，隱隱現出黑氣，走得幾步便咳嗽一聲。他身後一個老翁、一個老婦並肩而行，看來都已年過七旬。那老翁也身材瘦小，但精神矍鑠，一部白鬚飄在胸口，滿臉紅光。那老婦比那老翁略高，腰板挺直，雙目炯炯有神。最後兩個都是二十來歲的少婦。瞧這七人的打扮，那病漢衣著華貴，是個富家員外，兩男兩女是僕役、僕婦。翁媼二人身穿青布衣衫，質料甚粗，但十分乾淨，瞧不出是甚麼身分。

那老婦道：「張媽，倒碗熱水，侍候少爺服藥。」一名僕婦應了，從提籃中取出一隻瓷碗，提起店中銅壺，在碗中倒滿了熱水，盪了幾盪傾去，再倒了半碗水，放在病漢面前。那老婦從懷中取出一個瓷瓶，打開瓶塞，倒出一粒紅色藥丸，拿到病漢口邊。病漢張開嘴巴，那老婦將藥丸放在他舌上，拿起水碗餵著他吞了藥丸。病漢服藥後喘氣不已，連聲咳嗽。

老翁、老婦凝視著病漢，神色間又關注，又擔憂，見他喘氣稍緩，停了咳嗽，兩人都長長吁了口氣。病漢皺眉道：「爹、媽，你們老是瞧著我幹麼？我又死不了。」老翁哼了一聲，轉開了頭。老婦笑道：「說甚麼死啊活啊的，我孩兒長命百歲。」

韋小寶心道：「這傢伙就算吃了玉皇大帝的靈丹，也活不了幾天啦。原來這老頭兒、老婆子是他爹娘，這癆病鬼定是從小給寵壞了，爹娘多瞧他幾眼便發脾氣。」

那老婦道：「張媽、孫媽，你們先去熱了少爺的參湯，再做飯菜。」兩名僕婦答應了，各提一隻提籃，走向後堂。

官兵隊中那守備向掌櫃打聽去北京的路程。掌櫃道：「衆位老爺今日再趕二三十里路，到前面鎮上住店。明兒一早動身，午後準能趕到京城。」那守備道：「我們要連夜趕路，住甚麼店？掌櫃的，打從今兒起一年內，包你生意大旺，得多備些好酒好菜，免得到時候手忙腳亂。」那掌櫃笑道：「老爺說得好。小店生意向來平常，像今天這樣的生意，一個月中難得有幾天，那是衆位老爺和客官照顧。哪能天天有這麼多貴人光臨呢？」

那守備笑道：「掌櫃的，我教你一個乖。吳三桂造反，已打到了湖南，我們是趕到京裏去呈送軍報文書的。這一場大仗打下來，少說也得打他三年五載。稟報軍情的天天要打從這裏經過，你這財是有得發了。」掌櫃連聲道謝，心裏叫苦不迭：「你們總爺的生意有甚麼好做？大吃大喝下來，大方的隨意賞幾個小錢，兇惡的打人罵人之後，一拍屁股就走。別說三年五載，就只一年半載，我也得上吊了。」

韋小寶和李力世等聽說吳三桂已打到了湖南，都是一驚：「這廝來得好快。」錢老本低聲道：「我去問問？」韋小寶點點頭。

錢老本走到那守備身前，滿臉堆笑，抱拳道：「剛才聽得將軍大人說，吳三桂已打到了湖南。小人的家眷在長沙，很是掛念，不知那邊打得怎樣了？長沙可不要緊嗎？」

那守備聽他叫自己為「將軍大人」，心下歡喜，說道：「長沙要不要緊，倒不知道。吳三桂派了他手下大將馬寶，從貴州進攻湖南，沅州是失陷了，總兵崔世祿被俘。吳三桂部下的張國柱、龔應麟、夏國相正分頭東進。另一名大將王屏藩去攻四川，聽說兵勢很盛。川湘一帶的百姓都在逃難了。」

錢老本滿臉憂色，說道：「這……這可不大妙。不過大清兵很厲害，吳三桂不見得能贏罷？」那守備道：「本來大家都這麼說，但沅州這一仗打下來，吳三桂的兵馬挺不易抵擋，唉，局面很難說。」錢老本拱手稱謝，回歸座上。天地會羣雄有的心想：「別讓吳三桂這大漢奸做成了皇帝。」有的心想：「最好吳三桂打到北京，跟滿清韃子鬥個兩敗俱傷。」

眾官兵匆匆吃過酒飯。那守備站起身來，說道：「掌櫃的，我給你報了個好消息，這頓酒飯，你請了客罷。」掌櫃哈腰陪笑，道：「是，是。當得，當得。眾位大人慢走。」那守備笑道：「慢走？那可得坐下來再吃一頓了。」掌櫃神色尷尬，只有苦笑。

那守備走向門口，經過老翁、老婦和病漢的桌邊時，那病漢突然一伸左手，抓住了他胸口，說道：「你去北京送甚麼公文？拿出來瞧瞧。」那守備身材粗壯，但給他一抓之下，登時蹲了下來，身子矮了半截，怒喝：「他媽的，你幹甚麼？」脹紅了臉用力掙扎，卻半分動彈不得。那病漢右手嗤的一聲，撕開守備胸口衣襟，掉出一隻大封套來。那病漢左手輕輕一推，那守備直摔出去，撞翻了兩張桌子，乒乒乓乓一陣亂響，碗碟碎了一地。

眾官兵大叫：「反了，反了！」紛紛挺槍拔刀，向那病漢撲去。病漢帶來的兩名僕役抬拳踢腿，當著的便摔了出去。頃刻之間，眾兵丁躺了一地。

那病漢撕開封套，取出公文來看。那守備嚇得魂不附體，顫聲大叫：「這是呈給皇上的奏章，你……你膽敢撕毀公文，這……這……這不是造反了嗎？」那病漢看了公文，說道：「湖南巡撫請韃子皇帝加派援兵去打平西王，哼，就算派一百萬兵去，還不是……咳咳……還不是給平西王掃蕩得乾乾淨淨。」一面說話，一面將公文團成一團，捏入掌心，幾句話說完，攤開手掌一揚，無數紙片便如蝴蝶般隨風飛舞，四散飄揚。

天地會羣雄見了這等內力，人人變色，均想：「聽他語氣，竟似是吳三桂手下的。」

那守備掙扎著爬起，拔出腰刀，道：「你毀了公文，老子反正也活不成了，跟你拚了！」提刀躍前，猛力向病漢頭頂劈下。那病漢仍然坐著，右手伸出，在守備小腹上微微一推，似乎要他別來滋擾。那守備舉起了刀的手臂忽然慢慢垂將下來，跟著身子軟倒，坐在地下，張大了口，只有出氣，沒有進氣了。給打倒了的兵丁有的已爬起身來，站得遠遠地，有氣沒力的吆喝幾句，誰也不敢過來相救長官。

一名僕婦捧了一碗熱湯出來，輕輕放在病漢之前，說道：「少爺，請用參湯。」老翁、老婦二人對適才這一場大鬧便如全沒瞧見，毫不理會，只留神著兒子的神色。徐天川低聲道：「這幾人挺邪門，咱們走罷。」高彥超去付了飯錢，一行逕自出門。只見那老婦端著參湯，輕輕吹去熱氣，將碗就到病漢嘴邊，餵他喝湯。

韋小寶等走出鎮甸，這才紛紛議論那病漢是甚麼路道。徐天川道：「這人將公文捏成了碎片，功力這等厲害，當真……當真少見。」玄貞道人道：「他在那武官肚子上這麼一推，似乎稀鬆平常，可是要閃避擋格，可眞不容易。風兄弟，你說該當如何？」風際中道：「不該走近他身邊三尺。」羣雄一想，都覺有理，對這一推，不論閃避或擋格，至少要在他三尺之外方能辦到，既已欺得這麼近，再也避不開、擋不住了。

徐天川忽道：「我抓他手腕……」一句話沒說完，便搖了搖頭，知道以對方內勁之強，就算抓住了他手腕，他手掌一翻一扭，自己指骨、腕骨難保不斷。

眾人明知這病漢是吳三桂一黨，但眼見他行兇傷人，竟誰也不敢出手阻攔，雖然被害的是韃子軍官，終究不是眾人平素的俠義豪傑行徑，心有愧意，不免興致索然，談得一會，便均住口。行出數里，忽聽得背後馬蹄聲響，兩騎馬急馳而來。當地已是通向莊家大屋的小道，不能兩騎並行。羣雄正沒好氣，雖聽蹄聲甚急，除了風際中和雙兒勒馬道旁之外，餘人誰也不肯讓道。

轉眼間兩乘馬已馳到身後，羣雄一齊回頭，見馬上騎者竟是那病漢的兩名男僕。一名僕人叫道：「我家少爺請各位等一等，有話向各位請問。」這句話雖非無禮，但目中無人之意卻再也明白不過。羣雄一聽，盡皆有氣。玄貞道人喝道：「我們有事在身，沒功夫等。大家素不相識，有甚麼好問？」那僕人道：「是我家少爺吩咐的，各位還是等一等的好，免得大家不便。」言語中更是充滿了威嚇。

錢老本問道：「你家主人，是吳三桂手下的嗎？」那僕人道：「呸！我家主人何等身分，怎能是平西王的手下？」羣雄均想：「他不說吳三桂而稱平西王，定跟吳賊有點兒淵源。」便在此時，車輪聲響，一輛大車從來路馳到。那僕人道：「我家主人來了。」勒轉馬頭，迎了上去。羣雄此時若縱馬便行，倒似怕了那病漢，當下一齊駐馬等候。

大車馳到近處，一名僕婦駕車，另一名僕婦掀起車帷，只見那病漢坐在正中，他父母坐在其後。那病漢向羣雄瞪了一眼，問道：「你們爲甚麼點了這人的穴道？」說著向吳之榮一指，又問：「你們是甚麼人？要上那裏去？」聲音尖銳，語氣十分倨傲。

玄貞道人說道：「尊駕高姓大名？咱們素不相識，河水不犯井水，幹麼來多管閒事？」那病漢哼了一聲，說道：「憑你也還不配問我姓名。我剛才問的兩句話，你聽見了沒有？怎不回答？」玄貞怒道：「我不配問你姓名，你也不配問我們的事。吳三桂造反作亂，是個大奸賊，你口口聲聲稱他平西王，定是賊黨。我瞧尊駕已病入膏肓，還是及早回家壽終正寢，免得受了風寒、傷風咳嗽，一命嗚呼。」

天地會羣雄哈哈大笑聲中，突然間人影晃動，啪的一聲，玄貞左頰已重重吃了記巴掌，跟著左脅中掌，摔下馬來。這兩下迅捷無倫，待他倒地，羣雄才看清楚出手的原來竟是那老婦。她兩掌打倒了玄貞，雙足在地下一頓，身子飛起，倒退著回坐車中。

羣雄大譁，齊向大車撲去。那病漢抓住趕車的僕婦背心，輕輕一提，已和她換了位子，將僕婦抓入車中，自己坐了車把式的座位。

這時正好錢老本縱身雙掌擊落，那病漢左手揮拳打出，和他雙掌相碰，竟然無聲無息。錢老本只覺一股強勁的大力湧到，身不由主的兩個觔斗，倒翻出去，雙足著地後待要立定，突覺雙膝無力，便要跪倒，大駭之下，急忙用力後仰摔倒，才免了向敵人跪倒之辱。

錢老本剛摔倒，風際中跟著撲至。那病漢又揮拳擊出。風際中不跟他拳力相迎，右掌中途變向，突然往他頸中斬落。那病漢「咦」的一聲，似覺對方武功了得，頗出意料之外，右手拇指扣住中指，向他掌心彈去。風際中立即收掌，右腳踏上騾背。

高彥超和樊綱分向兩名男僕進攻。二僕縱馬退開，叫道：「讓少爺料理你們。」高樊二人均想和對方僕從動手，勝之不武，見二僕退開，正合心意，當即轉身，雙雙躍起，攻那病漢左側。突然那騾子長聲嘶叫，軟癱在地，帶動大車跟著傾側。原來風際中踏上騾背，足底暗運重力，一踹之下，騾子脊骨便斷。

那病漢足不彈、身不起，在咳嗽聲中已然站在地下。車中老翁、老婦分別提著一名僕婦從車中躍出。這三人行動似乎並不甚快，但都搶著先行離車，大車這才翻倒。

錢老本和徐天川向老翁、老婦搶去。那老婦左手搖動，右手指向病漢，說道：「你們過去，陪我孩兒玩玩。」一邊說邊笑，竟是要二人去挨她兒子的拳頭，好讓他高興高興。

徐天川右拳向那老翁頭頂擊落，只是見他年紀老邁，雖知他武功不弱，還是生怕一拳打死了他，喝道：「看拳！」手上也只使了三成力。他自從失手打死白寒松，和沐王府鬧出不少糾紛後，已然深自戒惕。

那老翁伸手一把揑住了他拳頭。這老翁身材瘦小，手掌竟然奇大，揑住他拳頭後，說道：「到那邊玩去！」徐天川年紀雖比這老翁小得多，卻也已是個白髮老頭，這老翁這句話，卻如是對頑童說話的語氣。徐天川右手用力回奪，左拳跟著擊出。這一招「青龍白虎」本是相輔相成的招式，左拳並非眞的意在擊中對方，只是要迫敵鬆手，但若對方不肯鬆手，這一拳便正中鼻樑。

那老翁展臂送出，鬆開了手。徐天川只覺一股渾厚之極的大力推動過來，再加上自己左拳正用力打出，右力向後，左力向前，登時身如陀螺急轉，直向那病漢轉了過去。

那病漢正和風際中、高彥超、樊綱、李力世四人相鬥，見徐天川轉到，拍手笑道：「有趣，有趣！」四人的拳腳正如疾風驟雨般向他身上招呼，他竟有餘裕拍手歡呼，跟著伸手一撥。徐天川忽然反了個方向，本是右轉，卻變成左轉，急速向那老翁旋轉將過去。那病漢笑道：「爹，好玩得很，你再把這陀螺旋過來！」玄貞奮力衝上。那病漢隨手一撥一推、再撥再推，竟將玄貞、高彥超、樊綱、李力世四人也都轉成了陀螺。只風際中沒給帶動，但也已胸口氣血翻湧，忙躍退三步，雙掌護身。

五位天地會的豪傑都轉個不停，想運力凝住，卻說甚麼也定不下來。如有一人轉的勢道稍緩，那病漢便搶過去一撥一推，旋轉的勢道登時又急了。這情景便如是孩童在桌上旋銅錢一般，五個銅錢在桌上急轉，直立不倒，那一個轉得緩了，勢將傾倒，那孩童又用手指去轉上一轉。

韋小寶只瞧得目瞪口呆，驚駭不已。雙兒站在他身前，提心吊膽的護住了他。韋小寶低聲道：「咱們三十六著。」雙兒道：「快去莊家。」韋小寶道：「對，一到莊家，大吉大利。做莊家的可以吃夾棍，大殺三方。」轉身便走。雙兒拉了吳之榮，跟在後面。

那病漢轉陀螺轉得興高采烈。一對老夫婦臉帶微笑，瞧著兒子。四名僕人拍手喝采，在旁為小主人助興。

那病漢見風際中站穩了馬步，左掌高，右掌低，擺成個「古松矯立勢」，當即欺身上前，伸手往他右肩撥去。風際中右足退了一步，側肩讓開，卻不敢出掌還手。那病漢怒道：「你這壞人，你不轉陀螺？」伸手又往他右肩撥去。風際中又再後退，不料左肩後突然一股大力推到，登時身不由主，在那病漢大笑聲中急速旋轉，待要使「千斤墜」定住身子，卻給那病漢在後腰用力撥動，又轉了起來。

吳之榮見那病漢和對頭為難，陡然間現出生機，當下一步一跌的向前幾步，假裝腳下一絆，摔倒在地。雙兒用力拉扯，他只不肯起身。韋小寶大急，生怕他為人救去，向敵人說出真相，左手托住他下顎，使勁一揑，吳之榮便張開口來。韋小寶從靴筒中拔出匕首，往他口中一絞，將他舌頭割去了大半截。吳之榮痛得暈了過去。

雙兒只道韋小寶已將這奸賊殺死，叫道：「相公，快走！」兩人向前飛奔。

兩人奔不到一里，便聽得身後馬蹄聲響，有人騎馬追來。韋小寶向左首的亂石岡一指，兩人離開小路，奔入亂石堆中。

那病漢和一名僕人騎馬追到，眼見得馬匹不能馳入亂石堆中，那僕人躍下馬來，叫道：「兩個小孩別怕。我家少爺叫你們陪他玩，快回來。」韋小寶道：「要轉陀螺嗎？老子可不幹。」逃得更加快了。那僕人追入亂石堆，韋小寶和雙兒腳下甚快，那僕人追趕不上。那病漢叫道：「捉迷藏麼？有趣，有趣！」下了馬背，咳嗽不停，從南抄來。

韋小寶和雙兒轉身向東北角奔逃，反向那僕人奔去。那僕人撲過來要捉韋小寶。韋小寶使出九難所授的「神行百變」功夫，身子一側，那僕人便撲了個空。雙兒反手一掌，打向他後腰。那僕人見她小小年紀，毫沒放在心上，竟不招架，伸手去扭她右臂。雙兒左掌疾落，嚓的一聲，已斬中他後腰。那僕人吃痛，「啊」的一聲叫了出來，便在這時，雙兒已抓住他右手手腕，反過來一扭，喀喇一響，扭斷了他手肘關節。

那病漢「咦」的一聲，從一塊巖石跳到另一塊巖石，幾個起落，縱到雙兒身前，左手揮出，雙兒頭上帽子落地，滿頭青絲散了開來。那病漢笑道：「是個姑娘！」伸手抓住了她長髮。雙兒「啊」的一聲大叫，一招「雙迴龍」，雙肘後撞，那病漢笑道：「好！」左手自左而右一掠，抓住她兩隻手掌，反在背後，跟著右手將她長髮在她雙手手腕繞了兩轉，再打個結，哈哈大笑。

雙兒急得哭了出來，叫道：「相公，快逃，快逃！」那病漢伸指在她腰裏輕輕一戳，點了穴道，笑道：「他逃不了的。」撇下雙兒，向韋小寶追去，片刻間便已追近。

韋小寶在亂石中東竄西走，那病漢幾次要抓到了，都讓他以「神行百變」功夫逃開。那病漢笑道：「你捉迷藏的本事倒好啊。」韋小寶氣力不足，奔跑了這一陣，已然喘息吁吁，知道再過一會非給他抓到不可，叫道：「你捉我不到，現下輪到我捉你了。你快逃，我來捉你了。」說著轉過來，向那病漢撲去。

那病漢嘻嘻一笑，果眞轉身便逃，也在亂石堆中轉來轉去。韋小寶早瞧出他武功雖高，爲人卻痴痴呆呆，三十歲左右年紀，行事仍如孩童一般，可是他在亂石堆中倏來倏往，剛見他在東邊，眼睛一霎，身形已在西邊出現，神速直如鬼魅。韋小寶又駭異，又佩服，叫道：「我定要捉住你，你逃不了的！」假裝追趕，奔到雙兒身邊，一把將她抱起，大聲叫道：「喂，我就算抱了一個人，也追得上你。」

那病漢哈哈大笑，叫道：「嗚嘟嘟，吹法螺，咳咳……嗚哩哩，吹牛皮！」

韋小寶抱著雙兒，裝著追趕病漢，卻越走越遠。那病漢叫道：「沒用的小東西，你還捉不住我……咳咳……」向著他搶近幾步。韋小寶叫道：「這一下還不捉住你？你咳得逃不動了。」說著作勢向他一撲。

那老婦在遠處怒喝：「小鬼！你膽敢引我孩兒咳嗽！」嗤的一聲，一粒石子破空飛來。石子雖小，聲響驚人。韋小寶叫聲：「啊喲！」蹲下身子躲避，終究慢了一步。那石子正中腿彎，撲地倒了，和雙兒滾成了一團。那老婦道：「抓過來！」另一名男僕縱身過來，抓住韋小寶和雙兒的背心，提到那老婦面前，抛在地下。

那病漢嘻嘻而笑，拍手唱道：「不中用，吃胡蔥，咳咳……跌一交，撲隆通！」

韋小寶又驚又怒，只見徐天川、風際中等人都已給長繩縛住，排成了一串，一名僕婦手中拉著長繩，連吳之榮也縛在一串之末。每人頭垂胸前，雙目緊閉，似乎都已失了知覺。

那老婦道：「這女娃娃女扮男裝，哼，你的分筋錯骨手是那裏學的？那男孩子，你的『神行百變』功夫跟誰學的？」

韋小寶吃了一驚，心想：「這老婆子的眼光倒厲害，知道我這門功夫的名字。」想到人家竟然認了出來，那麼自己的「神行百變」功夫顯然已練得頗爲到家，又不禁有些得意，笑道：「甚麼神行百變？你說我會『神行百變』的功夫？」那老婦道：「呸！你這幾下狗跳不像狗跳，蟹爬不像蟹爬，也算是神行百變了？」韋小寶坐起身來，說道：「是你自己說的神行百變，又不是我說的。我怎知是『神跳百變』呢，還是『神爬百變』？」

那病漢拍手笑道：「你會神跳百變，又會神爬百變，哈哈，有趣。」俯身在韋小寶背上點了一指。韋小寶只感一股炙熱的暖氣直透入身，酸麻的下肢登時靈活，站起身來，說道：「你解穴道的本事，可高明得很哪。」那病漢道：「你快爬，爬一百樣變化出來，又要烏龜爬，又要蛤蟆爬，這才叫得神爬百變。」

韋小寶道：「我不會神爬百變，你如會，你爬給我看。」那病漢道：「我也不會。

我爹說的，武學大師不單是學人家的，還要能別出心裁，獨創一格，才稱得上『大師』。爹，武學之中，有沒『神爬百變』這門功夫？」那老翁皺著眉頭，搖了搖頭。

韋小寶道：「你是武學大師，天下既沒這門功夫，你自己就去創了出來，立一個『神爬門』……」話未說完，屁股上已吃了那老婦一腳，只聽她喝道：「別胡說八道！」那老婦向兒子橫了一眼，臉上微有憂色，似乎生怕兒子聽了這少年的攛掇，眞去創甚麼「神爬百變」的新功夫。她不願兒子多想這件事，又問韋小寶：「你叫甚麼名字？你師父是誰？」

韋小寶心想：「這兩個老妖怪，一個小妖怪……不，中妖怪，武功太強，老子是鬥不過的。好漢不吃眼前虧，只好騙騙他們。老子倘若冒充是吳三桂的朋友，諒他們就不敢難爲我了。」向吳之榮瞥了一眼，靈機一動，說道：「我姓吳，名叫吳之榮，字顯揚，揚州府高郵縣人氏。辣塊媽媽，我的叔父平西王不久就要打到北京來。你們要是得罪了我，平西王可要對你們不客氣了！」

老夫婦和那病漢都大爲驚訝，互相望了一眼。那病漢道：「假的！平西王怎會有你這樣的姪兒？」韋小寶道：「怎會是假？平西王家裏的事，你不妨一件件問我。只要我有一件說錯了，你殺我的頭就是。」那病漢道：「好！平西王最愛的是甚麼東西？」韋小寶道：「你說是東西呢，還是人？他最愛的人，從前是陳圓圓，後來陳圓圓年紀大了，他就喜歡了一個叫作『四面觀音』的美人，現今他最心愛的美人，叫作『八面觀音』。」

那病漢道：「美人有甚麼好愛？我說他最愛的東西。」韋小寶道：「平西王有三件寶貝，他是最愛的了。第一是一張白老虎皮，第二是一顆鷄蛋大的紅寶石，第三是一面老虎花紋的大理石屏風。」那病漢笑道：「哈哈，你倒眞的知道，你瞧！」解開衣扣，左手抓住長袍的大襟往外一揚，露出裏面所穿的皮裘來。那皮裘白底黑章，正是白老虎皮所製。

韋小寶大奇，道：「咦，咦！這是平西王第一心愛的白老虎皮哪，你……你……怎麼偷了得來？」那病漢得意洋洋的道：「甚麼偷了得來？是平西王送我的。」

韋小寶搖頭道：「這個我可不信了。我聽我姊夫夏國相說……」那病漢道：「夏國相是你姊夫？」韋小寶道：「是，是堂姊夫，我堂姊吳之……吳之芳，是嫁給他做老婆的。我姊夫很會打仗，是平西王麾下十大總兵之一。」那病漢點頭道：「這就是了。平西王請我爹媽和我喝酒，我爹媽不去，我獨自去了。平西王親自相陪。他手下的十大總兵都來了。你姊夫排在第一個。」韋小寶道：「是啊，還有馬寶馬大哥、王屏藩王大哥，都是頂括括的戰將，好威風啊，好殺氣！」

那病漢道：「你姊夫說我這張白老虎皮怎樣？」

韋小寶一意討他歡心，信口開河：「我姊夫說，當年陳圓圓最得寵之時，受了風寒，有點兒傷風咳嗽，聽人說，只要拿這張白老虎皮當被蓋，蓋得三天，立刻就好了。她向吳……向平西王討這張白老虎皮。平西王言道：『借你蓋幾天是可以的，賜給你就不行了。這是天下最吉祥的寶貝，八百年只出一隻白老虎，就算出了，也未必打得到，剝不到皮。這張白老虎皮放在屋裏，邪鬼惡魔一見到，立刻就逃得遠遠地。身上有病，也不用吃藥，只須將白老虎皮當被蓋，蓋不了幾天就皮到病除，全都好了。人家賭牌九，左門叫作青龍，右門叫作白虎。青龍皮、白虎皮，都是無價之寶。』」

那老婦聽他說得活靈活現，兒子身上有病，那是她唯一關心之事，聽說白虎皮當被蓋可治咳嗽，雖不甚信，卻亟盼當眞如此，說道：「孩兒，平西王將這件寶貝送了給你，你面子可不小啊。你做了皮袍子穿，眞聰明，倘若這白虎皮眞能治病……」那病漢皺眉道：「我又沒病，你儘提幹麼？」那老婦笑道：「是，是。你生龍活虎一般，這幾個都是江湖好漢，卻給你轉陀螺、耍流星，玩了個不亦樂乎。」那病漢哈哈大笑，笑聲中夾著幾聲咳嗽。那老婦道：「你晚上睡覺之時，咱們記得把皮袍子蓋在被上。」病漢轉過了頭不理。

那老翁一指風際中等人，問道：「這些都是平西王的手下？」韋小寶心想：「我冒充是老漢奸的姪子不打緊。要徐三哥他們認是吳三桂的手下，那可一萬個不願意了。他們骨頭硬，別要言語中露出了馬腳。」說道：「他們都是我的手下。我們聽說平西王起義，額駙和公主留在京裏，逃不出來。這吳應熊哥哥跟我最說得來，交情再好不過，我帶這批朋友想到北京去救額駙。這件事雖然凶險，可是大家義氣爲重，這叫赴湯蹈火，在所不辭，明知是刀山劍林，也要去闖了。」這幾句話，可說得慷慨激昂之至。

那老翁點了點頭，走過去雙手幾下拉扯，登時將縛住風際中等人的長繩拉斷，跟著在每人背心輕拍兩記，推拿數下，解開了各人被封的穴道。一名僕婦去解開了雙兒縛住兩手的頭髮。那老翁對韋小寶道：「單憑你這一面之辭，也不能全信，這事牽連重大，你說是平西王的姪子，可有甚麼證據？」

韋小寶笑道：「老爺子，這可爲難了。我的爹娘卻不是隨身帶的。這樣罷，咱們去北京見額駙，倘若他已給皇帝拿了，咱們就去見建寧公主。公主定會跟你們說，我是貨眞價實、童叟無欺的吳之榮。」心想一到北京，那裏還怕你們胡來，就算當眞給他們扭了去見建寧公主，自己就冒充是天上的玉皇大帝，公主也必點頭稱是。

那老翁和老婦對望了一眼，沉吟未決。韋小寶突然想起，笑道：「啊，有了，我身上有一封平西王寫的家書，這封信給旁人見到了，我不免滿門抄斬。你們既是平西王的朋友，瞧一瞧倒也不妨。」說著伸手入懷，取出查伊璜假造的那封書信，交給老翁。

那老翁抽出書箋，在沉沉暮色之中觀看。韋小寶還怕他們不懂，解說道：「斬白蛇、唱大風歌甚麼的，是說朱元璋……」他不解說倒好，一解便錯，將劉邦的事說成了朱元璋，幸好那老翁、老婦正在凝神閱信，沒去留意他說些甚麼。
那老婦看了信後，說道：「那是沒錯的了。平西王要做漢高祖、明太祖，請他去做張子房、劉伯溫。二哥，平西王說起義是爲了復興明室，瞧這信中的口氣，哼，他……他自己其志不小哇。」向韋小寶瞧了一眼，說道：「你年紀輕輕……」心中自然是說：「你這小娃兒，也配做張子房、劉伯溫麼？」
那老翁將信摺好，套入信封，還給韋小寶，道：「果然是平西王的令姪，我們適才多有得罪。」韋小寶笑道：「好說，好說。不知者不罪。」這時徐天川等均已醒轉，聽韋小寶自稱是吳三桂的姪兒，對方居然信之不疑，無不大爲詫異，但素知韋香主詭計多端，當下都默不作聲。韋小寶心想：「老子曾對那蒙古大鬍子罕帖摩冒充是吳三桂的兒子，兒子都做過，再做一次姪兒又有何妨？下次冒充是吳三桂的爸爸便是，只要能翻本，就不吃虧。」
這時天色已甚爲昏暗，衆人站在荒郊之中，一陣陣寒風吹來，那病漢不住咳嗽。
韋小寶問道：「請問老爺子、老太太貴姓？」那老婦道：「我們姓歸。」韋小寶心道：「甚麼姓不好姓，卻去姓個烏龜的『龜』，眞正笑話奇談。」那老婦瞧著兒子，說道：「這就天黑了，得找個地方投宿，別的事慢慢再商量。」韋小寶道：「是，是。剛才我在山岡之上，見到那邊有煙冒起來，有不少人家，咱們這就借宿去。」說著向莊家大屋的方向一指。其實此處離莊家大屋尚有十來里地，山丘阻隔，瞧得見甚麼炊煙？

那男僕牽過兩匹馬來，讓病漢、老翁、老婦乘坐。老婦和病漢合乘一騎，她坐在兒子身後，伸手摟住了他。韋小寶等本來各有坐騎，一齊上馬，四名僕役步行。

行了一陣，韋小寶對雙兒大聲道：「你騎馬快去，瞧前面是市鎮呢還是村莊，找一兩間大屋借宿，趕快先燒熱水，歸家少爺要暖參湯喝。大夥兒熱水洗了腳，再喝酒吃飯。多賞些銀子。」他說一句，雙兒答應一聲。他從懷中摸出一大錠銀子，連著一包蒙汗藥一起遞過。雙兒接過，縱馬疾馳。那老婦臉有喜色，韋小寶吩咐煮熱水、暖參湯，顯然甚合她心意。

又行出數里，雙兒馳馬奔回，說道：「相公，前面不是市鎮，也不是村莊，是家大屋。屋裏的人說他家男人都出門去了，不能接待客人。我給銀子，他們也不要。」韋小寶罵道：「蠢丫頭，管他肯不肯接待，咱們只管去便是。」雙兒應道：「是。」

那老婦也道：「咱們只借宿一晚，他家沒男子，難道還搶了他、謀了他家的不成？」

一行人來到莊家。一名男僕上去敲門，敲了良久，才有一個老年僕婦出來開門，耳朵半聾，纏夾不清，翻來覆去，只是說家裏沒男人。

那病漢笑道：「你家沒男人，這不是許多男人來了嗎？」一閃身，跨進門去，將那老僕婦擠在一邊。衆人跟著進去，在大廳上坐定。那老婦道：「張媽、孫媽，你們去燒水做飯，主人家不喜歡客人，一切咱們自己動手便是。」兩名僕婦答應了，逕行去找廚房。

徐天川來過莊家大屋，後來曾聽韋小寶說起其中情由，眼見他花言巧語，將這三個武功深不可測的大高手騙得自投羅網，心下暗暗歡喜，當下和衆兄弟坐在階下，離得那病漢和韋小寶遠遠地，以免露出了馬腳。

那老翁指著吳之榮問道：「這個嘴裏流血的漢子是甚麼人？」韋小寶道：「這傢伙是朝廷裏做官的，我們在道上遇見了，怕他去向官府出首告密，因此……因此便割去了他舌頭。」那老翁當時離得甚遠，卻瞧在眼裏，心中一直存著個疑團，這時聽韋小寶說了，仍有些將信將疑，走到吳之榮身前，問道：「你是朝廷的官兒，是不是？」

吳之榮早已痛得死去活來，當下點了點頭。那老翁又問：「你知道人家要造反，想去出首告密，是不是？」吳之榮心想要抵賴是不成了，只盼這老翁能救得自己一命，於是連連點頭。韋小寶道：「他得知南方有一位手握兵權的武將要造反，這位武將姓吳，造起反來就不得了。」那老翁問吳之榮道：「這話對嗎？」吳之榮又點頭不已。

那老翁再不懷疑，對韋小寶又多信得幾分。他回坐椅上，問韋小寶：「吳兄弟的武功，是那位師父教的？」韋小寶道：「我師父有好幾位，一、二、三，一共是三位。不過我……我又笨又懶，甚麼功夫也沒學好。」那老翁心道：「你武功沒學好，難道我不知道了？」但於他的「神行百變」輕功總是不能釋懷，雖然韋小寶所使的只是些皮毛，然而身法步伐，確是「神行百變」上乘輕功無疑，又問：「你跟誰學的輕功？」

韋小寶心想：「他定要問我輕功是誰教的，必是跟我那位師太師父有仇，那可說不得。他是吳三桂一黨，多半跟西藏或青海喇嘛有交情。」便道：「有一位大喇嘛，叫作桑結，在昆明平西王的五華宮裏見到了我，說我武功太差，跟人打架是打不過的，不如學些逃走的法子罷，就教了我幾天。我練得很辛苦，自以爲了不起啦，那知道一碰上你老公公、老婆婆，還有這位身強力壯、精神百倍的歸少爺，卻一點也不管用。」

那老婦聽他稱讚兒子「身強力壯，精神百倍」，這八字評語，可比聽到甚麼奉承話都歡喜，不由得眉花眼笑，向兒子瞧了幾眼，從心底裏樂上來，說道：「二哥，孩兒這幾天精神倒健旺。」那老翁微微點頭，然見兒子半醒半睡的靠在椅上，實是委靡之極，心中不由得難過，向韋小寶道：「原來如此，這就是了。」

那老婦問道：「桑結怎麼會鐵劍門的輕功？」那老翁道：「鐵劍門中有個玉眞子，在西藏住過很久。」那老婦道：「啊，是了，他是木桑道長的師弟。多半是他當年在西藏傳了給人。」轉頭問雙兒：「小姑娘，你的武功又是跟誰學的？」一對老夫婦都凝視著她，似乎她的師承來歷是件要緊之極的大事。

雙兒給二人瞧得有些心慌，道：「我……我……」她不善說謊，不知如何回答才是。韋小寶道：「她是我的丫頭，那位桑結喇嘛，也指點過她的武功。」

老翁、老婦一齊搖頭，齊聲道：「決計不是。」臉上神色十分鄭重。

這時那病漢忽然大聲咳嗽，越咳越厲害。老婦忙過去在他背上輕拍。老翁也轉頭瞧著兒子。兩名僕婦從廚下用木盤托了參湯和熱茶出來，站在病漢身前，待他咳嗽停了，服侍他喝了參湯，才將茶碗分給眾人，連徐天川等也有一碗。

那老翁喝了茶，要待再問雙兒，卻見她已走入後堂。那老翁忽地站起，問孫媽道：「沖茶的熱水那裏來的？」韋小寶大吃一驚，心中怦怦亂跳，暗叫：「糟糕，糟糕！這老不死的知道了。」孫媽道：「是我和張媽一起燒的。」老翁問道：「用的甚麼水？」孫媽道：「就是廚房缸裏的。」張媽跟著道：「我們仔細看過了，很乾淨……」話猶未了，咕咚、咕咚兩聲，兩名男僕摔倒在地，暈了過去。

那老婦跳起身來，晃了一晃，伸手按頭，叫道：「茶裏有毒！」

徐天川等並未喝茶，各人使個眼色，一齊摔倒，假裝暈去，乒乒乓乓，茶碗摔了一地。韋小寶叫道：「啊喲！」也摔倒在地，閉上了眼睛。

只聽張媽和孫媽齊道：「水是我們燒的，廚房裏又沒來過別人。」那老婦道：「缸裏的水下了藥。孩兒，你覺得怎樣？」那病漢道：「還好，還……」頭一側，也暈了過去。孫媽道：「參湯裏沒加水。參湯是我們熬了帶來的。」老翁道：「隔水燉熱，水汽也會進去。」老婦道：「對！孩兒身子虛弱，這……這……」忙伸手去摸那病漢額頭，手掌已不住顫抖。

那老翁強運內息，壓住腹內藥力不使散發，說道：「快去挹兩盆冷水來。」張媽、孫媽沒喝茶，眼見奇變橫生，都嚇得慌了，忙急奔入內。

那老婦道：「這屋子有古怪。」她身上不帶兵刃，俯身去一名男僕腰間拔刀，一低頭，只覺一陣天旋地轉，再也站立不定，一交坐倒，手指碰到了刀柄，卻已沒力揑住。那老翁左手扶住椅背，閉目喘息，身子微微搖晃。

韋小寶躺在地下，偷眼察看，見雙兒引了一羣女子出來。那老翁突然揮掌劈出，將一名白衣女子擊得飛出丈許，撞塌了一張椅子。徐天川等大聲呼喝，躍起身來，搶到老翁身前，卻見他已然暈倒。風際中出指點了他穴道，又點了那老婦和病漢的穴道。

韋小寶跳起身來，嘻嘻而笑，叫道：「莊三少奶，你好！」向一個白衣女子躬身行禮。

那女子正是莊家三少奶，急忙還禮，說道：「韋少爺，你擒得我們的大仇人到來，眞不知如何報答才是。老天爺有眼，讓我們大仇得報。韋少爺，請你來見過我們的師父。」引著他走到一個黃衫女子之前。

這女子伸手在那給老翁擊傷的女子背上按摩。那傷者哇的一聲，吐出一大口鮮血，跟著又是一大口血。那黃衫女子微笑道：「不要緊了。」聲音柔美動聽。

韋小寶見這女子年紀已然不輕，聲音卻如少女一般。她頭上戴了個金環，赤了雙足，腰間圍著條繡花腰帶，裝束甚爲奇特，頭髮已然花白，一張臉龐卻又白又嫩，只眼角間有不少皺紋，到底多大年紀，實在說不上來，瞧頭髮已有五十來歲，容貌卻不過三十歲上下。他想這人既是三少奶的師父，當即上前跪倒磕頭，說道：「婆婆姊姊，韋小寶磕頭。」

那女子笑問：「你這孩子叫我甚麼？」韋小寶站起身來，說道：「你是三少奶的師父，我該叫你婆婆，不過瞧你相貌，最多不過做得我姊姊，因此叫你婆婆姊姊。」那女子格格而笑，說道：「最多不過做你姊姊？難道還能做你妹子嗎？」韋小寶道：「倘若我隔壁只聽見你的聲音，就要叫你婆婆妹子了。」那女子笑得身子亂顫，笑道：「你這小滑頭好有趣，一張嘴油腔滑調，眞會討人歡喜，難怪連我歸師伯這樣的大英雄，也會著了你道兒。」

她此言一出，衆人無不大驚。

韋小寶指著那老翁道：「這……這位老公公，是你婆婆姊姊的師伯？」那女子笑道：「怎麼不是？我跟他老人家有三十年不見了，起初還眞認不出來，直到見到他老人家出手，這一掌『雪橫秦嶺』如此威猛，中原再沒第二個人使得出，才知是他。」韋小寶愁道：「既然是自己人，那怎麼辦？」那女子搖頭笑道：「我可也不知道怎麼辦了。

我師父知道了這事，非把我罵個臭死不可。」眼見幾名僕婦已手持粗索在旁侍候，笑道：「你如吩咐要綁人，你自己發號令罷，可不關我事。師伯我是不敢綁的，不過如果不綁，他老人家醒了轉來，我卻打他不過。小弟弟，你打得過嗎？」

韋小寶大喜，笑道：「我更加打不過了。」知她這麼說，只是要自脫干係，卻無迴護師伯之意，忙向徐天川等道：「這幾個人跟吳三桂是一黨，不是好人。咱們天地會綁他起來，跟婆婆姊姊半點也不相干。」徐天川等適才受那病漢戲弄，實是生平從所未經的奇恥大辱，早恨得牙癢癢地，當即接過繩索，將老翁、老婦、病漢和兩個男僕都結結實實的綁住。

那黃衫女子問道：「我歸師伯怎會跟吳三桂是一黨？你們又怎麼幹上了的？」韋小寶於是將如何與那老翁在飯店相遇的情形說了，徐天川等爲那病漢戲耍一節，自然略過了不說，只說這癆病鬼武功厲害，大家不是他敵手。那女子道：「歸家小師弟的性命，還是我師父救的。他從小就生重病，到現在身子還是好不了。他是歸師伯夫婦的命根子。」看了那老翁一眼，說道：「歸師伯爲人很正派，怎會跟吳三桂那大漢奸是一黨？倘若眞是這樣，我師父就不能罵人，嘻嘻！」聽她言語，似乎對師父著實怕得厲害。

韋小寶道：「誰幫了吳三桂，那就該殺。你師父知道了這事，還會大大稱讚你呢。」

那女子笑道：「是嗎？」瞧著那老翁老婦，沉思片刻，過去探了探那病漢的鼻息，說道：「三少奶，待會我師伯醒來，定要大發脾氣。咱們又不能殺了他。這樣罷，讓他們留在這裏，咱們大夥兒溜之大吉，教他們永遠不知道是給誰綁住的，你說好不好？」

三少奶道：「師父吩咐，就這麼辦好了。」但想在此處居住多年，突然立刻要走，心中固是捨不得，又覺諸物搬遷不易，不禁面有難色。

一個白衣老婦人說道：「仇人已得，我們去祭過了諸位相公，靈位就可焚化了。」

三少奶道：「婆婆說得是。」

當下衆人來到靈堂，將吳之榮拉過來，跪在地下。

三少奶從供桌上捧下一部書來，拿到吳之榮跟前，說道：「吳大人，這部是甚麼書，你總認得罷？」吳之榮對這部書早已看得滾瓜爛熟，一見這書的厚薄、大小、册數，便知是自己賴以升官發財的《明史》，再看題簽，果然是「明書輯略」，便點了點頭。

三少奶又道：「你瞧得仔細些，這裏供的英靈，當年你都認得的。」吳之榮凝目向靈牌上的名字瞧去，只見一塊塊靈牌上寫的名字是莊允城、莊廷鑨、李令晳、程維藩、李煥、王兆楨、茅元錫……一百多塊靈牌上的名字，個個是因自己舉報告密、爲「明史」一案而遭朝廷處死的。吳之榮只看得八九個名字，便已魂飛天外。他舌頭遭割，流血不止，本已三成中死了二成，這時全身一軟，坐倒在地，撲簌簌的抖個不住。

三少奶道：「你爲了貪圖功名富貴，害死了這許多人。列位相公有的在牢獄中受苦折磨而亡，有的慘遭凌遲，身受千刀萬剮之苦。我們若不是天幸蒙師父搭救，也早已給你害死。今日如一刀殺了你，未免太便宜了你。只不過我們做事，不像你們這樣殘忍，你想死得痛快，自己作個了斷罷。」說著解開了他身上穴道，噹的一聲，將一柄短刀拋在地下。

吳之榮全身顫抖，拾起刀來，可是要他自殺，又如何有這勇氣？突然轉身，便欲向靈堂外衝出逃命，只跨出一步，但見數十個白衣女子擋在身前。他喉頭嗬嗬數聲，一交摔倒，扭曲了幾下，便一動也不動了。

三少奶扳過他身子，見他呼吸已停，滿臉鮮血，睜大了雙眼，神情可怖，說道：「惡有惡報，這奸賊終於死了。」跪倒在靈前，說道：「列位相公，你們大仇得報，在天之靈，便請安息罷。」眾女子一齊伏地大哭。

韋小寶和天地會羣雄都在靈前行禮。那黃衫女子卻站在一旁，秀眉微蹙，默然不動。

眾女子哭泣了一會，又齊向韋小寶叩拜，謝他擒得仇人到來。韋小寶忙磕頭還禮，說道：「小事一樁，何必客氣？倘若你們再有甚麼仇人，說給我聽，我再去給你們抓來便是。」三少奶道：「奸相鰲拜是韋少爺親手殺了，吳之榮已由韋少爺捉來處死。我們的大仇已報了十足，再也沒仇人了。」當下眾女子撤了靈位，火化靈牌。

那黃衫女子見她們繁文縟節，鬧個不休，不耐煩起來，出去瞧那受擒的數人。韋小寶跟了出去。只見那老翁、老婦、病漢兀自未醒。

那黃衫女子微笑道：「小娃娃，你要下毒害人，可著實得好好的學學呢。」

韋小寶道：「是，是，晚輩下藥迷人，實在是沒法子。他們武功太強，我如不使個詭計，非給扭斷脖子不可。這些下作手段，江湖上英雄好漢是很瞧不起的。我知錯了，下次不敢了。」那黃衫女子微微一笑，說道：「甚麼下作上作？殺人就是殺人，用刀子是殺人，用拳頭是殺人，下毒用藥，還不一樣是殺人？江湖上的英雄好漢瞧不起？哼，誰要他們瞧得起了？像那吳之榮，他去向朝廷告密，殺了幾千幾百人，他不使毒藥，難道就該瞧得起他了？」

這番話句句都教韋小寶打從心坎兒裏歡喜出來，不禁眉花眼笑，說道：「婆婆姊姊，你這話可眞對極了。我小時候幫人打架，用石灰撒敵人眼睛，我幫他打贏了架，救了他性命，可是這人反而說我使的是下三濫手段，狠狠打我耳光。可惜那時婆婆姊姊不在身邊，否則也好教訓教訓他。」

那黃衫女子道：「不過你向我歸師伯下毒，我也得狠狠打你幾個耳光。」韋小寶忙道：「那時候我可不知他是你師伯哪。」那女子道：「要是你知道他是我師伯，他又要扭斷你的脖子，你有毒藥在手，下不下他的毒？」韋小寶嘻嘻一笑，說道：「性命交關，那也只好得罪了。」那女子道：「算你說老實話！人家要你的命，你怎能不先要人家的命？我說要打你耳光，只因你太也不知好歹。人家是大名鼎鼎的『神拳無敵』歸辛樹歸二爺，功力何等深厚？你對他使這吃了頭不會暈、眼不會花的狗屁蒙汗藥，他老人家只當是胡椒粉。」

韋小寶道：「可是他……他……」那女子道：「你這不上台盤的蒙汗藥混在茶裏，人家七十年的老江湖，會胡裏胡塗的就喝了下去？那是開黑店的流氓痞棍玩意兒。要下毒，就得下第一流的。」韋小寶又驚又喜，說道：「原來……原來婆婆姊姊給換上了第一流的。」那女子道：「胡說！我沒換。歸師伯他們自己累了，頭痛發燒，暈了過去。跟我有甚相干？一個是癆病鬼，兩個是七十多歲的老公公、老婆婆，忽然之間自己暈倒了，有甚麼希奇？」

她嘴裏說得一本正經，眼光中卻露出玩鬧的神色。

韋小寶知她怕日後師父知道了責罵，是以不認，心中對這女子說不出的投緣佩服，突然跪倒在地，說道：「婆婆姊姊，我拜你為師，你收了我這徒兒，我叫你師父姊姊。」

那女子格格嘻笑，伸出右臂，將手掌擱在他頦下。韋小寶只覺得頦下有件硬物，絕非人手，垂首看去，大吃一驚，只見那物竟是一把黑黝黝的鐵鉤，鉤尖甚利，閃閃發光。

那女子笑道：「你再瞧仔細了。」左手捋起右手衣袖，露出一段雪白的上臂，但齊腕而斷，並無手掌，那隻鐵鉤竟是裝在手腕上的。那女子道：「你要做我徒兒，也無不可，這就來割去了手掌，我給你裝隻鐵鉤。」

這黃衫女子，便是當年天下聞名的五毒教教主何鐵手。後來拜袁承志為師，改名為何惕守。明亡後她隨同袁承志遠赴海外，那一年奉師命來中原辦事，無意中救了莊家三少奶等一羣寡婦，傳了她們一些武藝。此番重來，恰逢雙兒拿了蒙汗藥前來，說起情由，她雖不知對方是誰，但武功既如此高強，尋常蒙汗藥絕無用處，於是另行用些藥物放入水缸之中。何惕守使毒本領當世無雙，自歸華山派後，不彈此調已久，忽然見到有人要在水缸中下毒，不禁技癢，牛刀小試，天下何人當得？若非如此，歸辛樹內力深厚，尚在她師父袁承志之上，韋小寶這包從御前侍衛手中得來的尋常蒙汗藥，如何迷得他倒？

那病漢歸鍾在娘胎之中便已得病，本來絕難養大，後來服了師叔袁承志奪來的珍貴之極的靈藥，這條性命才保了下來，但身體腦力均已受損，始終不能如常人壯健。歸辛樹夫婦只有這個獨子，愛逾性命，因他自幼病苦纏綿，不免嬌寵過度，失了管教。歸鍾雖然學得一身高強武功，但年近三十，心智性情，卻還是如八九歲的小兒一般。

何惕守下藥之時，不知對方是誰，待得發覺竟是歸師伯一家，不由得心中惴惴，然而事已如此，也就置之度外，聽得韋小寶說話討人歡喜，對他很是喜愛，心想域外海島之上，那有這等伶俐頑皮的少年？

韋小寶聽說要割去一隻手，才拜得師父，提起手掌一看，既怕割手疼痛，又捨不得，神色甚是躊躇。何惕守笑道：「師父是不用拜了，我也沒時候傳你功夫。我有一件很好玩的暗器，這就送了給你，免得你心裏叫冤，白磕了頭，又叫了一陣『師父姊姊』。」韋小寶道：「師父姊姊，那決不是白叫的。你就是不傳我功夫，不給我物事，像你這般美貌姑娘，我多叫得幾聲師父姊姊，心裏也快活得很。」

何惕守格格而笑，說道：「小猴子油嘴滑舌，跟你婆婆沒上沒下的瞎說。」她是苗家女子，於漢人的禮法規矩向來不放在心上，韋小寶讚她美貌，她非但不以爲忤，反而開心，又笑道：「小猴子，你再叫一聲。」韋小寶笑著大聲叫道：「姊姊，好姊姊！」

何惕守笑道：「啊喲，越來越不成話啦。」突然左手抓住他後頸，將他提在左側，但聽得嗤嗤嗤聲響，桌上三枝燭火登時熄滅，對面板壁上啪啪之聲，密如急雨般響了一陣。韋小寶又驚又喜，問道：「這是甚麼暗器？」何惕守笑道：「你自己瞧瞧去。」鬆手放他落地。

韋小寶從茶几上拿起一隻燭台，湊近板壁看時，只見數十枚亮閃閃的鋼針，都深深釘入了板壁。他佩服之極，說道：「姊姊，你一動也不動，怎地發射了這許多鋼針？這等暗器，天下又有誰躲得過？」何惕守笑道：「當年我曾用這『含沙射影』暗器射我師父，他就躲過了，一枚針兒也射他不中。不過除了我師父之外，躲得過的只怕也沒幾個。」

韋小寶道：「你師父定是要你試著射他，先有了防備，倘若突然之間射出去，他老人家武功再強，這種來無影、去無蹤的暗器，又怎閃躲得了？」何惕守道：「那時候我跟師父是對頭，正在惡鬥。他不是叫我試射，事先完全沒知道。」韋小寶道：「這就是了。你師父正在全神貫注的防你，這才避過了。倘若那時候你向東邊一指，轉頭瞧去，叫道：『咦，誰來了？』你師父必定也向東瞧上一眼，那時你忽然發射，只怕非中不可。」何惕守嘆了口氣，說道：「或許你說得不錯。這鋼針上餵了劇毒，我師父那時倘若避不過，便已死了。那時我可並不想殺他。」韋小寶道：「你心中愛上了師父，是不是？」

何惕守臉上微微一紅，呸了一聲，道：「沒有的事，快別胡說八道，給我師娘聽見了，非割了你半截舌頭不可。」

往時少年事蓦地裏兜上心來，雖已事隔數十年，何惕守臉上仍不禁發燒，她取出兩隻鹿皮指套，戴在左手拇指和食指之上，將板壁上鋼針一枚枚拔下，跟著伸手從衣襟內解了一根鐵帶出來，帶上裝著一隻鋼盒，盒蓋上有許多小孔。

韋小寶恍然大悟，拍手叫道：「姊姊，這暗器當眞巧妙，原來你裝在衣衫裏面，只消一撳鐵帶上機括，鐵盒中就射了鋼針出去。」心想她答允送一件暗器給自己，多半便是此物，不禁心花怒放。

何惕守微笑道：「不論多厲害的暗器，發射時總靠手力準頭。你武功也太差勁，除了這『含沙射影』，別的暗器也用不來。」當下將鋼針一枚枚揷回盒中，要他捋起長袍，將鐵帶縛在他身上，鋼盒正當胸口，教了他撳動機括之法，又傳了配製針上毒藥和解藥的方子，說道：「盒中鋼針一共可用五次，用完之後就須加進去了。我師父一再叮囑，千萬不可濫傷無辜。這暗器本來是淬上劇毒的，現下餵的並不是要人性命的毒藥，只叫人中了之後，痲癢難當，全身沒半點力氣。但你仍然千萬不可亂使。」韋小寶沒口子的答應，又跪下拜謝。

何惕守道：「你把他們三位扶起坐好。」韋小寶答應了，先將歸辛樹扶起坐入椅中，又去扶歸鍾時，碰到他腰間圓鼓鼓的似有一個葫蘆，拉起他長袍一看，卻是個革囊。韋小寶好奇心起，拉開囊上革索，探眼一看，突然大叫起來：「啊喲，是個死人頭，他……他……瞪著眼在瞧我呢。」何惕守也覺奇怪，說道：「他不知殺了甚麼要緊人物，卻巴巴的將首級掛在腰裏。你拿出來瞧瞧。」

韋小寶道：「死人，死人！我拿你出來，你不可咬我。」慢慢伸手入囊，抓住那首級的辮子，提了出來，放在桌上。燭火下瞧得明白，這首級怒目圓睜，虬髯戟張，韋小寶大叫一聲，連退三步，驚叫：「是……是吳大哥……」

何惕守微微一驚，問道：「你認得他？」

韋小寶道：「他……他是我們會裏的兄弟，吳六奇吳大哥！」心下悲痛，放聲大哭。

天地會羣豪聽得他的狂叫大哭，奔上廳來，見到吳六奇的首級，盡皆驚詫悲憤。各人手按刀柄，凝視何惕守，只道吳六奇是她殺的。跟著雙兒也奔了出來。韋小寶拉著她手，指著首級，叫道：「雙……雙兒，這是你義兄吳大哥，他……他給這惡賊害死了！」說著搶到歸鍾之前，在他身上狠狠踢了幾腳，向徐天川等道：「吳大哥的首級，這惡賊掛在身上。」

眾人再細看那首級時，只見血漬早乾，頸口處全是石灰，顯是以藥物和石灰護住，不使腐爛。雙兒撫著首級，放聲大哭。李力世道：「咱們用冷水淋醒這惡賊，問明端詳，再殺他爲吳大哥抵命。」羣雄齊聲稱是。

何惕守道：「這人是我師弟，你們不能動他一根寒毛！」說著伸出右手鐵鉤，向著桌上一枝蠟燭揮了幾揮，飄然入內。

玄貞道人怒道：「就算是你師父，也要把他斬爲肉醬……」突然風際中「咦」的一聲，左手兩根手指拿了七八分長的一截蠟燭，舉起手來。燭台上的蠟燭本來尚有七八寸長，但這時已割成六七截，每截長不逾寸，整整齊齊的疊在一起，並不倒塌。這手武功，當眞驚世駭俗。天地會羣豪無不變色。

玄貞嗆的一聲，拔出佩刀，說道：「我殺了這廝爲吳大哥報仇，讓那女人殺我便了。」李力世道：「且慢，先問個明白，然後這三人一起都殺。」

韋小寶道：「對！這位婆婆姊姊只怕她師伯，只消連她師伯、師伯老婆一起都殺了，反而沒事。雙兒，你去打一盆冷水來，可不要那廚房裏下過藥的。」

雙兒進去打了一盆冷水出來，徐天川接過，在歸鍾頭上慢慢淋下去。只聽他連打了幾個噴嚏，慢慢睜開眼來。他身子一動，發覺手足被縛，腰間又給點了穴道，怒道：「誰？誰跟我鬧著玩？」玄貞將刀刃在他臉上輕輕一拍，罵道：「你祖宗跟你鬧著玩。」指著吳六奇的首級，問：「這人是你害死的嗎？」

歸鍾道：「不錯！是我殺的。媽媽、爹爹，你們在那裏？」轉頭見到父母也都遭綁，嚇得險些哭了出來。他一生跟隨父母，事事如意，從未受過些少挫折，幾時又經歷過這等情景？哭喪著臉道：「你……你們幹甚麼？你們打我不過，怎麼……怎麼綁住了我？綁住了我爹爹、媽媽？」

徐天川反過手掌，啪的一聲，打了他一個耳光，喝道：「這人你怎麼殺的？快快說來，若有半句虛語，立時戳瞎了你眼睛。」說著將刀尖伸過去對準他右眼。

歸鍾嚇得魂不附體，不住咳嗽，說道：「我……我說……你別戳瞎我眼睛。瞎了眼睛，可看不見……看不見……咳咳……咳咳……平西王說道，韃子皇帝是個大大的壞蛋，霸佔……霸佔我們……我們大明江山，求我去……去殺了韃子皇帝……」

羣豪面面相覷，均想：「這話倒也不錯。」

韋小寶卻大大的不以爲然，罵道：「辣塊媽媽，吳三桂是他媽的甚麼好東西了？」歸鍾道：「平西王是你叔父，他……他……不是好東西，你也不是好東西。」韋小寶在他身上重重踢了一腳，罵道：「胡說八道！吳三桂是大漢奸，怎麼會是老子的叔父？吳三桂是你叔父！」歸鍾叫道：「是你自己說的，啊喲，你說過了話要賴，我不來，我不來！」

李力世見他纏夾不淸，問道：「吳三桂要你去殺韃子皇帝，怎麼你又去害死了他？」說著又向吳六奇的首級一指。

歸鍾道：「這人是廣東的大官，平西王說他是大漢奸，保定了韃子皇帝。平西王要起兵打廣東，非先殺了他不可。平西王送了我很多補藥，吃了治咳嗽的，又送了我白老虎皮。我媽說的，大漢奸非殺不可。咳咳，這人武功很好，我……我跟媽兩個一起打他，才殺了的。你們快放開我，放開我爹爹媽媽。我們要上北京去殺韃子皇帝，那是大大的功勞……」

韋小寶罵道：「要殺皇帝，也輪不到你這癆病鬼。衆位哥哥，把這三個傢伙都殺了，婆婆姊姊那裏，由我來擔當好了。」

忽聽得莊外數十人齊聲大叫：「癆病鬼，快滾出來，把你千刀萬剮，爲吳大哥報仇！」莊前莊後都是人聲，連四處屋頂上都有人吶喊，顯是將莊子四下圍住了。

天地會羣豪聽得來人要為吳六奇報仇，似乎是自己人，都心中一喜。錢老本大聲叫道：「明復清反，母地父天。外面的朋友那一路安舵？」天地會的口號是「天父地母，反清復明」，但當遇上身分不明之人，先將這八個字顛倒來說，若是會中兄弟，便會出言相認，如是外人，對方不知所云，也不致洩漏了身分。

莊外和屋頂上有十七八人齊聲叫道：「地振高岡，一派溪山千古秀。」廳中羣豪叫道：「門朝大海，三河合水萬年流。」屋頂有人道：「那一堂的兄弟在此？」錢老本叫道：「青木堂做兄弟的迎接衆家哥哥。那一堂的哥哥到了？」

廳門開處，一人走了進來，叫道：「小寶，你在這裏？」這人身材高瘦，神情飄逸，正是天地會總舵主陳近南。

韋小寶大喜，搶上拜倒，連叫：「師父，師父。」陳近南道：「大家好！只可惜……」見到桌上吳六奇的首級，搶上前去，扶桌大慟，眼淚撲簌簌的直洒下來。

廳門中陸續走進人來，廣西家后堂香主馬超興、貴州赤火堂香主古至中等都在其內。衆人一見歸鍾，紛紛拔刀。還有二十餘人是廣東洪順堂屬下，更是恨極。

歸鍾眼見衆人這般兇神惡煞的情狀，只咳得兩聲，便暈了過去。

陳近南轉過身來，問道：「小寶，你們怎地擒得這三名惡賊？」韋小寶說了經過，但徐天川等如何爲歸鍾戲耍、自己冒充吳之榮等等醜事，自然不提，最後道：「這三名惡賊武功厲害，我們是打不過的。幸好有一個婆婆姊姊幫手，才擒住了。可是這婆婆姊姊又說這老頭兒是她師伯，不許我們殺他爲吳大哥報仇。」

陳近南皺眉道：「甚麼婆婆姊姊？」韋小寶道：「她年紀是婆婆，相貌是姊姊，因此我叫她婆婆姊姊。」陳近南道：「她人呢？」韋小寶道：「她躲在後面，不肯跟她師伯會面。師父、古大哥、馬大哥，你們怎麼都到了這裏？」陳近南道：「這惡賊害了吳大哥，我們立傳快訊，四面八方的追了下來。」

青木堂衆人與來人相見，原來山東、河南、湖北、湖南、安徽各堂的兄弟也有參與，大部分監守在莊外各處。古至中、馬超興都道：「韋兄弟又立此大功，吳大哥在天之靈，也必深感大德。」韋小寶道：「吳大哥待我再好不過，爲他報仇，那是該當的，算甚麼功勞了？」

李力世道：「啓稟總舵主：這惡賊適才說道，他們要上北京去行刺韃子皇帝，又說了些反清復明的言語，不知內情到底如何。」韋小寶道：「有甚麼內情？他怕我們殺他，就順口胡說。他身上這件白老虎皮袍子，就是吳三桂送給他的。吳三桂的豬朋狗友，有甚麼好東西了？咱們把這三個惡賊開膛剜心，爲吳大哥報仇就是。」

陳近南道：「把這三人都弄醒了。好好問一問。」雙兒去提了一桶冷水，又將歸辛樹夫婦和歸鍾一一淋醒。

歸二娘一醒，立即大罵，說道下毒迷人，實是江湖上卑鄙無恥的勾當。歸辛樹卻一言不發。陳近南道：「瞧你們身手，並非平庸之輩。你們叫甚麼名字？跟我們吳六奇吳大哥有甚麼冤仇？幹麼下毒手害他性命？」歸二娘怒道：「你們這等下三濫、下迷藥的無恥小賊，也配來問老娘姓名？」古至中揚刀威嚇，歸二娘性子極剛，更加罵得厲害。

韋小寶道：「師父，他們姓歸，烏龜的龜，兩隻老烏龜，一隻小烏龜。我先殺了小烏龜再說。」拔出匕首，指向歸鍾咽喉。

歸二娘見韋小寶要殺她兒子，立時慌了，叫道：「小鬼，你有種的就來殺老娘好了，可不許碰我孩兒一根寒毛。」韋小寶道：「我偏偏只愛殺小烏龜。」將刀尖在歸鍾咽喉輕輕一戳。匕首極利，雖然一戳甚輕，但歸鍾咽喉立時迸出鮮血。他大聲叫道：「媽呀，他……他要殺死我了。」歸二娘大叫：「別……別殺我孩兒！」

韋小寶道：「我師父問一句，你乖乖的答一句，那麼半個時辰之內，暫且不殺你的癆病鬼兒子。」歸二娘怒道：「我孩兒沒生病，你才是癆病鬼。」但聽韋小寶答允暫且不殺她兒子，略覺寬心。

韋小寶假裝連聲咳嗽，學著歸鍾的語氣，說道：「媽呀，我……我……咳咳……快要死了……好媽媽，你快快實說了罷……咳咳……咳咳……我沒生癆病，我生的是鋼刀斷頭病，咳咳，又是尖刀穿喉病，全身斬成肉醬病哪，咳咳……」他學得甚像，歸二娘毛骨悚然，叫道：「別學，別學我孩兒說話！」韋小寶繼續學樣：「媽呀，你再不回答人家的話，我……我……咳咳，又得生肚子剖開病，肚腸流出病了哪……」說著拉起歸鍾的衣衫，將匕首尖在他瘦骨嶙嶙的胸膛上比劃。

歸二娘再也忍耐不住，說道：「好！我們是華山派的，我們當家的神拳無敵歸二俠，當年威震中原之時，你們這些小毛賊還沒轉世投胎啦。」

陳近南聽得這二人竟然便是大名鼎鼎的神拳無敵歸辛樹夫婦，不由得肅然起敬，又想吳六奇武功何等了得，據當時親眼見到他被害情景的洪順堂兄弟言道，只一個老婦和一個癆病鬼出手，便打倒了十幾名洪順堂好手，兩人合攻吳六奇，將他擊斃，割了他首級，對方自非冒名。神拳無敵歸辛樹成名已久，近數十年來不聞在江湖上走動，不知何以竟會牽入這件慘禍，中間必有重大緣由，當即上前向歸辛樹恭恭敬敬的抱拳行禮，說道：「原來是華山神拳無敵歸二俠夫婦。小人陳近南，多有失禮。」伸手一扯，拉斷了縛在歸辛樹身上的繩索，接著又在他背心和腰間推拿數下，解開他穴道，轉身又拉斷歸二娘和歸鍾身上的繩索。

韋小寶大急，又道：「師父，這三個人厲害得很，放他們不得。」陳近南微微一笑，說道：「歸二娘罵我們下迷藥，是江湖上下三濫的卑鄙行逕。我們天地會並沒下迷藥，就算當眞下了，歸二俠內功深厚，下三濫的尋常蒙汗藥，又如何迷得倒他老人家……」

韋小寶道：「不錯，不錯，我們天地會沒下蒙汗藥。」心想這藥是婆婆姊姊的，也是她自己換上的，不能算在我們天地會帳上，何況這藥又不是蒙汗藥。

歸辛樹左手在妻子和兒子背心上一拂，已解開了二人穴道，手法比陳近南快得多了，點了點頭，說道：「不是尋常蒙汗藥，是極厲害的藥物。」伸手去搭兒子脈搏。歸二娘凝神瞧著丈夫臉色，問道：「怎樣？」歸辛樹道：「眼前似乎沒事。」想起自己暈倒之前，曾和人對了一掌，此人武功甚淺，但所習內功法門，顯然是華山派的，又想起雙兒在亂石岡中奔跑的身法，也是華山派輕功，一瞥之間，已在人叢中見到了她。

雙兒見到他精光閃閃的眼光，不由得害怕，縮在韋小寶身後。歸辛樹道：「小丫頭，你過來，你是華山派的不是？」雙兒道：「我不過來！你殺了我義兄吳大哥，我要爲他報仇。我……我也不是甚麼華山派的。」何惕守當日對莊三少奶、雙兒等傳了些武功，並非正式收她們爲徒，也沒向她們說自己的門戶派別，「華山派」三字，雙兒今日還是首次聽聞。

歸辛樹也不去和這小姑娘一般見識，突然氣湧丹田，朗聲喝道：「馮難敵的徒子徒孫，都給我出來。」這句話聲音並不甚響，但氣流激盪，屋頂灰塵簌簌而落。他想同門師兄弟三人，袁承志門下均在海外，大師兄黃眞逝世已久，華山派門戶由黃眞的大弟子馮難敵執掌，莊中既有華山派門人，自必是馮難敵一系。那知隔了良久，內堂竟寂然無聲。

陳近南道：「年前天下英雄大會河間府，歃血為盟，決意齊心合力誅殺大漢奸吳三桂。令師姪馮難敵前輩，正是河間府殺龜大會的主人。何以歸前輩反跟吳三桂攜手，殺害敝會義士吳六奇兄弟？這豈不為親者所痛、仇者所快嗎？」話是說得客氣，辭鋒卻咄咄逼人。

歸二娘向他橫了一眼，說道：「曾聽人說：『平生不識陳近南，就稱英雄也枉然。』當尊駕尚未出世之時，我夫婦已然縱橫天下。如此說來，定要等尊駕出世之後，我們才稱得英雄。嘿嘿，可笑啊可笑。」

陳近南道：「在下武功才能，都不值歸二俠賢夫婦一笑。江湖上朋友看得起在下，也不過是說在下明白是非，還不致胡作非為、結交匪人而已。」

歸二娘怒道：「你譏刺我們胡作非為、結交匪人？」陳近南道：「吳三桂是大漢奸！」歸二娘道：「這吳六奇為虎作倀，做韃子的大官，欺壓我漢人百姓。你們又怎麼口口聲聲稱他為大哥？這還不是胡作非為、結交匪人嗎？」

馬超興大聲道：「吳大哥身在曹營心在漢，他是天地會洪順堂的紅旗香主，手握廣東兵權，一朝機緣到來，便要起兵打韃子。洪順堂眾位兄弟，你們說是也不是？」洪順堂屬下二十餘人齊聲說道：「正是！」馬超興道：「你們袒開胸膛，給這兩位大英雄瞧瞧。」

二十餘人雙手拉住衣襟，向外一分，各人胸前十餘顆扣子登時迸開，露出胸膛，只見每人胸前都刺了「天父地母，反淸復明」八個字，深入肌理。

歸鍾一直默不作聲，這時見二十餘人胸口都刺了八個字，拍手笑道：「有趣，有趣！」天地會羣雄一齊向他怒目而視。

陳近南向歸辛樹道：「令郞覺得有趣，歸二俠夫婦以爲如何？」

歸辛樹懊喪無比，搖了搖頭，向歸二娘道：「殺錯人了。」歸二娘道：「殺錯人了！上了吳三桂這奸賊的當。」左手一伸，從馬超興腰間拔出單刀，往自己脖子中抹去。

陳近南叫道：「使……」疾伸右手，抓住了她左腕。歸二娘右掌拍出，陳近南出左掌相抵，兩人身子都是一晃。陳近南左手兩根手指伸過去夾住了刀背。歸二娘右手又是一掌，拍向他胸口。陳近南倘若退避，那刀就奪不下來，只怕她又欲自盡，適才跟她對了一掌，知她年紀老邁，內力已不如己，但出手如電，拳掌功夫精絕，自己只要退得一步，空手再也奪不了她手中兵刃，當下硬挺胸膛，砰的一聲，受了她一掌。

歸二娘一呆，陳近南左手雙指已將她單刀奪過，退後兩步，哇的一聲，吐出一口鮮血。

當歸二娘橫刀自盡之際，歸辛樹倘若出手，自能阻止，但他們錯殺了吳六奇，既慚且悔，已起了自盡以謝的念頭，因此並不阻擋妻子，待見陳近南不惜以身犯險，才奪下歸二娘手中鋼刀，更愧感交集。他拙於言辭，只道：「陳近南當世豪傑，名不虛傳。」

陳近南扶著桌子，調勻氣息，半晌才道：「不知者不罪。害死吳大哥的罪魁禍首，乃是吳……吳三……」說著又吐了口鮮血。歸二娘年紀雖老，昔年功力仍有大半，陳近南為了奪她兵刃，沒法運氣防護，這一掌挨得著實不輕。

歸二娘道：「陳總舵主，我如再要自盡，辜負了你一番盛情。我夫婦定當去殺了韃子皇帝，再殺吳三桂這奸賊。」說著跪倒在地，向吳六奇的首級拜了三拜。

陳近南道：「吳六奇大哥行事十分隱秘，江湖上英雄多有唾罵他的為人，賢夫婦此番出手，用意原為誅殺漢奸，只可惜……只可惜……」說著忍不住掉下淚來。

歸辛樹夫婦心中都是一般的念頭，決意去刺殺康熙和吳三桂，然後自盡以謝吳六奇，但此刻也不必多說，同時向陳近南抱拳道：「陳總舵主，這便告辭。」陳近南道：「兩位請留步，在下有一言稟告。」歸氏夫婦攜了兒子的手，正要出外，聽了這話便停步轉身。

陳近南道：「吳三桂起兵雲南，眼見天下大亂，正是恢復我漢家河山的良機。尚有不少英雄，日內都要聚集京師商議對策。大家志同道合，請兩位前輩同去北京會商如何？」

歸辛樹心中有愧，不願與旁人相見，搖了搖頭，又要邁步出外。

韋小寶聽他二人說要去行刺皇帝，心想這三個姓「龜」的傢伙武功極高，小皇帝未曾防備，別要給他們害死，叫道：「這是天下大事，你們這位公子，做事很有點兒亂七八糟，這一次如再壞了事，你們三位就算一古腦兒的自殺，也不免臭……臭氣萬年。」他聽人說過「遺臭萬年」的成語，一時說不上來，說成了「臭氣萬年」。

成語雖然說錯，歸氏夫婦卻也明白他意思。歸辛樹自知武功高強，見事卻不如何明白，否則也不會只憑吳三桂的一面之辭，便鑄下這等大錯，聽了韋小寶這句話，不禁心中一寒，尋思：「行刺皇帝，確是有關國家氣運的大事。」韋小寶又道：「現下的皇帝年紀小，不大懂事，搞得吳三桂造反，一塌裏胡塗。你們如殺了他，換上一個年紀大的厲害韃子來做皇帝，咱們漢人的江山，就壞在你們手上了。」歸辛樹緩緩點頭，回過身來。

陳近南道：「兩位前輩，這孩子年紀小，說話沒上沒下，衝撞莫怪。」說著拱手致歉，又道：「但他的顧慮似乎也可從長計議。如此大事，咱們謀定而後動如何？」歸辛樹心想一錯不可再錯，自己別因一時愧憤，以致成爲萬世罪人，便道：「好！謹聽陳總舵主吩咐。」陳近南道：「吩咐兩字，萬萬不敢當。明日上午，大夥兒同到北京，晚間便在這孩子的住處聚會，共商大事。兩位以爲怎樣？」歸辛樹點點頭。

陳近南問韋小寶道：「你搬了住所沒有？」韋小寶道：「弟子仍在東城銅帽子胡同住。」陳近南道：「兩位前輩，明晚在下在北京東城銅帽子胡同這孩子的子爵府恭候大駕。」韋小寶道：「師父，你別生氣，現下叫作伯爵府。」陳近南道：「嘿，又升了官。」

歸二娘瞪眼瞧著韋小寶，問道：「你是吳三桂的姪子，也是身在曹營心在漢，要大義滅親嗎？」韋小寶笑道：「我不是吳三桂的姪子，吳三桂是我灰孫子。」陳近南斥道：「前輩跟前，不得無禮。快磕頭謝罪。」韋小寶道：「是。」作勢欲跪，卻慢吞吞的延挨。

歸辛樹一揚手，帶了妻兒僕從，逕自出門，明知外邊並無宿處，卻寧可挨餓野宿，實是無顏與天地會羣豪相對。

歸鍾自幼並無玩伴，見韋小寶言語伶俐，年紀又小，甚是好玩，向他招手，說道：「小娃娃，你跟我去，陪我玩兒。」韋小寶道：「你殺我朋友，我不跟你玩。」

突然間呼的一聲響，人影一晃，歸鍾躍將過來，一把將韋小寶抓住，提到門口。這一下出手極快，陳近南適才受傷不輕，隔得又遠，其餘天地會羣雄竟沒一人來得及阻止。

歸鍾哈哈大笑，叫道：「你再跟我去捉迷藏，咱們玩個痛快！」歸辛樹臉一沉，喝道：「孩兒，放下他。」歸鍾不敢違拗父言，只得放下了韋小寶，嘴巴卻已扁了，便似要哭。歸二娘安慰道：「孩兒，咱們去買兩個書僮，陪你玩耍。」歸鍾道：「書僮不好玩，就是這小娃娃好玩，咱們買了他去。」歸辛樹見兒子出醜，拉住他手臂，快步出門。

羣雄面面相覷，均覺吳六奇一世英雄，如此胡裏胡塗的死在一個白痴手裏，實是太冤。

韋小寶道：「師父，我去請婆婆姊姊出來，跟大家相見。」和雙兒走到後堂，那知何惕守早已離去。三少奶說道婦道人家，不便和羣雄會見，只吩咐僕婦安排酒飯，款待賓客。

注：本回回目中，「漁陽鼓動」是安祿山造反的典故，喻吳三桂起兵；「督亢圖窮」是荊軻刺秦王的典故，本書借用，指歸辛樹等誤刺吳六奇，後悔不及，又要去行刺康熙，其實只字面相合，含義並不貼切。

韋小寶掌成虎爪之形，指運擒拿之力，一把抓起筆桿，飽飽的蘸上了墨，筆順自右至左，寫了一個「小」字，在其下畫了一個圓圈，再畫一條既似硬柴、又似扁擔的一橫。

第四十二回　九重城闕微茫外　一氣風雲吐納間

次日韋小寶拜別了主人，和陳近南等分道赴京。

陳近南道：「小寶，歸二俠夫婦要去行刺皇帝，他們已答允大家商量之後，再作定論。你到北京之後，可不能通知皇帝，讓他有了防備。」

韋小寶本有此意，卻給師父一語道破，忙道：「這個自然。他韃子佔了我們漢人江山，我在朝中做官，是奉了師父你老人家之命，怎能眞的向著他？」陳近南道：「這就是了，你如言不由衷，做了對不起大夥的事，我第一個就饒不得你。」韋小寶道：「師父你放一百二十個心。」心道：「放一百一十九個心罷！我自己就有點不大放心。」帶了雙兒、徐天川等人，去和張勇、趙良棟等人相會，押了毛東珠，回到北京。

他一回銅帽子胡同，立即便想去見康熙，尋思：「小皇帝是我的好朋友，怎能讓他死在這三隻烏龜手裏？有了，我去宮裏分派侍衛，大大戒備，嚴密守衛。我答允了師父，不跟皇帝說，大丈夫言而有信，說就不說，可是仍能叫三隻烏龜不能得手。」剛要出門，陳近南已帶了古至中和馬超興到來。韋小寶暗暗叫苦，心道：「你們怎地來得這麼快？」只得強打精神，設宴接待。

不久天地會羣雄分批陸續來到。跟著沐劍聲帶同鐵背蒼龍柳大洪、搖頭獅子吳立身、聖手居士蘇岡等一行人也來了。沐王府衆人早在北京，得到訊息後齊來聚會。

衆人用畢酒飯，又等了良久，歸家三人這才到來。韋小寶吩咐另開筵席，歸二娘淡淡的道：「我們吃過飯了。」歸鍾東張西望，見府第中堂皇華貴，說道：「小娃娃，你家裏的模樣，跟平西王的五華宮倒也相差不遠。你沒說謊，吳三桂果然是你叔父。」

韋小寶道：「對，吳三桂是你的……」說到這「的」字，突然住口，心想這一句順口便宜討過去，師父必定生氣，當即改口：「三位既已用過飯了，請到東廳喝茶。」

衆人來到東廳，獻上清茶點心，韋小寶遣出僕役。陳近南又派了十餘名會衆出去，在廳周及屋頂把守，這才關門上閂，商議大事。陳近南爲歸氏夫婦和沐王府衆人引見，卻不提吳六奇之事。歸氏夫婦雖退隱已久，柳大洪、吳立身等還是好生仰慕，對之十分恭敬。

歸二娘單刀直入，說道：「吳三桂起兵後攻入湖南、四川，兵勢甚銳，勢如破竹。吳三桂當年雖然投降韃子，斷送了大明天下，實是罪大惡極，但他畢竟是咱們漢人。依我們歸二爺之見，我們要進皇宮去刺殺韃子皇帝，好讓韃子羣龍無首，亂成一團。衆位高見如何？」

沐劍聲道：「韃子皇帝固然該殺，但這麼一來，豈不是幫了吳三桂這奸賊一個大忙？」歸二娘道：「吳三桂當年害死沐王爺，沐公子自然放他不過。可是滿漢之分，乃頭等大事。咱們先殺盡了韃子，慢慢再來收拾吳三桂不遲。」

柳大洪道：「吳三桂倘若起兵得勝，他自己便做皇帝，再要動他，便不容易了。依晚輩之見，先讓韃子跟吳三桂自相殘殺，拚個你死我活。咱們再來漁翁得利。因此晚輩以爲眼前不宜去行刺韃子皇帝。」他雖滿頦白鬚，但歸氏夫婦成名已久，他自稱晚輩；沐王府跟吳三桂仇深似海，定要先見他覆滅，這才快意。

歸二娘道：「吳三桂打的是興明討虜旗號，要輔佐朱三太子登基。這裏有一張吳三桂起兵的檄文，大家請看。」從身邊取了一大張紙出來，攤在桌上。

陳近南便即誦讀：

「原鎮守山海關總兵、今奉旨總統天下水陸大元帥、興明討虜大將軍吳，檄天下文武官吏軍民人等知悉：本鎮深叨大明世爵，統鎮山海關……」

陳近南知羣豪大都不通文墨，讀幾句，解說幾句，解明第一段後，接著又讀下去，下面說李自成如何攻破北京，崇禎歸天，他爲了報君父之仇，不得已向滿淸借兵破賊，其後說道：

「幸而渠魁授首，方欲擇立嗣君，繼承大統，封藩割地，以酬滿酋。不意狡虜逆天背盟，乘我內虛，雄據燕京。竊我先朝神器，變我中國冠裳；方知拒虎進狼之非，莫挽抱薪救火之誤。」

歸二娘道：「他後來就知道向滿洲借兵是錯了，可惜已來不及啦。」柳大洪哼了一聲，道：「這奸賊說得好聽，全是假話。」歸二娘道：「陳總舵主，請你讀下去。」

陳近南道：「是！」接續讀道：

「本鎮刺心嘔血，追悔靡及，將卻返戈北返，掃蕩腥羶，適遇先皇之三太子。太子年甫三歲，刺股爲記，寄命託孤，宗社是賴。姑飲血隱忍，養晦待時，選將練兵，密圖興復，迄於今日，蓋三十年矣！」

柳大洪聽到這裏再也忍耐不住，拍案道：「放屁！放屁！這狼心狗肺、天地不容的奸賊，倘若他眞有半分興復大明之心，當年爲甚麼殺害永曆皇帝、永曆太子？此事天下皆知，又如何抵賴得？」

羣雄見了柳大洪鬚眉戟張的情狀，無不心佩他的忠義，均想吳三桂十二年前在昆明市上絞殺永曆皇帝父子，決計無可狡辯。

歸二娘道：「柳大哥這話不錯，吳三桂決非忠臣義士，這是連三歲孩童也知道的。

咱們要去行刺韃子皇帝，是爲了反淸復明，絕不是幫吳三桂做皇帝。」

陳近南道：「我把這檄文讀完了，大家從長計議。」讀道：

「茲者，虜酋無道，奸邪高張，道義之儒，悉處下僚；斗筲之輩，咸居顯職……」

讀到這句，向韋小寶笑了笑，說道：「小寶，這句話是說你了。」韋小寶聽著師父誦讀文章，只覺抑揚頓挫，倒也好聽，忽聽說吳三桂的文章中提到自己，不禁又驚又喜，忙問：「師父，他說我甚麼？這傢伙定是不說我的好話。」陳近南道：「他說有學問道德的好人，只做芝麻綠豆小官，毫無本事的傢伙，卻都做了大官。這不是說你嗎？」韋小寶道：「他自己呢？他的官比我做得還大，豈不是比我更不中用？」

衆人都笑了起來，說道：「不錯！韃子朝廷中的官職，可沒比平西親王更大的。」

檄文最後一段是：「山慘水愁，婦號子泣；以致彗星流隕，天怒於上；山崩土裂，地怨於下。本鎭仰觀俯察，是誠伐暴救民、順天應人之日。爰卜甲寅之年正月元旦，恭奉太子，祭告天地，敬登大寶。建元周咨。」陳近南讀完後，解說了一遍。

衆人之中，除了陳近南和沐劍聲二人，都沒讀過甚麼書，均覺這道檄文似乎說得頭頭是道，卻總有些甚麼不對，可也說不上來。

沐劍聲沉吟片刻，說道：「陳總舵主，他既奉朱三太子敬登大寶，爲甚麼不恢復大明國號，卻要改國號爲周？這中間實是個大大的破綻。何況朱三太子甚麼的，也不知是眞是假，誰也沒聽說過，忽然之間，沒頭沒腦的鑽了出來。多半吳三桂去找了個不懂事的孩子出來，說是朱三太子，號召人心，其實是把他當作傀儡。」衆人都點頭稱是。

歸二娘道：「吳三桂把朱三太子當作傀儡，自然絕無可疑。這人是眞是假，也沒多大分別。不過朱三太子不是小孩子，先皇殉國已三十年，如朱三太子是眞，至少也有三十幾歲了。」

韋小寶道：「三十幾歲的不懂事小娃娃，也是有的，嘻嘻！」說著向歸鍾瞧了一眼。羣雄中有幾人忍不住笑了出來。歸二娘雙眉一豎，便要發作，但轉念一想，韋小寶的話倒也不假，自己的寶貝兒子活了三十幾歲，果然仍是個不懂事的小娃娃，不禁輕輕嘆了口氣。

衆人商議良久，有的主張假手康熙，先除了吳三桂，再圖復國；有的以爲吳三桂雖然奸惡，終究是漢人，應當助他趕走韃子，恢復了漢人江山，再去除他。議論紛紛，難有定論。說到後來，衆人都望著陳近南，人人知他足智多謀，必有高見。

陳近南道：「咱們以天下爲重。倘若此刻殺了康熙，吳三桂聲勢固然大振，但是臺灣鄭王爺也可渡海西征，進兵閩浙，直攻江蘇。如此東西夾擊，韃子非垮不可。那時吳三桂倘若自己想做皇帝，鄭王爺的兵力，再加上沐王府、天地會和各路英雄，也可制得住他。」

蘇岡冷冷的道：「陳總舵主這話，是不是有些爲臺灣鄭王爺打算呢？」陳近南凜然道：「鄭王爺忠義之名，著於天下，蘇兄難道信不過嗎？」蘇岡道：「陳總舵主忠勇俠義，人人欽服。可是鄭王爺身邊，奸詐卑鄙的小人可也著實不少。」

韋小寶忍不住說道：「這話倒也不錯。好比那『一劍無血』馮錫範，還有鄭王爺的小兒子鄭克塽，都不是好人。」陳近南聽他並不附和自己，微感詫異，但想他的話也非虛假，不禁嘆了口氣。

歸二娘道：「趕走韃子，那是一等一的大事，至於誰來做皇帝，咱們可管不著，反清是必定要反的，復不復明，不妨慢慢商量。大明的崇禎皇帝，就不是甚麼好東西。」

陳近南和沐王府羣雄向來忠於朱明，一聽所言，都臉上變色。

沐劍聲道：「咱們如不擁朱氏子孫復位，難道還擁吳三桂這大奸賊不成？」

歸鍾突然說道：「吳三桂這人很好啊，他送了我一張白老虎皮做袍子，你們可瞧見過沒有？」說著翻開皮袍下襟，露出白虎皮來，大是洋洋得意。

歸二娘道：「小孩子家，別在這裏胡說八道。」

蘇岡冷笑道：「在歸少爺眼中，一件皮袍子可比咱們漢人的江山更加要緊了。」

歸二娘怒道：「孩子，把皮袍子脫下來！」歸鍾愕然道：「幹甚麼？」歸辛樹一伸手，從兒子腰間拔出長劍，白光閃動，嗤嗤聲響，歸辛樹手中長劍的劍尖在兒子身前、身後、肩頭、手臂不住掠過。衆人大吃一驚，都從椅中跳起身來，只道歸辛樹已將兒子殺死，卻見歸鍾所穿的那件皮袍已裂成十七八塊，落在身周，露出一身絲棉短襖褲。歸辛樹這數劍出手準極，割裂皮袍，卻沒割破絲棉襖褲。羣雄待得看清楚時，盡皆喝采。

歸鍾嚇得呆了，連聲咳嗽，險些哭了出來，說道：「爹，咳咳……咳咳……爹，咳咳……我……」歸辛樹一揮手，長劍入鞘，跟著解下自己身上棉袍，披在兒子身上，說道：「穿上了！」歸二娘拾起地下白虎皮碎塊，投入燒得正旺的火爐中，登時火光大盛，一陣焦臭，白虎皮漸漸燒成灰燼。韋小寶連稱：「可惜，可惜。」

歸辛樹道：「走罷！」牽了兒子的手，向廳門走去。陳近南道：「歸二俠去幹謀大事，我們謹依驅策。」歸辛樹道：「不敢當！不用了！」說著走向廳門。

韋小寶知他們立時便要動手，已來不及去告知皇帝，心想須得使個緩兵之計，阻他一阻，大聲道：「皇宮裏的屋子沒一萬間，也有五千間，你可知韃子皇帝住在那裏？」

歸辛樹一怔，覺得此言甚是有理，回頭問道：「你知道嗎？」

韋小寶搖頭道：「沒人知道。韃子皇帝怕人行刺，晚晚換地方睡。有時睡在長春宮，有時睡在景陽宮，有時又在咸福宮、延禧宮睡，說不定又睡在麗景軒、雨花閣、毓慶宮。」他一口氣說了七八個宮閣的名字，歸辛樹只聽得皺起了眉頭。韋小寶又道：「就算是皇帝貼身的太監、侍衛，也不知他今晚睡在甚麼地方。」歸辛樹道：「那麼怎樣才能找到皇帝？」

韋小寶道：「皇帝上朝，文武百官就見到了。待他一進大內，只有他來找你，旁人就永遠找他不到。」其實情形並非如此，康熙也不經常掉換寢處，但歸辛樹夫婦是草莽布衣，怎知皇宮內院的規矩？聽了韋小寶一番胡謅，心想皇帝嚴防刺客，原該如此，不禁大為躊躇。

韋小寶見歸辛樹臉有難色，心中得意，問道：「歸老爺子，你可知皇帝有多少妃子？」歸辛樹哼的一聲，瞪目不語。韋小寶道：「說書人說皇帝有三宮六院，後宮美女……美麗三千人。韃子皇帝的老婆沒這麼多，三千個倒也沒有，八九百個是有的。他今天在第三百五十一個妃子那裏睡，明天到第六百三十四個妃子那裏睡。就算是皇帝的妃子，也不知皇帝今晚宿在那裏，等上三年、四年，也不知皇帝來是不來。」

陳近南道：「小寶，你在宮裏日久，必定知道找到皇帝的法子。」韋小寶道：「白天還容易找，晚上就說甚麼也找不到了。」陳近南道：「那麼明日白天咱們都喬裝改扮，由你帶領，混進宮去行事。這位錢兄弟和吳二哥，你不是帶進宮裏去過嗎？」說著向錢老本和吳立身二人一指。

韋小寶道：「錢大哥只到過御廚房。吳二哥他們一進皇宮，就給衞士……給衞士們發覺了，要見皇帝的面，可還差著十萬八千里呢。錢大哥、吳二哥，你們兩位說是不是？」錢吳二人都點點頭。他二人進過皇宮，都知要在宮裏找到皇帝的所在，確似大海撈針一般。

韋小寶道：「弟子倒有個法子。」陳近南問道：「甚麼法子？」韋小寶道：「弟子明日去見皇帝，他必定要說吳三桂造反，如何派兵去打，弟子攛掇他出來瞧試演大砲。只要他一出宮門，下手就容易多了，行刺成功也罷，不成功也罷，咱們腳底抹油，溜之大吉，也少了許多凶險。」

歸二娘冷笑道：「皇帝就這麼聽你這小娃娃的話？他三年不出宮來，咱們難道就等他三年？你推三阻四，總之不肯帶領去幹事就是了。」

沐劍聲道：「進宮去行刺皇帝的事，兄弟也幹過的，說來慚愧，我們沐王府死了好幾位兄弟。舍妹和一位方師妹，還有這位吳師叔以及兩個師弟，都失陷在宮裏，幾遭不測，幸蒙韋香主仗義相救，那才脫險。不是我們膽小怕死，這件事可當眞不易成功。」

歸二娘冷冷的瞧著韋小寶，說道：「憑你就能救得他們脫險？」吳立身忙道：「這位韋香主年紀雖小，可是仁義過人，機智聰明，兄弟的性命，全仗他相救。」歸二娘道：「沐王府辦不成的，未必姓歸的也一定辦不成。」

柳大洪霍地站起，說道：「歸氏夫婦神拳無敵，當然勝過我們小小沐王府百倍。這就請啓駕動身，我們在這裏靜候好音。」

天地會洪順堂的一名兄弟說道：「韋香主，你還是一起進宮去的好，等到歸家三位大俠給韃子的衛士拿住了，你好設法相救啊。」他惱恨歸家三人殺了吳六奇，雖在總舵主之前，也忍不住要出言譏刺幾句。

韋小寶心中暗罵：「你們三隻烏龜，進宮去給拿住了，殺了我頭也不會來救。」笑道：「歸家三位大俠怎會給衛士拿住？皇宮裏衛士有八千多名，歸少爺只須咳嗽幾聲，就把這八千多名衛士一古腦兒都震死了。」天地會和沐王府羣豪中有不少人都笑了出來。

歸鍾笑道：「眞有這等事？那可有趣得很啊。他們怕聽我的咳……咳咳嗎？咳咳……咳咳……」歸氏夫婦大怒，一人執著兒子的一條臂膀，三人並肩向外。

陳近南道：「歸二俠請息怒。兄弟倒有個計較。」

歸二娘素知陳近南足智多謀，轉身候他說下去。陳近南道：「歸二俠賢夫婦武藝高強，當世無敵。但深入險地，畢竟是敵衆我寡。咱們還是商議一個萬全之策爲是……」歸二娘道：「我道是陳總舵主當眞有甚麼高見，哼！」轉過身來，走向廳門。

柳大洪和吳立身突然快步搶過，攔在門口。柳大洪道：「二位要相助吳三桂，我們沐王府萬萬不允。」歸二娘道：「怎麼？要動手麼？」柳大洪道：「二位儘可先殺我師兄弟，再出此門，去幫吳三桂的忙。」歸二娘道：「誰說我們是幫吳三桂的忙？」柳大洪道：「二位雖無相助吳賊之意，但此事若成，吳賊聲勢大盛，再也制他不了。」

歸辛樹低聲道：「讓開！」踏上一步。柳大洪張開雙手，攔在門前。歸辛樹左手前探，便去抓他胸口。柳大洪伸手擋格，啪的一聲，雙掌相交，柳大洪身子晃了兩下，一張臉登時變得慘白。歸辛樹道：「我只使了五成力道。」

吳立身搖頭道：「你不妨使十成力道，把我師兄弟都斃了。」

歸鍾道：「十成就十成。」兩手一縮一伸。吳立身伸臂相格。歸鍾兩手又是一縮，吳立身便格了個空。歸鍾乘他雙臂正要縮回之際，雙手快如電閃，已拿住了他胸口要穴。

陳近南搶上前去，勸道：「大家都是好朋友，不可動武。」

韋小寶道：「大家爭個不休，終究不是了局。這樣罷，咱們擲一把骰子，碰一碰運氣，倘若歸老爺子贏呢，我們非但不阻三位進宮，晚輩還將宮裏情形，詳細說與兩位知道。」歸二娘道：「如是你贏呢？」韋小寶道：「那麼這件事就擱上一擱。等吳三桂死了之後，咱們再向皇帝下手。」

歸二娘心想：「倘若自己人先幹了起來，沐家多半會去向韃子報訊，這件事終究難辦，不如聽他的。」問丈夫道：「二哥，你說呢？」歸辛樹向韋小寶道：「你輸了可不能賴。」

韋小寶笑道：「大丈夫一言既出，死馬難追。韃子小皇帝又不是我老子，我幹麼要迴護他？只不過贏要贏得英雄，輸要輸得光棍。不論誰贏誰輸，都不傷了和氣。」

陳近南覺得他最後這句話頗爲有理，說道：「此事牽涉重大，到底於我光復大業是禍是福，實難逆料。古人卜占決疑，我們來擲一把骰子，也是一般意思。大家不用爭執，就憑天意行事罷。」

歸二娘道：「孩兒，放開了手。」歸鍾道：「我不放。」歸二娘道：「這位小兄弟要跟你擲骰子玩兒呢。」歸鍾大喜，立即鬆手，放開吳立身胸口的穴道。吳立身胸口酸痛難當，內息不暢，不住搖頭。

韋小寶道：「歸少爺，請你將骰子拿出來，用你們的。」歸鍾道：「骰子？我沒有啊，你有沒有？」韋小寶道：「我也沒有，那一位身上帶有骰子？」衆人都緩緩搖了搖頭，均想：「又不是爛賭鬼，那有隨身帶骰子的？」歸二娘道：「沒有骰子，咱們來猜銅錢好了。」韋小寶道：「還是擲骰子公平。貨眞價實，童叟無欺。我是童，歸二爺是叟，可見非擲骰子不可。親兵之中總有人有的。我去問問。」說著拔閂開門出廳。

他出了東廳，走進大廳，便從袋中摸出六粒骰子來，這是他隨身攜帶的法寶，但若當場從懷中取出，歸氏夫婦定有疑心，在大廳上坐了片刻，回到東廳，笑道：「骰子找到了。」

歸二娘道：「怎麼賭輸贏？」韋小寶道：「擲骰子的玩意，我半點也不懂。歸少爺，你說怎麼賭法？」歸鍾拿起兩粒骰子，道：「我跟你比準頭。」手指彈處，嗤嗤兩聲，兩粒骰子飛起，打滅兩枝蠟燭，跟著噗噗兩聲，兩粒骰子嵌入板壁。羣雄齊讚：「好功夫！」

韋小寶道：「我見人家擲骰子，是比點子大小，可不是比暗器功夫。」歸二娘道：「是了！你們兩個各擲一把，誰擲出的點子大，誰就贏了。」韋小寶心想：「只一把，說不定他運氣眞好，一下子擲了個三十六點。」說道：「這樣罷，咱們各擲三把，兩勝爲贏。」歸鍾是擲的次數越多，越是高興，說道：「咱們每人擲三百次，勝了二百次的算贏。」歸二娘道：「那有這麼麻煩的，各擲三把夠了。」

徐天川將嵌入板壁的兩粒骰子挖了出來，放在桌上。韋小寶道：「歸少爺，你先擲。」歸鍾拿起骰子，笑嘻嘻的正要擲下，歸二娘道：「且慢！」轉頭問柳大洪、沐劍聲：「這場賭賽如是我們勝了，沐王府算不算數？」

柳大洪適才和歸辛樹對了一掌，胸口氣血翻湧，此刻兀自尚未平復，心想對方還說只使了五成力，此人是前輩英雄，自無虛言，他眞要去皇宮行刺，單憑沐王府又怎阻他得住？便點了點頭。沐劍聲道：「天意如何，全憑兩位擲骰決定便了。」

歸二娘道：「好！」向歸鍾道：「擲罷！擲的點子越大越好。」

歸鍾細看六粒骰子，說道：「最多的是六點，最少的是兩點，還有一個大凹洞兒。」

歸二娘道：「大凹洞兒是一點。」歸鍾道：「古裏古怪，四點卻又是紅的。」右掌一揮，啪的一聲響，六粒骰子都嵌入桌面，向上的盡是六點。原來他在掌中將骰子放好了，六粒骰子都是一點向下，這一擲下來，自然都是六點向上了。

衆人又吃驚，又好笑。這癆病鬼看來弱不禁風，內力竟如此深厚，可是天下擲骰子那有這麼擲法的？

歸二娘道：「孩兒，不是這樣的。」伸掌在桌上一拍，六粒骰子都跳了起來。衆人齊聲喝采。歸二娘拿起骰子，隨手一滾，說道：「滾出幾點，便是幾點，可不能憑自己意思。」

歸鍾道：「原來這樣。」學著母親的模樣，拿起骰子，輕輕擲在桌上，骰子滾動，定下來時共是二十點。六粒骰子擲成二十點，贏面略高。

韋小寶拿起骰子，小指撥了幾撥，暗使花樣，叫道：「通吃！」一把擲了出去，五粒骰子滾出了十七點，最後一粒不住滾動，依著他作弊的手法，這粒骰子非滾成六點不可，二十三點，便贏了第一把。那知這骰子滾將過去，突然陷入了桌面的一個小孔，那正是歸鍾適才用骰子擲出來的。那骰子微微一顫，不能再滾，向天的卻是一點，十八點便輸了。

韋小寶道：「桌面上有洞，這不算。」拿起骰子，欲待再擲。陳近南搖頭道：「這是天意，輸了第一把。」韋小寶心想：「還有兩把，我非贏了你不可。」將骰子交給歸鍾。

歸鍾贏了第一把，得意非凡，輕輕一擲，卻只有九點。沐家眾人見這一把是輸定了，不禁歡呼起來。韋小寶走到方桌的另一角，遠離桌面的六個小洞，一把擲去，竟是四粒六點，兩粒五點，三十四點，任何兩粒骰子也都贏了。勝得無驚無險。

雙方各勝一把，這第三把便決最後輸贏。歸鍾一把擲下，六骰轉動良久，轉出了三十一點，贏面已是甚高。沐家眾人均臉有憂色，心想要贏這三十一點，當眞要極大運氣才成。

韋小寶卻並不躭心，心道：「我還是照適才的法子，擲成三十四點贏你便了。」小指在掌心暗撥，安好了骰子的位置，輕輕滾了出去。

但見六粒骰子在桌上逐一轉定，六點、五點、五點、六點，四粒轉定了的都是大點，已有二十二點。第五粒又轉了個六點出來，一共二十八點。最後一粒骰子不住的溜溜轉動。若是三點，雙方和局，須得再擲一次；一點或兩點是輸了，四五六點便贏。贏面佔了六成。

韋小寶心想：「就算是三點和局，再擲一次，你未必能再有這麼好運氣。」這粒骰子轉個不休，眼見要定在六點上，他大叫一聲：「好！」忽然骰子翻了個身，又轉了過去。

他大吃一驚，叫道：「有鬼了！」一瞥眼間，只見歸辛樹正對著骰子微微吹氣，便在此時，那骰子停住不轉，大凹洞兒仰面朝天，乃是一點。眾人齊聲大叫。

韋小寶又吃驚，又氣惱，擲骰子作弊的人見過無數，吹氣轉骰子之人卻是第一次遇上，以前也從未聽見過。這老翁內功高強之極，聚氣成線，不但將這粒骰子從六點吹成一點，只怕適才歸鍾擲成三十一點，也非全靠運氣，是他老子在旁吹氣相助。他脹紅了臉，大聲道：「歸老爺子，你……你……呼，呼，呼！」說著撮唇吹氣。

歸辛樹道：「二十九點，你輸了！」伸手拿起那第六粒骰子，夾在拇指和中指間一捏，喀的一聲，骰子碎裂，流出少些水銀，散上桌面，登時化為千百粒細圓珠，四下滾動。歸鍾拍手道：「好玩，好玩！這是甚麼東西？又像是水，又像是銀子。」

韋小寶見他拆穿了骰子中灌水銀的弊端，也不能再跟他辯論吹氣的事了，假作驚異，說道：「原來骰子裏有放水銀。老爺子，你可教了晚輩一個乖。骰子是牛骨做的，我今日才知水銀是從牛骨頭裏生出來的，從前還道是銀子加水調成的呢。黃牛會耕田，又會造水銀，了不起，了不起！」

歸二娘不去理會他胡說八道，說道：「大夥兒再沒話說了罷？韋兄弟，皇宮裏的情形，請你詳細說來。」

韋小寶眼望師父。陳近南點點頭道：「天意如此，你老老實實的向三位前輩說罷。」他明知這徒弟甚是狡獪，特別加上「老老實實」四字。

韋小寶心念一轉，已有了主意，說道：「既然輸了，賭帳自然是不能賴的。大丈夫偷搶拐騙，都沒甚麼，賭帳卻不可不還。皇宮裏的屋子太多，說也說不明白。我去畫張圖出來。徐三哥、錢大哥，請你們陪客人，我去畫圖。」向衆人拱拱手，轉身出廳，走進書房。

這伯爵府是康親王所贈，書房中圖書滿壁，桌几間筆硯列陳，韋小寶怕賭錢壞了運氣，書輸二字同音，這「輸房」平日是半步也不踏進來的。這時間來到案前坐下，喝一聲：「磨墨！」早有親隨上來侍候。

伯爵大人從不執筆寫字，那親隨心中納罕，臉上欽佩，當下抖擻精神，在一方王羲之當年所用的蟠龍紫石古硯中加上清水，取過一錠褚遂良用賸的唐朝松煙香墨，安腕運指，屏息凝氣，磨了一硯濃墨，再從筆筒中取出一枝趙孟頫定造的湖州銀鑲斑竹極品羊毫筆，鋪開了一張宋徽宗敕製的金花玉版箋，點起了一爐衛夫人寫字時所焚的龍腦溫麝香，恭候伯爵大人揮毫。這架子擺將出來，有分教：

鍾王歐褚顏柳趙
皆慚難比韋小寶

韋小寶掌成虎爪之形，指運擒拿之力，一把抓起筆桿，飽飽的蘸上了墨，忽地啪的一聲輕響，一大滴墨汁從筆尖上掉將下來，落在紙上，登時將一張金花玉版箋玷污了。

那親隨心想：「原來伯爵大人不是寫字，是要學粱楷潑墨作畫。」卻見他在墨點左側一筆直下，畫了一條彎彎曲曲的樹幹，又在樹幹左側輕輕一點，既似北宗李思訓的斧劈皴，又似南宗王摩詰的披麻皴，實集南北二宗之所長。

這親隨常在書房伺候，肚子裏倒也有幾兩墨水，正讚嘆間，忽聽伯爵大人言道：「我這個『小』字，寫得好不好？」那親隨嚇了一跳，這才知伯爵大人寫了個「小」字，忙連聲讚好，說道：「大人的書法，筆順自右至左，別創一格，天縱奇才。」

韋小寶道：「你去傳張提督進來。」那親隨答應了出去，尋思：「不知伯爵大人下面寫一個甚麼字。」可是他便猜上一萬次，卻也決計猜不中。

原來韋小寶在「小」字之下，畫了個圓圈。在圓圈之下，畫了一條既似硬柴、又似扁擔的一橫，再畫一條蚯蚓，穿過扁擔。這蚯蚓穿扁擔，乃是一個「子」字。三個字串起來，是康熙的名字「小玄子」。「玄」字不會寫，畫個圓圈代替。

想當日他在清涼寺中為僧，康熙曾畫圖傳旨，韋小寶欣慕德化，恭效聖行，今日事勢緊急，便畫圖上奏。寫了小玄子的名字後，再畫一劍，劍尖直刺入圓圈。這一把刀不似刀，劍不像劍之物，只畫得他滿頭是汗，剛剛畫好，張勇已到。

韋小寶摺好金花玉版箋，套入封套，密密封好，交給張勇，低聲道：「張提督，這道要緊奏章，你立刻送進宮去呈給皇上。你只須說是我的密奏，侍衛太監便會立刻給你通報。」

張勇答應了，雙手接過，正要放入懷內，聽得書房外兩名親兵齊聲喝問：「甚麼人？」房門砰的一聲推開，闖進三個人來，正是歸氏夫婦和歸鍾。

歸二娘一眼見到張勇手中奏章，夾手搶過，厲聲問韋小寶：「你去向韃子皇帝告密？」韋小寶驚得呆了，只道：「不……不是……不是……」歸二娘撕開封套，抽出紙箋，見了箋上的古怪圖形，愕然道：「你看！」交給歸辛樹，問韋小寶道：「這是甚麼？」

韋小寶道：「我吩咐他去廚房，去做……做……做那個湯糰，請客人們吃，要小糰子不要大糰子，糰子上要刻花。他……他弄不明白，我就畫給他看。」歸辛樹和歸二娘都點了點頭，神色頓和，這紙箋上所畫的，果然是用刀在小糰子上刻花，絕非向皇帝告密。

韋小寶向張勇揮手道：「快去，快去！」張勇轉身出書房。韋小寶道：「要多多的預備，多派人手，趕著辦！大家馬上要吃，這可是性命交關的事，片刻也耽擱不得。」張勇又在門口答應了一聲。

歸二娘道：「點心的事，不用忙。韋兄弟，你畫的皇宮地圖呢？」韋小寶取過一張玉版箋，鋪在桌上，將筆交向歸二娘，說道：「我畫來畫去畫不好，我來說，請你來畫。」歸二娘接過筆，坐了下來，道：「好，你說罷。」

韋小寶心想這也不必相瞞，於是從午門說起，向北到金水橋，折而向西，過弘義閣，經太和、中和、保和三大殿，經隆宗門到御膳房，這是韋小寶出身之所；由此向東，經乾淸門至乾淸宮、交泰殿、坤寧宮、御花園、欽安殿；從御膳房向北是南庫、養心殿、永壽宮、翊坤宮、體和殿、儲秀宮、麗景軒、漱芳齋、重華宮。由此向南是咸福宮、長春宮、體元殿、太極殿；向西是雨花閣、保華殿、壽安宮、英華殿；再向南是西三所、壽康宮、慈寧宮、慈寧花園、武英殿；出武英門過橋向東，過熙和門，又回到午門，這是紫禁城的西半部。

歸氏夫婦聽他說了半天，還只皇宮的西半部，宮殿閣樓已記不勝記，不由得倒抽了一口涼氣。歸二娘挨次將宮殿和門戶的名稱記下。韋小寶又把東半部各處宮殿門戶說了，虧得他記心甚好，平日在皇宮到處遊玩，極是熟悉。

歸二娘寫了良久，才將皇宮內九堂四十八處的方位寫完。她擱下筆噓了口氣，微笑道：「難爲韋兄弟記得這般明白，可多謝你了。」她聽韋小寶將每處宮殿門戶的名稱方位說來，如數家珍，絕無窒滯，料想是實，他要揑造杜撰，也沒這等本事。

韋小寶笑道：「這是歸少爺擲骰子贏了的采頭，你們不用謝我。」又道：「皇帝的御前侍衛，平時大都在東華門旁的鑾輿衛一帶侍候，不過眼下跟吳三桂打仗，韃子皇帝一定嚴加戒備，想來禁城四十八處之中，到處有侍衛守禦了。」心想：「我先安上一句，免得小玄子接到我密奏後加派衛士，這三隻烏龜疑心我通風報信。」歸二娘道：「這個自然。」韋小寶道：「宮裏侍衛雖多，也沒甚麼大高手，就一味人多。滿洲人射箭的本事倒是很厲害。不過三位當然也不放在心上。」歸二娘道：「多承指教。咱們就此別過。」

韋小寶道：「三位吃了糰子去，才有力氣辦事。」走到門邊，大聲道：「來人哪，送點心來。」門外侍僕高聲答應。歸二娘道：「不用了。」攜著兒子的手，和歸辛樹並肩出了書房。夫婦二人均想：「你在這刻花糰子之中，多半又做了甚麼手腳。糰子又何必刻花？上了一次當，可不能再上第二次。」他三人在韋小寶府中，自始至終，連清茶也沒喝上半口。

韋小寶送到門口，拱手而別，說道：「晚輩眼望捷報至，耳聽好消息。」

歸辛樹伸手在大門口的石獅子頭上一掌，登時石屑紛飛，嘿嘿冷笑，揚長而去。

韋小寶呆了半晌，心想：「這一掌倘若打在老子頭上，滋味可大大的差勁。他是向我警告，不可壞他們大事，否則就是這麼一掌。」伸手也是在獅子頭上一掌，「啊」的一聲，跳了起來，手掌心好不疼痛。石獅頭頂本來甚是光滑，但給歸辛樹適才一掌拍崩了不少石片，已變得尖角嶙嶙。韋小寶提起手來，在燈籠下一看，幸好沒刺出血。

他回到東廳，只見陳近南等正在飲酒。他告知師父，已將紫禁城中詳情說與歸氏夫婦知道，剛才送了三人出去。陳近南點了點頭，嘆道：「歸氏夫婦就算能刺殺韃子皇帝，只怕也回不來了。」羣雄默默飲酒，各想心事，偶爾有人說上一兩句，也沒旁人接口。

過了大半個時辰，門外有人說道：「啓稟爵爺，張提督有事求見。」韋小寶心中一喜，說道：「深更半夜的，有甚麼要緊事了。你就說我已經睡了，有事明天再說。」那人應道：「是。」陳近南低聲道：「或許是皇宮裏有消息，你去問問。」韋小寶答應了，來到大廳，見趙良棟、王進寶、孫思克三人站在廳上，神色驚惶，卻不見張勇。

韋小寶一怔，低聲問道：「張提督呢？」王進賢道：「啓稟大人，張提督出了事，暈倒在府門外，已抬在那邊廂房裏。」韋小寶大吃一驚，問道：「怎……怎麼暈倒了？」搶進廂房，只見張勇雙目緊閉，臉色慘白，胸口起伏不已。韋小寶叫道：「張提督，你怎麼了？」張勇緩緩睜眼，道：「卑……卑……」雙眼一翻，又暈了過去。韋小寶忙伸手到他懷中，摸了自己那道奏章出來，抽出紙箋，果是自己「落筆如雲煙」的書畫雙絕，不由得暗暗叫苦。

孫思克道：「剛才巡夜的兵丁前來稟報，府門外數百步的路邊，有名軍官暈倒在地，有人過去一瞧，認出是張提督，這才抬回來。張提督後腦撞出的血都已結了冰，看來暈倒已有不少時候。」

韋小寶尋思：「他暈倒已久，奏章又沒送出，定是一出府門便遭毒手。難道這三隻烏龜派人在府門外埋伏，怕我遣人向皇帝告密，因此向張提督下手？」心下焦急萬分。

這時張勇又悠悠轉醒。王進寶忙提過酒壺，讓他喝了幾口燒酒，孫思克和趙良棟分別用燒酒在他兩隻手掌上摩擦。張勇精神稍振，說道：「卑職該死，走出府門……還沒……幾百步，突然間胸口……胸口痛如刀割，再……再挨得幾步，眼前登時黑了，沒……沒能辦大人交代的事，卑職立刻……立刻便去……」說著支撐著便要起身。

韋小寶忙道：「張大哥請躺著休息。這件事請他們三位去辦也是一樣。」將奏章交給王進寶，命他和趙良棟、孫思克三人帶同侍衛，趕去皇宮呈遞，心下焦急：「歸家三人已去了大半個時辰，只怕小玄子已性命不保，咱們只好死馬當活馬醫。」王進寶等三人奉命而去。

張勇道：「大人書房裏那老頭……那老頭的武功好不厲害，我走出書房之時，他在我背上……背上……咳咳……輕輕推了一把，當時也不覺得怎樣，那知道已受內傷，一出府門，立刻……立刻發作……誤了大人的大事……」

韋小寶這才恍然，原來歸辛樹雖見這道奏章並非告密，還是起了疑心，暗使重手，叫張勇辦不了事，見他神色慚愧，忙道：「張大哥，你安心靜養，這半點也怪不得你。他媽的，這老烏龜向你暗算，咱們不能算完。」又安慰了幾句，吩咐親隨快煎參湯，喚醫生來診治。

他回到東廳，說道：「不是宮裏的消息。張提督給歸二爺打得重傷，只怕性命難保。」衆人都是一驚，忙問：「怎麼打傷了張提督？」韋小寶搖頭道：「張提督在府外巡查，見到他們三人出府，上前查問，歸二爺就是一掌。」衆人點頭，均想：「一個尋常武官，怎挨得起神拳無敵的一根小指頭兒？」

韋小寶好生後悔：「倘若早知張提督會遭毒手，奏章不能先送到小玄子手裏，那麼宮內的情形，就決不能說得這等淸楚，該當東南西北來個大抖亂才是。老子給他移山倒海，將皇極殿搬到壽安宮，重華宮搬去文華殿，讓三隻烏龜在皇宮裏團團亂轉，爬個暈頭轉向。」

衆人枯坐等候，耳聽得的篤的篤鏜鏜鏜，廳外打了四更。又過一會，遠處胡同中忽然羣犬大吠，衆人手按刀柄，站起身來，側耳傾聽，羣犬吠了一會，又漸漸靜了下來。

過得良久，一片寂靜之中，隱隱聽得鷄鳴，接著鷄啼聲四下裏響起，窗格子上隱隱現出白色。韋小寶道：「天亮啦，我去宮裏打聽打聽。」陳近南道：「歸家夫婦父子倘若不幸失手，你務須想法子搭救。吳六奇大哥的事出於誤會，須怪他們不得。要知大義爲重，私交爲輕。他們對我們的侮慢，也不能放在心上。」

韋小寶道：「師父吩咐，弟子理會得。只不過……只不過他們倘若已殺了小皇帝，弟子就算拚了小命，也救他們不出了。」想到小皇帝這當兒多半已遭歸家三人刺死，不禁心中一陣難過，登時掉下淚來，哽咽道：「只可惜吳大哥……」乘機便哭出聲來。

沐劍聲道：「歸氏夫婦此去不論成敗，今日北京城中定有大亂，兄弟在外面有不少朋友，須得趕著出去安排，要大家分散了躲避，待過了這風頭再說。」

陳近南道：「正是。敝會兄弟散在城內各處的也很不少，大家分頭去通知，所有相識的江湖上朋友，人人都得小心些，可別遭了禍殃。今晚酉正初刻，咱們仍在此處聚會，商議今後行止。」衆人都答應了。當下先派四名天地會兄弟出去察看，待得回報附近並無異狀，這才絡續離府。

韋小寶將要出門，恰好孫思克回來，稟稱奏章已遞交宮門侍衛，那侍衛的統帶一聽說是副總管韋大人的密奏，接了過來，立即飛奔進去呈遞。他三人在宮門外等候，直到五鼓，那統帶仍沒出來。現下王進寶、趙良棟二人仍在宮門外候訊，因怕韋大人掛念，他先回來稟告。韋小寶道：「好，你照料著張提督。」憂心忡忡，命親兵抻了假太后毛東珠，坐在一乘小轎之中，進宮見駕。

來到宮門，只見四下裏悄無聲息，十多名宮門侍衛上前請安，都笑嘻嘻的道：「副總管辛苦了，這揚州地方，可好玩得緊哪。」韋小寶心中略寬，尋思：「宮裏若出了大亂子，他們定沒心情來跟我說揚州甚麼的。」微笑著點了點頭，問道：「這些日子，大夥兒都沒事罷？」一名侍衛道：「託副總管的福，上下平安，只吳三桂老小子造反，可把皇上忙得很了，三更半夜也常常傳了大臣進宮議事。」韋小寶心中又是一寬。

另一名侍衛笑道：「副總管大人一回京，幫著皇上處理大事，皇上就可清閒些了。」韋小寶笑道：「你們不用拍馬屁。我從揚州帶回來的東西，好兄弟們個個有份，誰也短不了。」衆侍衛大喜，一齊請安道謝。

韋小寶指著小轎道：「那是太后和皇上吩咐要捉拿的欽犯，你們瞧一瞧。」隨從打開轎簾，讓宮門侍衛搜檢。衆侍衛循例伸手入轎，查過並無兇器等違禁物事，笑道：「副總管大人這次功勞不小，咱們又好討升官酒喝了。」

韋小寶進得宮來，一問乾清門內班宿衛，知皇上在養心殿召見大臣議事，從昨兒晚上議到此刻，還沒退朝。韋小寶一聽大喜，心想：「原來皇上忙了一晚沒睡，召見大臣之時，自然四下裏戒備得好不嚴緊。養心殿四下裏千百盞燈籠點得明晃晃地，歸家那三隻烏龜又怎爬得近皇上？倘若小玄子早早上床睡了覺，烏燈黑火，只怕昨晚已經糟了糕啦。可見他做皇帝，果然洪福齊天。幸好吳三桂這老小子打仗得勝，皇上才心中著急，連夜議事。」

當下來到養心殿外，靜靜的站著伺候。他雖得康熙寵幸，但皇帝在和王公大臣商議軍國大事，卻也不敢擅自進去。

等了大半個時辰，內班宿衛開了殿門，只見康親王傑書、明珠、索額圖等一個個出來。衆大臣見到韋小寶，都微笑著拱拱手，誰也不敢說話。太監通報進去，康熙即刻傳見。

韋小寶上殿磕頭，站起身來，見康熙坐在御座之中，精神煥發。韋小寶一陣歡喜，說道：「皇上，奴才見到你，可……可眞高興得很了。」他擔了一晚的心事，眼見康熙無恙，忍不住眼淚奪眶而出。康熙笑問：「好端端的哭甚麼了？」韋小寶道：「奴才是歡喜得哭了。」

康熙見他眞情流露，笑道：「很好，很好！吳三桂這老小子果眞反了。他打了幾個勝仗，只道我見他怕了，不敢殺他兒子。他媽的，老子昨天已砍了吳應熊的腦袋。」

韋小寶吃了一驚，「啊」的一聲，道：「皇上已殺了吳應熊？」

康熙道：「可不是嗎？衆大臣都勸我不可殺吳應熊，說甚麼倘若王師不利，還可跟吳三桂講和，許他不削藩，永鎭雲南。又說甚麼一殺了吳應熊，吳三桂心無顧忌，更加兇狠了。呸！這些膽小鬼。」

韋小寶道：「皇上英斷。奴才看戲文〈羣英會〉，周瑜和魯肅對孫權說道，我們做臣子的好投降曹操，投降了仍有大官做，主公卻投降不得。咱們今日也是一般，他們王公大臣可跟吳三桂講和，皇上卻萬萬不能講和。」

康熙大喜，在桌上一拍，走下座來，說道：「小桂子，你如早來得一天，將這番道理跟衆大臣分說分說，他們便不敢勸我講和了。哼，他們投降了吳三桂，一樣的做尚書將軍，又吃甚麼虧了？」心想韋小寶雖不學無術，卻不似衆大臣存了私心，只爲自身打算，拉著他手，走到一張大桌之前。桌上放著一張大地圖。

康熙指著地圖，說道：「我已派人率領精兵，一路由荊州赴常德把守，一路由武昌赴岳州把守，派了順承郡王勒爾錦做寧南靖寇大將軍，統率諸將進剿。剛才我又派了刑部尚書莫洛做經略，駐守西安。吳三桂就算得了雲貴四川，攻進湖南，咱們也不怕他。」

韋小寶道：「皇上，請你也派奴才一個差使，帶兵去幹吳三桂這老小子！」

康熙笑了笑，搖頭道：「行軍打仗的事，可不是鬧著玩的。你就在宮裏陪著我好了。再說，這次派出去的，都是滿洲將官滿洲兵，只怕他們不服你調度。」韋小寶道：「是。」心想：「吳三桂要天下漢人起來打韃子。我是假韃子，皇上自然信不過我。」

康熙猜到了他心意，說道：「你對我忠心耿耿，我不是信不過你。小桂子，吳三桂的兵馬厲害得很，沒三年五載，甚至是七八年，是平不了他的。頭上這幾年，咱們非打敗仗不可。這一場大戰，咱們是先苦後甜，先敗後勝。你愛打敗仗呢，還是打勝仗？」

韋小寶道：「自然是愛打勝仗。拋盔甩甲，落荒而逃，味道不好！」

康熙笑道：「你對我忠心，我也不能讓你吃虧。頭上這三年五載的敗仗，且讓別人去打。直累得吳逆精疲力盡、大局已定的時候，我再派你去打雲南，親手將這老小子抓來。你可知我的討逆詔書中答允了甚麼？」

韋小寶大喜，說道：「皇上恩德，眞是天高地厚。」康熙笑道：「我布告天下，答允了的，那一個抓到吳三桂的，吳三桂是甚麼官，就封他做甚麼官。小桂子，這可得瞧你的造化了。他媽的，你這副德性，可像不像平西親王哪？哈哈，哈哈！」側過頭端相他片刻，笑道：「現今是猴兒崽子似的，半點兒也不像，過得六七年，你二十來歲了，那時封個王爺，只怕就有點譜了，哈哈。」

韋小寶笑道：「平西親王甚麼的大官，奴才恐怕沒這個福份。不過皇上如派我做個大將軍，帶兵到雲南去抓吳三桂，大將軍八面威風，奴才手執丈八蛇矛，大喝一聲：『吳三桂，來將通名！』可眞挺美不過了。謝天謝地，吳三桂別死得太早，奴才要親手揪他到這裏來，跪在這裏向皇上磕頭。」

康熙笑道：「很好，很好！」隨即正色道：「小桂子，咱們頭上這幾年的仗，那是難打得很的。打敗仗不要緊，卻要雖敗不亂。必須是大將之才，方能雖敗不亂，支撐得住。你是福將，可不是勇將、名將，更加不是大將。唉，可惜朝廷裏卻沒甚麼大將。」

韋小寶道：「皇上自己就是大將了。皇上已認定咱們頭幾年一來要輸的，那麼就算敗，也一定不會亂。好比賭牌九，皇上做莊，頭上賠他七副八副通莊，一點也不在乎。咱們本錢厚，泰山石敢當，沉得住氣，輸了錢，只當是借給他的。到得後來，咱們和牌對、人牌對、地牌對、天牌對、至尊寶，一副副好牌殺將出去，通吃通殺，只殺得吳三桂這老小子人仰馬翻，輸得乾乾淨淨，兩手空空，袋底朝天，翻出牌來，副副都是彆十。」

康熙哈哈大笑，心想：「朝廷裏沒大將，我自己就是大將，這句話倒也不錯。『雖敗不亂，沉得住氣』這八個字，除了我自己，朝廷裏沒一個將帥大臣做得到。」從御案上取過韋小寶所上的那道密奏，說道：「你說有人要行刺，要我小心提防？」

韋小寶道：「正是。當時局面緊急，奴才又讓人給看住了，不能叫師爺來寫奏章，只得畫這一副圖畫兒。皇上聰明得緊，一瞧就明白了。那刺客眼睜睜瞧著，就不知道是甚麼玩意兒。萬歲爺洪福齊天，反叛逆賊，枉費心機。」康熙道：「是怎麼樣的逆賊？」韋小寶道：「是吳三桂派來京城的。」康熙點頭道：「吳逆一起兵，我就加了三倍侍衛。昨晚收到你的奏章，又加了內班宿衛。」

韋小寶道：「這次吳逆派來的刺客，武功著實厲害。雖然聖天子有百神呵護，咱們還須加倍小心，免得皇上受了驚嚇。」忽然想起一事，說道：「皇上，奴才有一件寶貝背心，穿在身上，刀槍不入。奴才就脫下來，請皇上穿上了。」說著便解長袍扣子。

康熙微微一笑，問道：「是鰲拜家裏抄來的，是不是？」

韋小寶吃了一驚，他臉皮雖然甚厚，這時出其不意，竟也難得脹了個滿臉通紅，跪下說道：「奴才該死，甚麼也瞞不了皇上。」

康熙笑道：「這件金絲背心，是在前明宮裏得到的，當時鰲拜立功很多，又衝鋒陷陣，身上刀槍矢石的傷受了不少，因此上攝政王賜了給他。那時候我派你去抄鰲拜的家，抄家清單上可沒這件背心。」韋小寶只有嘻嘻而笑，神色尷尬。康熙笑道：「你今日要脫給我穿，足見你挺有忠愛之心。但我身在深宮，侍衛千百，諒來刺客也近不了我的身。這背心是不用了。你在外面給我辦事，常常遇到兇險，這件背心，算是我今日賜給你的。這賊名兒從今起可就免了。」韋小寶又跪下謝恩，已出了一身冷汗，心想：「我偷《四十二章經》的事，皇上可別知道才好。」

康熙道：「小桂子，你對我忠心，我是知道的。可是你做事也得規規矩矩才是。你身上這件背心，日後倘若也叫人抄家抄了出來，給人隱瞞吞沒了去，那可不大妙了。」韋小寶道：「是，是。奴才不敢。」額上汗水不由得涔涔而下，又磕了幾個頭，這才站起。

康熙說道：「揚州的事，以後再回罷。」說著打了個呵欠，一晚不睡，畢竟有些倦了。韋小寶道：「是。託了太后和皇上的福，那個罪大惡極的老婊子，奴才給抓來了。」康熙一聽，叫道：「快帶進來，快帶進來。」

韋小寶出去叫了四名侍衛，將毛東珠揪進殿來，跪在康熙面前。

康熙走到她面前，喝道：「抬起頭來。」毛東珠略一遲疑，抬起頭來，凝視著康熙。

康熙見她臉色慘白，突然之間心中一陣難過：「這女人害死我親生母親，害得父皇傷心出家，使我成爲無父無母之人。她又幽禁太后數年，折磨於她，世上罪大惡極之人，實無過於此了，可是……可是……我幼年失母，一直是她撫育我長大。這些年來，她待我實在頗有恩慈，就如是我親生母親一般。深宮之中，眞正待我好的，恐怕也只有眼前這個女人，還有這個狡猾胡鬧的小桂子。」內心深處又隱隱覺得：「若不是她害死了董鄂妃和董妃之子榮親王，以父皇對董鄂妃寵愛之深，大位一定是傳給榮親王。我非但做不成皇帝，說不定還有性命之憂。如此說來，這女人對我還可說是有功了。」

數年之前，康熙年紀幼小，只覺人世間最大恨事，無過於失父失母，但這些年來親掌政事，深知大位倘若爲人所奪，那就萬事全休，在他內心，已覺帝皇權位比父母親的慈愛爲重，只是這念頭固然不能宣之於口，連心中想一下，也不免罪孽深重。

毛東珠見他臉色變幻不定，嘆了口氣，緩緩道：「吳三桂造反，皇上也不必太過憂急，總要保重身子。你每天早晨的茯苓燕窩湯，還是一直在吃罷？」康熙正在出神，聽她問起，順口答道：「是，每天都在吃的。」毛東珠道：「我犯的罪太大，你……親手殺了我罷。」

康熙心中一陣難過，搖了搖頭，對韋小寶道：「你帶她去慈寧宮朝見太后，說我請太后聖斷發落。」韋小寶右膝一屈，應了聲：「喳！」康熙揮揮手，道：「你去罷。」

韋小寶從懷中取出葛爾丹和桑結的兩道奏章來，走上兩步，呈給康熙，說道：「皇上大喜。西藏和蒙古的兩路兵馬，都已跟吳三桂翻了臉，決意爲皇上出力。」

康熙連日調兵遣將，深以蒙藏兩路兵馬響應吳三桂爲憂，聽得韋小寶這麼說，不由得驚喜交集，道：「有這等事？」展開奏章一看，更喜出望外，揮手命侍衛先將毛東珠押出殿去，問韋小寶道：「這兩件大功，你怎麼辦成的？他媽的，你可眞是個大大的福將哪。」其時西藏、蒙古兩地，兵力頗強，康熙既知桑結、葛爾丹暗中和吳三桂勾結，已部署重兵，預爲之所，這時眼見兩道奏章中言辭恭順懇切，反成爲伐討吳三桂的強助，如何不教他心花怒放？只此事來得太過突兀，一時之間還不信是眞。

韋小寶知道每逢小皇帝對自己口出「他媽的」，便是龍心大悅，笑嘻嘻道：「託皇上的洪福，奴才跟他們拜了把子，桑結大喇嘛是大哥，葛爾丹王子是二哥，奴才是三弟。」

康熙笑道：「你倒眞神通廣大。他們幫我打吳三桂，你答允了給他們甚麼好處？」

韋小寶笑道：「皇上聖明，知道這拜把子是裝腔作勢，當不得眞的，他們一心一意是在向皇上討賞。桑結是想當活佛，達賴活佛、班禪活佛之外，想請皇上開恩，再賞他一個桑結活佛做做。那葛爾丹王子，卻是想做甚麼『整個兒好』，這個奴才就不明白了。」

康熙哈哈大笑，道：「整個兒好？啊，是了，他想做準噶爾汗。這兩件事都不難，又不花費朝廷甚麼，到時候寫一道敕文，蓋上個御寶，派你做欽差大臣去宣讀就是了。你去跟你大哥、二哥說，只要當眞出力，他們心裏想的事我答允就是。可不許兩面三刀，嘴裏說的是一套，做的又是一套，見風使舵，瞧那一邊打仗佔了上風，就幫那一邊。」

韋小寶道：「皇上說得是。我這兩個把兄，人品不怎麼高明。皇上也不能全信了，總還得防著一些。皇上說過，咱們頭幾年要打敗仗，那要防他二人非但不幫莊，反而打霉莊，儘在天門落注。」心想得把話說在頭裏，免得自己擔的干係太大。康熙點頭道：「這話說得是。但咱們也不怕，只要他們敢打，天門、左青龍、右白虎，通吃！」韋小寶哈哈大笑，心中好生佩服，原來皇上於賭牌九一道倒也在行。（按：後來葛爾丹和桑結分別作亂，爲康熙分別平定。葛爾丹死於康熙三十六年，桑結死於康熙四十四年。）

韋小寶押了毛東珠，來到慈寧宮謁見太后。太監傳出懿旨，命韋小寶帶同欽犯進見。韋小寶心想：「以前我是太監，自可出入太后寢殿。現下我是大臣了，怎麼還叫我進寢殿去？想來太后聽得捉到了老婊子，歡喜得很了，忘了我已不是太監。」於是由四名太監押了毛東珠，一同進去。

只見寢殿內黑沉沉地，仍與當日假太后居住時無異。太后坐在床沿，背後床帳低垂。韋小寶跪下磕頭，恭請聖安。

太后向毛東珠瞧了一眼，點了點頭，道：「你抓到了欽犯，嗯，你出去罷！」

韋小寶磕頭辭出，將毛東珠留在寢宮之中。他從慈寧宮出來，心下大為不滿：「我抓到老婊子，立了大功，可是太后似乎一點也不歡喜，連半句稱讚的話也沒有。他奶奶的，誰住在慈寧宮，誰就是母混蛋，眞太后也好，假太后也好，都是老婊子。」

他肚裏暗罵，穿過慈寧花園石徑，經過一座假山之側。突然間人影一晃，假山背後轉出三個人來，其中一人一伸手，便抓住了韋小寶左手，笑道：「你好！」韋小寶吃了一驚，見是個老太監，正待喝問，已看清楚這老太監竟然是歸二娘。

這一驚當眞非同小可，再看她身旁兩人，赫然是歸辛樹和歸鍾，兩人都穿一身內班宿衛服色，韋小寶暗暗叫苦：「你們三人原來躲在這裏。」左手給歸二娘抓住了，半身酸麻，知道只要一聲張，歸辛樹輕輕一掌，自己的腦袋非片片碎裂不可，料想自己的腦袋，不會有伯爵府外那石獅子頭這般堅硬，當下苦笑道：「你老人家好！」心下盤算脫身之計。

歸二娘低聲道：「你叫他們在這裏別動，我有話說。」韋小寶不敢違拗，轉頭對跟在身後的幾名侍衛道：「你們在這裏等著。」歸二娘拉著他手，向前走了十幾步，低聲道：「快帶我們去找皇帝。」

韋小寶道：「三位昨兒晚上就來了，怎麼還沒找到皇帝麼？」歸二娘道：「問了幾名太監和侍衛，都說皇帝在召見大臣，一晚沒睡。我們沒法走近，下不了手。」韋小寶道：「剛才我就想去見皇帝，要探探口氣，想知道你們三位怎麼樣了。可是皇帝已經睡了，見不著。三位已換了裝束，當眞再好也沒有，咱們這就出宮去罷。」歸二娘道：「事情沒辦成，怎麼就出宮去？」韋小寶道：「白天是幹不得的，三位倘若興致好，不妨今晚再來耍耍。」歸二娘道：「好容易進來了，大事不成，決不出去。他在那裏睡覺，快帶我們去。」韋小寶道：「我也不知他睡在那裏，得找個太監問問。」

歸二娘道：「不許你跟人說話！你剛才說去求見皇帝，怎會不知他睡在那裏？哼，想在老娘跟前弄鬼，那可沒這麼容易。」說著手指一緊。韋小寶只覺奇痛徹骨，五根手指如欲斷裂，忍不住哼了一聲。

歸辛樹伸過手來，在他頭頂輕輕摸了一下，說道：「很好！」

韋小寶情知無法違抗，心念一動：「我帶他們去慈寧宮，大呼小叫一番，小皇帝得知訊息，就有防備了。他們要是下手害死了太后，也不關我事。」便道：「剛才我是到慈寧宮去的，皇帝正在向太后請安，咱們再去看看。」

歸二娘望見他適才確是從慈寧宮出來，倒非虛言，說道：「我們三人既然進得宮來，就沒想活著出去了。只要你有絲毫異動，只好要你陪上一條小命。咱們四個一起去見閻王，路上也不寂寞。我孩兒挺喜歡你作伴兒的。」韋小寶苦笑道：「要作伴兒，倒也不妨，咱們就在這御花園裏散散心罷！那條陰世路，我看是不必去了。」歸二娘道：「你愛去見閻王呢，還是愛去見韃子皇帝？這兩個傢伙，今日你總是見定了其中一個。」

韋小寶嘆道：「那還是去見皇帝罷。咱們話說在前頭，一見到皇帝，你們三位自管自動手，我可不能幫忙。」歸二娘道：「誰要你幫忙？只要你帶我們見到了皇帝，立刻就放你。以後的事，不跟你相干。」韋小寶道：「好！就是這樣。」

韋小寶給三人挾著走向慈寧宮。歸鍾見到花園中的孔雀、白鶴，大感興味。韋小寶指指點點，跟他談個不休，只盼多挨得一刻好一刻。歸二娘雖然不耐，但想兒子一生纏於苦疾，在這世上已活不到一時三刻，臨死之前便讓他稍暢心懷，也不忍阻他的興頭。

遠遠望見慈寧宮中出來了一行人，抬著兩頂轎子，歸二娘一手拉著韋小寶，一手拉了兒子，閃在一座牡丹花壇之後。歸辛樹避在她身側。

這行人漸漸走近，韋小寶見當先一人是敬事房太監，後面兩乘轎子一乘是皇太妃的，一乘是皇太后的，轎側各有太監扶著轎桿，轎後太監舉著黃羅大傘，跟著數十名太監宮女，還有十餘名內班宿衛。本來太后在宮中來去並無侍衛跟隨，想來皇帝得到自己報訊後加派了侍衛。他靈機一動，低聲道：「小心！前面轎中就是韃子皇帝，後面轎中是皇太后。」

歸氏夫婦見了這一行人的排場聲勢，又是從慈寧宮中出來，自然必是皇帝和太后，不由得都心跳加劇，兩人齊向兒子瞧去，臉上露出溫柔神色。歸二娘低聲道：「孩兒，前面轎中坐的就是皇帝，待他們走近，聽我喝一聲『去！』咱三人就連人帶轎，打他個稀巴爛！」歸鍾笑道：「好，這一下可好玩了！」

眼見兩乘轎子越走越近，韋小寶手心中出汗，耳聽得那敬事房太監口中不斷發出「吃！吃！吃！」之聲，叫人迴避。歸二娘低喝一聲：「去！」三人同時撲出。

這三人去勢好快，直如狂風驟至，只聽得砰的一聲巨響，三人六掌，俱已擊在第一乘轎子之上。歸辛樹和歸二娘怕打不死皇帝，立即抽出腰間長劍，手起劍落，剎那間向轎中連刺了四五劍，每一劍拔出時，劍刃上都鮮血淋漓，轎中人便有十條性命，也都已了帳。

隨從侍衛大驚，紛紛呼喝，抽出兵刃上前截攔。歸二娘叫道：「得手了！」左手拉住兒子，逕向北闖。歸辛樹長劍急舞，向前奪路。衆侍衛那裏擋得住？眼見三人衝向壽康宮西側的花徑而去。衆宮女太監驚呼叫嚷，亂成一團。

四下裏鑼聲響起，宮中千百扇門戶紛紛緊閉上閂，內班宿衛、宮門侍衛嚴守各處要道通路。接著宮牆外內府三旗護軍營、前鋒營、驍騎營官兵個個弓上弦，刀出鞘，密密層層，嚴加把守。

韋小寶見歸家三人刺殺了皇太妃，便以爲得手，逕行逃走，心中大喜，當即從花壇後閂了出來，大聲喝道：「大家不得慌亂，保護皇太后要緊！」

眾侍衛正亂得猶似沒頭蒼蠅，突見韋小寶現身指揮，心中都是一定。韋小寶喝道：「大家圍住皇太后御轎，若有刺客來犯，須得拚命擋住！」眾侍衛手齊聲應道：「得令！」韋小寶從侍衛中搶過一把刀來，高高舉起，大聲道：「今日是咱們盡忠報國，爲皇太后、皇太妃拚命的時候，管他來一千一萬刺客，大夥兒也要保護太后聖駕！」眾侍衛又齊應：「得令！」眼見侍衛副總管伯爵大人威風凜凜，指揮若定，忠心耿耿，視死如歸，無不打從心底裏佩服出來，均想：「他年紀雖小，畢竟高人一等！」十餘名侍衛團團圍定皇太后御轎。

韋小寶又向眾太監宮女呼喝：「你們亂些甚麼？快在外邊圍成一個圈子，保護太后，倘若刺客犯駕，好先砍了你們這些不值錢的腦袋。」眾太監宮女心想自己的腦袋雖不值錢，胡亂給人砍了，倒也不大捨得，但見他執刀揮舞，神色威嚴，誰也不敢違抗，只得戰戰兢兢的在眾侍衛外又圍了個圈子，有幾人已嚇得屎尿齊流。

韋小寶這才放下鋼刀，走到皇太后御轎之前，說道：「奴才韋小寶救駕來遲，驚動了太后聖駕。恭請太后聖安，刺客已經殺退。」太后在轎中說道：「很好！」

韋小寶伸手掀開轎帷一角，見太后臉色蒼白，卻滿面笑容，連連點頭，說道：「韋小寶，你很好，很好！又救了我一次。」韋小寶道：「太后萬福聖安，奴才歡喜得緊。」

輕輕放下轎帷。

他回頭指著兩名侍衛，說道：「你們快去奏告皇上，太后聖躬平安，請皇上不必掛念。你們說奴才韋小寶恭請皇上聖安，衆侍衛奮勇護駕，刺客已然殺退。」兩名侍衛領命而去。

忽聽得太后低聲叫道：「韋小寶！」韋小寶應道：「喳！奴才在。」太后低聲問道：「前面轎裏那兩人死了？」韋小寶道：「兩人？」太后道：「你去瞧瞧，小心在意。」韋小寶答應了，心中大奇：「怎麼是兩人？又爲甚麼小心在意？」走到第一乘轎子之前，揭開轎帷，不由得「啊」的一聲大叫，放下轎帷，倒退了幾步，只覺雙膝酸軟，險些坐倒在地。

轎中血肉模糊，果然死了兩人！兩人身上都有好幾個劍創，兀自汩汩流血。一個是假太后毛東珠，另一個是矮矮胖胖的男子，五官已給掌力打得稀爛，但瞧這身形，赫然便是瘦頭陀。兩人相摟相抱而死。

毛東珠死在轎中倒也不奇，她是韋小寶押到慈寧宮去呈交太后的，可是這瘦頭陀卻從何而來？這二人居然坐了皇太妃的轎子，由皇太后相陪，卻要到那裏去？

他定了定神，走到太后轎前，低聲道：「啓稟太后，那兩人已經死了，死得一塌胡塗，死得不能再死了。」太后一笑，說道：「很好！咱們回慈寧宮。那乘轎子也抬了去，不許旁人啓轎觀看。」

韋小寶答應了，傳下令去，自己扶著太后御轎到了慈寧宮，打開轎帷，扶著太后出來。太后又向他一笑，說道：「你很好！」韋小寶報以一笑，心道：「我有甚麼好了？太后年紀雖然不小，相貌倒挺標致哪。」

太后招招手，叫他隨進寢殿，吩咐宮女太監都出去，要韋小寶關上了門。

韋小寶心中怦怦而跳，不禁臉上紅了起來，心道：「啊喲，乖乖不得了！太后不住讚我很好，莫非要我做老皇爺的替身？假太后有個師哥假扮宮女，又有個矮胖瘦頭陀鑽在她被窩裏。這眞太后如果要我也假扮宮女，鑽進她被窩去，那便如何是好？」

太后坐在床沿，出神半晌，說道：「這件事當眞好險，又是全仗你出力。」韋小寶道：「奴才受太后和皇上的大恩，粉身碎骨也不能報答。」太后點了點頭，說道：「你很忠心。皇上用了你，也是咱們的福氣。」韋小寶道：「那是太后和皇上的恩典。奴才只知道盡忠爲主子出力罷了。」心中只道：「玉皇大帝、觀世音菩薩保祐，你可別叫我假扮宮女。」

太后又向他一笑，只笑得韋小寶心中直發毛，只聽她道：「你打死的那兩個反賊，去連人帶轎一起用火燒了，不能洩漏半句言語。剛才在場的侍衛和宮女太監……」說到這裏，沉吟不語。韋小寶道：「太后聖安。奴才有法子叫他們連屁也不敢放半個。」太后聽他說話粗俗，微一皺眉，說道：「這件事你給我辦得妥妥當當的，自有你的好處。」韋小寶請了個安，說道：「奴才用心去辦，倘若有人漏出半點消息，太后砍奴才的腦袋好了。」太后道：「這樣我就放心了。你去罷！」韋小寶聽到「你去罷」三字，大喜放心，磕頭辭出。

出得慈寧宮來，只見康熙的御轎正向這邊而來，數百名宿衛前後左右擁衛，衛士比平日增了數倍，韋小寶避在道旁。康熙在轎中見到了他，叫道：「小桂子，你在這裏等著。」韋小寶答應了，知道康熙是去向太后請安，苦苦思索：「矮胖子瘦頭陀怎麼會躲在皇太妃的轎裏？當眞奇哉怪也！」

突然間砰砰砰響聲大作，跟著伯爵府上空黑煙瀰漫，樑木磚瓦在空中亂飛。羣豪只覺腳底下土地震動。大砲聲隆隆不絕，伯爵府上空血紅的火燄直沖向天，高達十餘丈。

第四十三回　身作紅雲長傍日　心隨碧草又迎風

康熙從慈寧宮出來。韋小寶跟著回養心殿，在殿外候傳。過了良久，見前鋒營統領阿濟赤從殿中出來，韋小寶心道：「皇上定是調動前鋒營，加緊嚴防刺客。」接著太監傳韋小寶進見。康熙屏退侍衛、太監，命他關上了殿門。

康熙蹙起了眉頭，在殿上踱來踱去，顯是心中有個難題，好生委決不下。韋小寶見狀，心下惴惴。小皇帝年歲漸長，威勢日盛，韋小寶每見到他一次，總覺親昵之情減了一分，畏懼之心加了一分，再也不是當時互相扭打時那麼肆無忌憚。

過了一會，康熙說道：「小桂子，有一件事，可不知道怎麼辦才好。」韋小寶道：「皇上聰明智慧，諸葛亮甘拜下風，想出來的主意，一定是高的。」康熙道：「這一回可連諸葛亮也沒法子了。你有三件大功勞，我一件都沒賞你。擒獲毛東珠是第一件。說得蒙古、西藏兩路兵馬歸降，是第二件。剛才又派人擊斃反賊，救了太后，那是第三件了。你年紀小小，已封了伯爵，我總不能封你為王哪！」說到這裏，哈哈大笑。

韋小寶才知道皇上跟自己開玩笑，喜道：「這幾件事都託賴太后和皇上洪福，所有功勞都是皇上自己的。可惜皇上不能封自己的官，否則的話，皇上該當自己連升三級才是。」

康熙又一陣大笑，說道：「皇帝雖不能升自己的官，可是自古以來，不知有多少皇帝愛給自己加尊號。有件甚麼喜慶事，打個小小勝仗，就加幾個尊號，雖說是臣子恭請，其實還不是皇帝給自己臉上貼金。眞正好皇帝這麼自稱自讚，已然頗為好笑，何況許多暴君昏君，也是仁聖文武、憲哲睿智甚麼的一大串。皇帝越胡塗，頭銜越長，當眞恬不知恥。古來聖賢君主，還有強得過堯舜禹湯的麼？可是堯就是堯，舜就是舜，後人心中崇仰，最多也不過稱一聲大舜、大禹。做皇帝的若有三分自知之明，也不會尊號加到幾十字那麼長了。」

韋小寶道：「原來鳥生魚湯是不加自己尊號的。皇上是鳥生魚湯，自然也不加了。不過照奴才看來，打平吳三桂之後，皇上倘若不加幾個頭銜風光風光，未免太也吃虧。」

康熙笑道：「吃甚麼虧？」韋小寶道：「打平吳三桂之後，皇上大封功臣，犒賞三軍，大家都要升官發財。皇上自己非但升不了官，反而要大開庫房，黃澄澄的金子、白花花的銀子，一箱箱搬出去花差花差，豈不大大破財？」康熙笑道：「你就是沒學問，沒出息。掃除吳逆，天下太平，百姓安居樂業，那就是你主子的升官發財。」韋小寶道：「原來如此。」

康熙道：「不過蕩平吳逆之後，羣臣一定是要上尊號的。這些馬屁大王，有事的時候不能爲朕出力分憂，一待大功告成，他們就來撿現成便宜，大拍馬屁了。」韋小寶道：「皇上事事有先見之明。咱們那時候靜靜的瞧著，那幾個官兒請皇上加尊號，誰就是馬屁大王。」康熙笑道：「對！那時候老子踢他媽的狗屁股。」君臣相對大笑。

果然不出康熙所料，吳三桂平後，羣臣便上尊號，歌功頌德，大拍馬屁。康熙下諭道：「賊雖已平，瘡痍未復，君臣宜加修省，恤兵養民，布宣德化，務以廉潔爲本，共致太平。若遂以爲功德，崇上尊稱，濫邀恩賞，實可恥也。」這已說得十分嚴峻，但羣臣兀自不悟，以爲康熙不過假意推辭，又再請上尊號。康熙頒諭：「朕自幼讀書，覺古人君行事，始終一轍者甚少，嘗以爲戒。惟恐幾務或曠，鮮有克終，宵衣旰食，祁寒盛暑，不敢少間。偶有違和，亦勉出聽斷。中夜有幾宜奏報，披衣而起，總爲天下生靈之計。今更鮮潔淸之效，民無康阜之庥，君臣之間，全無功績可紀。倘復上朕尊號，加爾等官秩，則徒有負愧，何尊榮之有？」羣臣拍馬屁拍在馬腳上，鬧得灰頭土臉，這才不敢再請。此是後話，按下不表。

康熙笑道：「皇帝自己加尊號，那是多得很的，不算希奇。明朝有個正德皇帝，那才叫奇了。」韋小寶道：「這個皇帝，奴才見過他好幾次。」康熙奇道：「你見過他好幾次？做夢麼？」韋小寶道：「不是。奴才在戲台上見過的。有一齣戲叫做〈梅龍鎮〉，正德皇帝遊江南，在梅龍鎮上見到一個賣酒姑娘李鳳姐，生得美貌，跟她勾勾搭搭。」

康熙笑道：「正德皇帝喜歡微服出遊，李鳳姐的事，說不定眞是有的。這皇帝不加自己尊號，卻愛封自己的官，他封自己爲『總督軍務威武大將軍總兵官』，遇到甚麼風吹草動，就下一道上諭：『北寇犯邊，特命總督軍務威武大將軍總兵官朱壽率六軍往征。』朱壽就是他的名字。後來打了一仗，其實是敗仗，他卻說是勝仗，功勞很大，下一道聖旨，加封自己爲鎭國公，加俸祿米五千石。」

韋小寶哈哈大笑，說道：「這人皇帝不做，卻去做鎭國公，眞是胡塗得很了。」

康熙笑道：「當時大臣一齊反對，說若封鎭國公，就要追封祖宗三代。皇上自己稱鎭國公還不打緊，皇上的祖宗三代都是皇帝，他們一定不肯降級。正德皇帝不理，定要做鎭國公，後來又說立了功勞，加封自己爲太師。幸虧他死得早，否則官越封越大，到後來只好自己篡自己的位，索性做皇帝了。」韋小寶聽到「篡位」兩字，不敢多言，只乾笑幾聲。

康熙道：「正德皇帝做了許多胡塗事，害得百姓很苦。固然他自己不好，但一半也是太監和臣子教壞他的。」韋小寶道：「是，是。壞皇帝愛用壞太監和奸臣，好皇帝用的就是好太監和忠臣。」康熙微微搖頭，說道：「那也不然。好皇帝身邊，壞太監和奸臣也是有的，只不過皇帝倘若不胡塗，就算給人蒙蔽得一時，到後來終於能揭穿奸臣的陰險狡猾。」

韋小寶道：「是，是。」一顆心不由得怦怦亂跳。

康熙問道：「毛東珠那賤人的奸夫，叫甚麼名字啊？」韋小寶道：「他叫瘦頭陀，眞的名字叫甚麼，奴才就不知道了。」康熙道：「他這樣胖，像是一個肉球，怎麼叫瘦頭陀？」韋小寶道：「聽說他本來是很高很瘦的，後來服了神龍教教主的毒藥，便縮成一團，變成個矮胖子了。」康熙又問：「你怎知他跟毛東珠躲在愼太妃的轎中，脅迫太后送他們出宮？」

韋小寶心念電轉：「皇上先說我派人擊斃反賊，救了太后，功勞很大。此刻又說他二人躲在太妃轎中，脅逼太后送他們出宮。那麼歸家三人行刺之事，皇上還不知道。不過歸家三人這時逃走了也罷，給活捉了也罷，給打死也罷，終究是瞞不過的。我又怎麼說才好？」

康熙見他遲疑不答，問道：「怎麼？有甚麼忌諱的事嗎？」韋小寶道：「不，不！奴才心裏奇怪，怎麼這兩名反賊會坐在太妃的轎中，當眞是想破了腦袋也想不通，還要請皇上開導。」康熙道：「我先問你：你怎知轎裏坐的不是太妃，因而指揮侍衛襲擊御轎？」

韋小寶心想：「原來皇上還以爲是宮中侍衛殺了瘦頭陀和毛東珠，這件事終究是要揭穿的，我還是直說罷。」便道：「奴才罪該萬死，皇上恕罪。」說著跪了下來。

康熙皺眉道：「甚麼事？」韋小寶道：「奴才奉皇上諭旨，將反逆毛東珠押去慈寧宮，經過御花園，忽然假山後面豁喇一響，跳出三個穿了侍衛和太監服色的人來，將奴才一把抓住，要我帶他們來尋皇上。這三人的武功是極高的，奴才的手指都險些給他們捏斷了。」說著提起左手，果然五根手指都瘀黑粗腫。

康熙道：「他們尋我幹甚麼？」韋小寶道：「這三人定是吳三桂派來的刺客，奴才就算給他們捏死了，也決計不肯帶他們來犯駕的，正好……不，不是正好，是剛巧，剛巧太后和太妃鑾駕來到，這三個刺客胡裏胡塗，以爲太妃轎中坐的是皇上聖駕，就衝出來行兇。那是太后和皇上的洪福齊天，竟是反賊殺了反賊。那三個刺客這當兒不知是給衆侍衛格斃了，還是擒獲了，奴才這就去查明回奏。」

康熙道：「三個刺客未必會胡裏胡塗，多半是你指點的，是不是？你想與其刺客向我犯駕，不如去害太妃，他們只要一動手，宮中大亂，就傷我不到了，你這條小命也保住了，是不是？」韋小寶給康熙說穿了心事，知道抵賴不得，只有連連磕頭。

康熙道：「你指點刺客去危害太妃，本來是該當砍頭的，總算你對我還有這麼三分忠愛之心……」韋小寶忙道：「不是三分，是十分，一百分，一千分，一萬分的忠愛之心。」康熙微笑道：「不見得罷？」韋小寶道：「見得，見得，大大的見得！」

康熙伸足在他額頭輕輕一踢，笑道：「他媽的，站起來罷。」韋小寶已嚇得滿頭是汗，磕了個頭站起。康熙笑道：「你立了三件大功，我本來想不出法子賞你，現下想到了。你指點刺客，犯上行兇，有不臣之心，我卻也不來罰你。將功贖罪，咱們乾折了罷。」

韋小寶道：「好極，好極。好比皇上推牌九，前道是奴才贏了，後道是皇上贏了，大家扯直。皇上不吃我的，也不賠我的。」心想：「不升官就不升官。難道你還能封我做威武大將軍、鎮國公嗎？就算封太師，也沒甚麼了不起。當年唐伯虎點秋香，華太師的兩個兒子華大、華二是傻的。我韋太師生兩個兒子韋大、韋二，也這麼亂七八糟，可眞倒了大霉啦。」

康熙道：「這矮胖賊子，用心也當眞奸險。他的相好給你抓住之後，難以奪回，料到你定會送進宮來，呈給太后發落，竟然鋌而走險，又闖進慈寧宮去，犯上作亂，脅迫太后。這當兒宮中侍衛加了數倍，戒備森嚴，他再也不能如上次那樣乘人不備，踰牆遁逃，他只盼坐在愼太妃轎中，由太后親自陪到宮門口，就可雙雙逃走。他萬萬料想不到，鬼使神差，你竟會指點刺客去攻打愼太妃的鸞轎，將兩名叛賊殺了。」

韋小寶恍然大悟，說道：「原來如此。太后和皇上洪福齊天，果然半點也不錯。」心想：「無怪我送老婊子去時，太后一副晦氣臉孔，倒像我欠了她三百萬兩銀子不還似的。原來那時瘦頭陀早已躲在寢殿裏，多半就藏在床上。瘦頭陀在慈寧宮住過不少日子，熟門熟路，這張大床也不知睡過多少晚了，也眞虧他想得出這條巧計來。不知他在太后寢殿中已等了多久？說不定有好幾天了。啊喲，不好！瘦頭陀和太后一男一女躲在房裏，接連幾天，不知幹了甚麼花樣出來沒有？五台山老皇爺頭上的和尙帽，只怕有點兒綠油油了。」

康熙自猜不到他心中的齷齪念頭，笑道：「太后和我福氣大，你的福氣可也不小。」韋小寶道：「奴才本來是沒有福氣的，跟得皇上久了，就沾了些皇上的福氣。」

康熙哈哈大笑，問道：「那歸辛樹外號『神拳無敵』，武功果然厲害得很麼？」

康熙在大笑聲中問出這句話來，韋小寶耳邊便如起了個霹靂，身子連晃，只覺兩條腿中便似灌滿了醋一般，又酸又軟，說道：「這……這……」

康熙冷笑道：「天父地母，反淸復明！韋香主，你好大的膽子哪！」

韋小寶但覺天旋地轉，腦海中亂成一團，第一個念頭便想伸手去靴筒中拔匕首，但立即想起：「他甚麼都知道了！既然問到這句話，就是翻牌跟我比大小。他武功比我高，我一劍刺他不死的。就算能殺了他，我也決計不殺！」當下更無遲疑，立即跪倒，叫道：「小桂子投降，請小玄子饒命！」

這「小玄子」三字入耳，康熙心頭登時湧起昔日和他比武玩耍的種種情事，不由得長嘆一聲，說道：「你……一直瞞得我好。」

韋小寶磕頭道：「奴才雖然身在天地會，可是對皇上忠心耿耿，沒做過半點對不起皇上的事。」康熙森然道：「你若有分毫反意，焉能容得你活到今日？」韋小寶聽他口氣有些鬆動，忙又磕頭說道：「皇上鳥生魚湯，賽過諸葛之亮。奴才盡忠爲主，好似關雲之長。」

康熙忍俊不禁，心中暗罵：「他媽的，甚麼諸葛之亮，關雲之長？」只是在這要緊的當口，倘若稍假以詞色，這小丑插科打諢，順著桿兒爬上來，再也收服他不住，喝道：「你給我從頭至尾，一一招來！只消有半句虛言，我立刻將你斬成狗肉之醬！」說到最後四字，嘴角邊不由得露出笑意。

韋小寶爬在地上，瞧不見他神色已和，但聽語意嚴峻，忙磕頭道：「是，是。皇上一切都知道了，奴才怎敢再有絲毫隱瞞？」當下將如何去康親王府殺鰲拜而爲天地會所擄，如何拜陳近南爲師，如何被迫入會做了青木堂香主等情，一一照實說了，最後述說如何遇到歸家三人，如何擲骰子輸給歸鍾，如何繪圖密奏，如何在慈寧花園爲歸二娘所擒，如何指引三人襲擊太妃鑾轎以求皇帝得警等等，至於盜《四十二章經》等等要緊關節，自然略過不提。他說了這般長篇大論，居然謊言甚少而眞話極多，一生之中算是破題兒第一遭了。

康熙不住詢問天地會的情形，韋小寶便也據實稟告。康熙聽了一會，點了點頭，說道：「五人分頭一首詩，身上洪英無人知。」韋小寶一怔：「皇上連我會中兄弟相認的切口也知道了。」接著唸道：「自此傳得衆兄弟，後來相認團圓時。」康熙道：「初進洪門結義兄，當天明誓表眞心。」韋小寶道：「松柏二枝分左右，中節洪花結義亭。」康熙道：「忠義堂前兄弟在，城中點將百萬兵。」韋小寶唸道：「福德祠前來誓願，反清復明我洪英。」

按照天地會中規矩，他這兩句詩一唸完，對方便當自報姓名，述說所屬堂口，在會中的職份，康熙卻只微微一笑。韋小寶喜道：「原來皇上也是我會中兄弟，不知是甚麼堂口？燒的是幾炷香……」說到這裏，立知自己胡塗透頂，他是滿淸皇帝，怎會來「反淸復明」？連說：「打你這胡塗小子，打你這胡塗小子！」啪啪有聲，輕輕打了自己兩個嘴巴。

康熙站起身來，在殿上踱來踱去，說道：「你做的是我滿洲的官兒，吃的是我大淸的祿米，心中卻存著反淸復明的念頭。若不是念著你有過一些微功，你便有一百顆腦袋，也早砍下來了。」韋小寶道：「是，是！皇上寬宏大量，奴才的腦袋才保得到今天。奴才即刻去退會，這天地會的香主說甚麼也不幹了。今後決不反清復明，專門反明復清。」康熙肚裏暗暗好笑，罵道：「我大清又沒亡國，要你來復甚麼？滿口子胡說！」韋小寶忙道：「是，是！奴才保定我主江山萬萬年。皇上要我復甚麼，我就復甚麼，要我反甚麼，奴才就反甚麼。」

康熙低沉著聲音，一字一字慢慢的說道：「好！我要你反天地會！」

韋小寶道：「是，是！」心中暗暗叫苦，臉上不自禁的現出難色。

康熙道：「你滿嘴花言巧語，說甚麼對我忠心耿耿，也不知是眞是假。」韋小寶忙道：「十足眞金，十足眞金，再眞也沒有了。」康熙道：「我細細查你，總算你對我還沒甚麼大逆不道的惡行。倘若你聽我吩咐，這一次將天地會挑了，斬草除根，將一衆叛逆殺得乾乾淨淨，那麼將功贖罪，就赦了你的欺君大罪，說不定還賞賜些甚麼給你。如你仍然狡猾欺詐，兩面三刀，哼哼，難道我殺不了天地會的韋香主嗎？」

韋小寶只嚇得全身冷汗直流，連說：「是，是。皇上要殺奴才，只不過是好比捏死一隻螞蟻。不過……不過皇上是鳥生魚湯，不殺忠臣的。」康熙哼了一聲，說道：「你是甚麼忠臣了？你是大白臉奸臣。」韋小寶道：「皇上明鑒：奴才瞞了皇上，有些事情不說，那是有的。不過的的確確不是大白臉奸臣。董卓、曹操，我是決計不做的。」康熙道：「好！就算你不是大白臉奸臣，你是白鼻子小丑。」韋小寶得皇帝如此分派他這樣一個角色，登時鬆了口氣，忙道：「小丑就小丑罷，好比……好比時遷、朱光祖，也能給皇上立功。」

康熙微微一笑，道：「哼，你總是硬把要自己說成好人，這樣罷，你點齊兵馬，去把天地會、沐王府、歸辛樹一干反賊，一古腦兒的都拿了來。倘若走掉了一個，砍你一隻手，走掉了四個，一雙手一雙腳都砍下來。要是走掉了五個，那再砍你的甚麼？」韋小寶道：「這個……這個……奴才只好眞的做太監了。」康熙忍不住哈哈大笑，罵道：「他媽的，你倒會打如意算盤。」

韋小寶愁眉苦臉道：「皇上砍了我兩隻手兩隻腳，奴才多半是活不成了，脖子上這顆腦袋，砍不砍也差不多。」心想：「他連沐王府也知道了，當眞消息靈通。」

康熙伸手入袖，取出一張紙來，唸道：「天地會總舵主陳近南，青木堂香主韋小寶，屬下李力世、樊綱、徐天川、玄貞道人、錢老本、高彥超、風際中等等；沐家的沐劍聲、柳大洪、吳立身等等，三名進宮的刺客是歸辛樹、歸二娘、歸鍾。一、二、三、四、五……一共是四十三名反賊，除了你自己暫且不算，一共四十二名。」

韋小寶又即跪下，磕了兩個頭，說道：「皇上，這干人雖然說要反淸復明，不過他們也沒能反成功、復成功。讓我去跟他們說，皇上上知天文，下知地理，過去未來，甚麼都知道了。皇上說過大淸江山萬萬年，那定然不錯。反淸是反不成的，大家不如散了夥罷。」

康熙伸手在桌上重重一拍，厲聲道：「你是一意抗命，不肯去捉拿反賊了？」

韋小寶心想：「江湖上好漢，義氣爲重。我如把師父他們都捉了來，皇上一定砍他們的頭。這樣一來，韋小寶出賣朋友，變成吳三桂啦。唉，當時甚麼人不好冒充，偏偏去冒充小桂子。小桂子，小桂子，可不是吳三桂的小兒子嗎？我這伯爵大人也不要做了，想法子通知師父他們大家逃走，滾他媽的臭鴨蛋罷。」

康熙見他不答，心中更怒，喝道：「到底怎樣？你難道不知自己犯了大罪？我給了你改過自新、將功贖罪的良機，卻還在跟我討價還價？」

韋小寶道：「皇上，他們要來害你，我拚命阻擋，奴才對你是講義氣的。皇上要去拿他們，奴才夾在中間，難以做人，只好向你求情，那也是講義氣。」

康熙怒道：「你心中向著反賊，那是順逆不分，目無君上，還說講義氣？」頓了一頓，說道：「你救過我性命，救過父皇，救過太后，今日我如殺了你，你心中定然不服，要說我對你不講義氣，是不是？」

到此地步，韋小寶索性硬了頭皮，說道：「是的。從前皇上答允過的，奴才就算做錯了事，皇上也饒我性命。萬歲爺的金口，說了可不能反悔。」康熙道：「好啦，你倒深謀遠慮，早就伏下了這一著棋子，哼，其心可誅。」

韋小寶不懂「其心可誅」這四字是甚麼意思，料想決不是好話，自從識得康熙以來，從沒見過他發這樣大的脾氣，心想：「我這顆腦袋，那是砍下了一大半啦。小皇帝的脾氣，向他求情也沒有用，只有跟他講理。」說道：「皇上，我拜過你爲師，你答允收我爲徒弟的。那陳近南，也是我的師父。我如存心害你，那是欺師滅祖。我如去害那個師父，也是欺師滅祖。再說……再說，皇帝砍奴才的腦袋，當然稀鬆平常。可是師父砍徒弟的腦袋，卻有點兒不大對頭了。」

康熙心想：「收他爲徒的戲言，當時確是說過的。這小子恃寵而驕，無法無天，居然將我跟天地會的匪首相提並論，實在胡鬧之至……」正想到這裏，忽聽得遠處隱隱人聲喧嘩，乒乒乓乓的，又有兵刃相交之聲。

韋小寶跳起身來，說道：「好像有刺客。師父請坐著別動，讓徒兒擋在你身前。」

康熙哼了一聲，心想：「這小子便有千般不是，對我畢竟有忠愛之心。」說道：「你以後再也不可叫我師父。你不守本門的門規，本師父將你開革了。」說著不禁有些好笑。

只聽得腳步聲響，有數人奔到殿門外，停住不動。韋小寶奔到殿門之後，立刻拿起門閂上了門，這是性命攸關的大事，手腳之快，無與倫比，喝問：「甚麼人？」

外邊有人大聲道：「啓奏皇上：宮中闖進來三名刺客，內班宿衛已團團圍住，不久便可擒獲。」韋小寶心道：「歸家三人終於逃不出去。」喝道：「皇上知道了。即速加調一百名侍衛，到養心殿前後護駕，屋頂上也得站三十名。」殿外的侍衛首領應命而去。

康熙心想：「他倒想得周到。那日在五台山遇險，那白衣尼姑從屋頂破瓦而下，果是難以防備，幸虧這小子奮不顧身的在我身前擋了一劍。」

過了一會，吆喝聲漸輕，但不久兵刃撞擊又響了起來。康熙皺起眉頭，說道：「連三名刺客也拿不住。倘若來的是三百名、三千名，那怎麼辦？」韋小寶道：「皇上不用煩惱。像歸辛樹這等腳色，世上是很少的，最多也不過四五個罷了。」

再過一會，只聽得腳步聲響，又有刀劍響動，加調的內班宿衛到了殿外；又聽得殿頂四周屋瓦發出響聲，上高的宿衛躍上了殿頂，衆衛士知道皇帝便在殿內，都把守在殿簷殿角，不敢走到屋頂，否則站在皇帝頭頂，那可是大大的不敬。

康熙知道單是養心殿周遭，便至少有四五百名侍衛把守，決計無虞，不再理會刺客，說道：「你瞧瞧這是甚麼？」從衣袖內又抽出一張紙來，鋪在桌上。

韋小寶走近一看，見是一幅圖畫，中間畫的是一座大屋，屋前有旗桿石獅，有些像是自己的伯爵府；屋子四周排列著十幾門大砲，砲口都對準了大屋。再仔細看時，那屋子越看越像是自己的屋子。

康熙道：「你認得這屋子嗎？」韋小寶道：「倒有點兒像奴才的狗窩。」康熙道：

「你認得就好。」指著圖中門額上的四字，問道：「這『忠勇伯府』四字，都認得嗎？」

韋小寶聽得果然便是自己的屋子，又不禁冷汗直冒。自己住處四周排列了這許多大砲，自然大事不妙。他曾親眼見到兩個外國鬼子湯若望、南懷仁操砲，大砲一發，轟的一聲，只炸得火焰沖天，泥石濺起十幾丈高，自己身上就算穿了一百件護身寶衣，那也炸成狗肉之醬了，想到大砲轟擊之威，不由得身子打戰。

康熙緩緩的道：「今兒晚上，你們天地會、雲南沐家、華山派姓歸的，還有王屋派門下司徒鶴一干人，都要在你家聚會。我這十二門大砲，這會兒已在你屋子四周的民房中架好，砲彈火藥也早就上好了，只消拉開窗子，露出砲口，一點藥線，只怕沒一個反賊能逃得了性命。就算大砲轟不死，逃了出來，圍在外面的幾隊前鋒營兵馬，總也不能吃飯不管事。剛才你見到前鋒營統領阿濟赤了罷？他已去點兵預備動手了。前鋒營向來跟你統帶的驍騎營不大和睦，未必肯放你走罷？」

韋小寶顫聲道：「皇上甚麼都算到了，此刻對奴才明言，就是饒了奴才一條性命。奴才以前的一點兒微功，就此將功折罪，都折得乾乾淨淨，半點兒也不賸了。」

康熙微微一笑，道：「你明白就好，好比咱兩人賭牌九，你先贏了不少銀子，可是在一注之中都輸還了給我，以前贏的，一下子都吐了出來，從此沒了輸贏。我們如要再玩，就得從頭來過。」

韋小寶吁了一口氣，說道：「眞正多謝皇上龍恩，奴才今後只專心給皇上當差，別說天地會，就算是天九會的香主，奴才也不幹了。」心中暗暗著急：「師父他們約好了今晚在我屋裏聚會，怎生通知他們別去才好？」又道：「皇上吩咐我去擒拿這一干反賊，只不過是試試奴才的心，其實皇上早就神機妙算，甚麼甚麼之中，甚麼千里之外。」

只聽得殿門外有人朗聲說道：「回皇上：反賊拿到！」康熙臉有喜色，喝道：「帶進來！」韋小寶道：「是！」轉身過去拔了門閂，打開殿門。

數十名侍衛擁了歸家三人進來，齊喝：「叩見皇上，下跪！」數十名侍衛一齊跪倒。歸辛樹、歸二娘、歸鍾三人滿身血污，到處是傷，卻昂然直立。三人都給粗索綁住了，身畔各有兩名侍衛牽住。

侍衛的領班喝道：「下跪，下跪！」歸家三人那去理睬。只聽得殿上嗒嗒聲響，歸家三人和受傷的侍衛身上鮮血不住下滴。歸二娘怒目瞪視韋小寶，喝道：「小漢奸，你……你這臭賊！」韋小寶眼見三人的慘狀，心中不禁難過，任由她辱罵，也不回答。

康熙點點頭，說道：「神拳無敵歸辛樹，卻原來是這麼個糟老頭兒！咱們的人死傷了多少？」侍衛領班道：「回皇上：反賊兇悍之極，侍衛殉職的三十多人，傷了四十來人。」康熙「嘿」的一聲，擺了擺手，心中暗讚：「了不起！」侍衛領班吩咐手下將三人帶出。

突然間歸辛樹大喝一聲，運起內力，右肩向身旁侍衛一撞。那侍衛「啊」的一聲大叫，身子飛了出去，腦袋撞在牆上，登時斃命。歸辛樹抓住綁在歸鍾身上的繩索，一繃一扯，啪的一聲，繩索立斷，抓住他身子，喝道：「孩兒快走，我和媽媽隨後便來。」向外一送，歸鍾便從殿門口飛了出去。便在此時，歸氏夫婦雙雙躍起，向康熙撲將過去。

韋小寶見變故陡生，大驚之下，搶上去一把抱住了康熙，滾到了桌子底下，自己背脊向外，護住康熙。只聽得啪啪兩聲響，跟著便有幾名侍衛搶過，扶起康熙和韋小寶。看歸氏夫婦時，只見均已倒在血泊之中，背上插了七八柄刀劍，眼見是不活了。

歸辛樹力殺數十名侍衛後，身受重傷，最後運起內力，扯斷了兒子身上的綁縛，立即向康熙撲去。歸二娘明白丈夫的用意，一來只盼臨死一擊，能傷了韃子皇帝的性命，二來好讓兒子在混亂之中脫逃。兩人手腳都爲繩索牢牢綑縛，再也無力掙斷，還是一齊躍起，向康熙衝擊。但兩人力戰之餘，已然油盡燈枯，都是身在半空，便即狂噴鮮血，再也支持不住，摔下地來。衆侍衛就算不再砍斫，兩人也早斃命了。

康熙驚魂稍定，皺眉道：「拉出去，拉出去。」

侍衛齊聲答應，正要抬出二人屍首，突然殿門口人影一晃，竄進一個人來，身法奇快，撲在歸氏夫婦的屍身上，大叫：「媽，爹！」正是歸鍾。數名侍衛兵刃斫將下去，歸鍾竟不知閃避，兵刃盡數中在他身上，只聽他喘氣道：「媽，你……你不陪著我怎麼辦？我不認得路……」咳嗽兩聲，垂首而死。

他一生和母親寸步不離，事事由母親安排照料，此刻離開了父母，竟然手足無措，雖逃出了養心殿，終究還是回來依附父母身畔。

侍衛總管多隆奔進殿來，跪下道：「回皇上：宮裏刺客已全部……全部……肅清……」見到殿上滿地是血，心下惶恐，磕頭道：「刺客驚了聖駕，奴才……奴才該死！」

康熙適才給韋小寶這麼一抱一滾，雖然甚爲狼狽，有損尊嚴，但此人捨命護駕，忠君之心卻確然無疑，對多隆道：「外面還有人要行刺韋小寶，你要好好保護他，不得離開半步，更加不能讓他出宮。明日早晨，再另聽吩咐。」多隆忙應道：「是，是。奴才盡心保護韋都統。」韋小寶暗暗叫苦：「皇上今晚要砲轟伯爵府，怕我通風報訊，吩咐多隆看住我。」

康熙走到殿門口，又想：「小桂子狡獪得緊，多隆這老粗不是他對手。」轉頭道：「多隆，你多派人手，緊緊跟著韋小寶，不能讓他跟人說話，也不能讓他傳遞甚麼東西出宮。總而言之，局勢危險，你就當他是欽犯辦好了。」多隆應道：「是，是。皇上恩待臣下，無微不至。」只道皇上愛惜韋小寶，不讓刺客有危害他的機會。韋小寶道：「皇上恩典，奴才粉身碎骨也難報答。」心知皇帝這麼說，是顧住自己面子，日後還有用得著自己的地方。

康熙微微一笑，說道：「你又贏了一注。咱們打從明兒起再來玩過罷。你那隻金飯碗，可得牢牢捧住，別打爛了！」說著出了殿門。

康熙這兩句話，自然只有韋小寶明白。適才自己抱住康熙護駕，他又算自己立了一功。今晚殺了師父陳近南等一干人後，自己跟天地會再不相干，皇帝又會重用。那隻金飯碗上刻著「公忠體國」四字，皇帝是要自己對他忠心耿耿，不得再有二心。

韋小寶想到師父和天地會中一干兄弟血肉橫飛的慘狀，自己就算再加官進爵，於心如何能安？心道：「做人不講義氣，不算烏龜王八蛋算甚麼？」

尋思：「皇上消息這麼靈通，是那個王八蛋向他報的？今兒早我第一次見到皇上，他對我還好得很，說要派我去打勝仗，盼望我拿到吳三桂，封我為平西王。那時候皇上一定還不知道天地會韋香主的事。他得知訊息，是我押了老婊子去呈給太后這當口。卻是那個狗賊通風報信？哼，多半是沐王府的人，要不然是王屋派司徒鶴的手下。否則我偷盜《四十二章經》，在神龍教做白龍使這些事，皇上又怎麼不知道？」

多隆見他愁眉苦臉，神情恍惚，拍拍他肩膀，笑道：「韋兄弟，皇上這般寵愛你，眞不知你前世是幾生修來的？朝裏不論那一位親王、貝勒、將軍、大臣，皇上從來不曾派御前侍衛保護過他。大家都說，韋都統不到二十歲，就會封公封王了。你不用躭心，只要不出宮門一步，反賊就有千軍萬馬，也傷不到你一根寒毛。」

韋小寶只有苦笑，說道：「皇上恩德，天高地厚。咱們做奴才的，自該盡心竭力，報答皇上恩典。」眼見數十名侍衛站在前後左右，要給天地會兄弟傳個信，那眞是千難萬難，心想：「甚麼封王封公，老子是不想了。寧可小皇帝在我屁股上踢一腳，大喝一聲：『滾你媽的臭鴨蛋！從此不許你再見我面。』這般保護，可眞保了我的老命啦。」

多隆道：「韋兄弟，皇上吩咐你不可隨便走動，是到你從前的屋子去歇歇呢，還是去侍衛班房，大夥兒陪你耍幾手？」他知跟韋小寶擲骰子、推牌九，最能投其所好。

韋小寶突然心念一動，說道：「太后吩咐我有一件要緊事情，須得立即辦妥，請多大哥一起去罷。」多隆臉有難色，道：「太后交下來的差使，當然立刻得辦，不過……不過……皇上嚴旨，要韋兄弟千萬不要出宮……」韋小寶笑道：「這是在宮裏辦的事兒，多大哥不必躭心。」多隆當即放心，笑道：「只要不出宮門，那便百無禁忌。」

韋小寶吩咐侍衛，將愼太妃的鸞轎立刻抬到神武門之西的火燒場去，說道：「有誰打開了轎簾，太后吩咐立刻砍了腦袋。」

刺客襲擊愼太妃鸞轎之事，多隆和衆侍衛均已知悉，雖不明其中眞相，卻均知是太后的一件隱事，一直惴惴不安，聽韋小寶說要抬去火燒場焚化，那是去了一個天大的禍胎，各人心頭都放下了一塊大石。當下多隆隨著韋小寶，押了鸞轎去火燒場，一路之上，轎中兀自滴出血來。至於轎中死人是誰，自然沒人敢多問半句。到得火燒場，蘇拉雜役堆起柴枝，圍在鸞轎四周燒了起來。

韋小寶撿根木條，拿焦炭畫了隻雀兒，雙手拱了木條，對著轎子喃喃祝告：「瘦頭陀、老婊子，你們在世上做不成夫妻，到陰世去做千年萬年的夫妻罷。殺死你們的歸家三位，這當兒也已死了。你們前腳走，他們後腳跟來。倘若在奈何橋上、望鄉台邊碰到，大夥兒親近親近罷。」多隆等見他嘴唇微動，料想是祝告死者陰魂早得超生，只見他搬起幾塊石子，堆成一個小堆，將木條插入，便如是一炷香相似，那料到是他和陶紅英通傳消息的記號？

眼見轎子和屍體都燒成了焦炭，韋小寶回到自己從前的住處，早有奉承他的太監過來打掃乾淨，送上酒菜點心。

韋小寶給了賞錢，和多隆及侍衛們用了些，說道：「多大哥，你們各位請隨便寬坐。兄弟昨晚整晚給皇上辦事，實在倦得很了。」多隆道：「兄弟不用客氣，快請去睡，做哥哥的給你保駕。」韋小寶道：「那眞是一千個、一萬個不敢當。多大哥，你想要皇上賞你甚麼？你跟我說了，兄弟記在心裏，見到皇上高興之時，幫你求求，只怕有八分能成。」多隆大喜，道：「韋兄弟肯代我求皇上，那還有不成的嗎？」

韋小寶道：「多大哥的事，便是兄弟自己的事，豈有不出力之理？」多隆笑道：

「做哥哥的在京裏當差，很有些兒膩了，就是想到外省去調劑調劑。」韋小寶一拍大腿，笑道：「大哥說得不差，在北京城裏，高過咱們的王公大官可不知有多少，實在顯不出威風，只要一出京，那就自由自在得很了。就是要幾兩銀子使使，只須這麼咳嗽一聲，人家立刻就乖乖的雙手捧了上來。」兩人相對大笑。

韋小寶回到房中，斜倚在床上，心想：「多大哥得了皇上旨意，看得我好緊，我要出宮去給師父報訊，那決計辦不到。待會陶姑姑看到我留下的暗號，希望會找到這裏來，自可請她去傳信，就怕她來得太晚，倘若她半夜三更才來相會，那邊大砲已經轟了出去，這便如何是好？」出了一會神，尋思：「眼下只有想個法子，派些侍衛去打草驚蛇。」計較已定，合眼睡了一個多時辰，醒來時見日影稍斜，已過未時，走出房去，問多隆道：「多大哥，你可知那批要向我下手的反賊，是甚麼來頭？」多隆道：「這可不知道了。」韋小寶道：「一批是天地會，一批是沐王府的。」多隆伸了伸舌頭，道：「這兩夥反賊都很厲害，怪不得皇上這麼躭心。」韋小寶道：「我想在宮裏躲得了一日，躲不得一世。今天雖有多大哥保護，但反賊不除，總是後患無窮。」多隆道：「皇上明日召見，必有妙策，韋兄弟倒也不必躭心。」

韋小寶道：「是。不瞞大哥說，兄弟家裏，有幾個相貌還過得去的小妞兒，兄弟是很喜愛的。看來今晚反賊會到我家裏行刺，他們害不到兄弟，多半要將這幾個小妞兒殺了，那……那便可惜得很。」

多隆笑著點了點頭，想起那日韋小寶要自己裝模裝樣的跟鄭克塽爲難，便是爲了一個小美人兒，這個小兄弟風流好色，年紀雖小，家中定已收羅了不少美貌姬妾，便道：「這個容易，我便派人到兄弟府上去保護。」

韋小寶大喜，拱手稱謝，說道：「兄弟家裏的小妞兒，我最寵愛的共有三人，一個叫雙兒，一個叫曾柔，還有一個叫……叫劍屏（心想若說出沐劍屏這個「沐」字來，只怕引起疑心），相貌都還可以，兄弟實在放心不下。請大哥這就派人去保護，跟她們說，今晚有天地會和沐家刺客到來，要她們趕快躲了起來。最好大哥多派些人去，守在兄弟家裏，刺客到來，正好一古腦兒抓他奶奶的。那一位兄弟出了力的，自當重重酬謝。」

多隆一拍胸膛，笑道：「這件事容易辦。是韋伯爵府上的事，那一個不拚命向前？」當即吩咐侍衛領班，命他出去派人。衆侍衛都知韋小寶出手豪闊，平時沒事，也往往千兒八百的打賞，這一次去保護他的寵姬愛妾，那更會厚厚的賞賜了，當下盡皆欣然奉命，輪不到的不免唉聲嘆氣，抱怨運氣欠佳。

韋小寶心下稍慰，暗想：「雙兒她們聽了衆侍衛的言語，說是宮裏派人來保護，等候捉拿天地會和沐王府的刺客，自會通知我師父他們躲避。但若我師父他們倒躲開了，雙兒、曾姑娘、小郡主三個卻給大砲轟死，那可糟糕！不過大隊御前侍衛在我屋裏，外面的砲手一定不會胡亂開砲。」

轉念又想：「要是砲手奉了皇帝嚴旨，不管三七廿一，到時非開砲不可，那又如何？」小郡主和曾柔固然捨不得，雙兒對自己情深義重，更是心頭第一等要緊人，比之阿珂尤爲要緊，決不能讓她送了性命。只是事在兩難，如要侍衛將雙兒她們先接了出來，便沒人留下給師父和衆兄弟傳訊；只救雙兒，不救師父，重色輕友，那又是烏龜王八蛋了。一時繞室徬徨，苦無妙策。

過了大半個時辰，率隊去忠勇伯府的侍衛領班回來稟報：他們還沒走近伯爵府，便給前鋒營的官兵擋住，帶隊的前鋒參領說道，他們奉旨保護伯爵府，不用衆位侍衛大人費心了。衆侍衛要進府保護內眷，前鋒營說甚麼也不讓過去，說道皇上一切已有安排。到後來連前鋒營的阿統領也親自過來阻攔，衆侍衛拗不過，只得回來。

韋小寶一聽，心中只連珠價叫苦。多隆笑道：「兄弟，皇上待你當眞周到，竟派了前鋒營去保護你的小美人兒，那你還躭心甚麼？哈哈，哈哈！」

韋小寶只得跟著乾笑幾聲，心想：「小皇帝甚麼甚麼之中，甚麼千里之外，這一番我師父他們可眞是大禍臨頭了。前鋒營定是奉了嚴旨，在我伯爵府四處把守，見到尋常百姓，就放他們進府，以便晚上一起轟死，若是文武官員，便攔住了不許進去。」

又想：「我如突然發出『含沙射影』暗器，要結果多大哥的性命不難，可是這許多侍衛，又怎能一個個盡數殺了？可惜我身邊的蒙汗藥，在莊家一下子都使完了。」眼見日頭越來越低，他便如熱鍋上的螞蟻一般，全身發燙，拉了一泡尿又是一泡，卻想不出半點主意。

過得一個多時辰，天色漸漸黑下來，韋小寶推窗向外看去，只見七八名侍衛在窗外踱來踱去，守衛嚴密之極。他東張西望，那裏有陶紅英的影子？長嘆一聲，頹然橫倒在床，心想這當兒只怕已有不少朋友進了伯爵府，多躭擱得一刻，衆兄弟便向陰世路走近了一步。

一瞥眼間，見到屋角落裏的那隻大水缸，那是海大富遺下來的，當日自己全靠了這隻水缸，才殺了瑞棟，心想：「我何不把多大哥騙進房來，發暗器殺了他，再在房中放起火來，混亂之中便可逃出。多大哥待我十分不錯，平白無端的傷他性命，實在對他不住。可是義氣有大有小，我師父他們幾十條性命，總比他一條性命要緊些。」想了一會，心意已決，取火刀、火石打了火，點著了蠟燭，心想：「帳子著火最快，一殺了多大哥，便燒帳子。」

正在這時，聽得多隆在外房叫道：「韋兄弟，酒飯送了來啦，出來喝酒。」韋小寶道：「咱哥兒倆在房裏吃罷！」多隆道：「好！」吩咐送酒菜的太監提了飯盒子進來。那太監是個十六七歲少年，進房後向韋小寶請了安，打開飯盒子，取出酒飯。韋小寶腦中靈光一閃，想起了個主意，說道：「你在這裏侍候喝酒。」那小太監十分歡喜，素知韋伯爵從前是御膳房的頭兒，對下人十分寬厚，侍候他吃喝定有好處，喜孜孜的擺設碗筷。

多隆跟著走進房來，笑道：「兄弟，你早不在宮裏當差了，皇上卻不撤了你這間屋子。就算是親王貝勒，皇上也不會這麼優待。」韋小寶道：「倒不是皇上優待，皇上要管多少天下大事，那來理會這等不相干的小事？說實在的，兄弟再在這裏住，可十分不合規矩。」

多隆笑道：「別人不合規矩，你兄弟卻不打緊。」他知宮裏的總管太監要討好韋小寶，誰也不會另行派人來住這間屋子，宮裏屋子有的是，海大富這間住屋又不是甚麼好地方，接管御膳房的太監自然另有住處。韋小寶笑道：「大哥不提，兄弟倒也忘了，明日該得通知總管太監，把這間屋子繳回。咱們做外臣的再住在宮裏，給外面御史大人知道了，參上一本，可不是味兒。」多隆道：「皇上喜歡你，誰又管得了？」

韋小寶道：「請坐，請坐。這間屋子也沒甚麼好，只是兄弟住得慣了，反覺得外面的伯爵府沒這裏舒服。」慢慢走到他身後，拔了匕首在手，笑道：「這八碗菜，都是兄弟愛吃的，膳房裏倒還記得，大哥試試這碗蟹粉獅子頭怎樣？」多隆道：「兄弟愛吃的菜，定是最好……」一句話沒說完，突覺左邊後心一涼，伏在桌上便不動了。

原來韋小寶已對準他後心，一匕首刺了進去。

這一刀無聲無息，那小監絲毫不覺，仍在斟酒。韋小寶走到他背後，又輕輕一匕首將他刺死，立即轉身，在門後上了閂，快手快腳除下衣帽鞋襪，只賸內衣褲和護身背心，改穿上小太監的衣帽，將自己的衣帽都穿戴在那小太監身上。兩人高矮相若，衣衫倒也合身。然後將小監的屍身抱到椅邊坐下，提起匕首，在小監的臉上一陣亂剁，將五官剁得稀爛。

他手中忙碌，心裏說道：「多大哥，你是韃子，我天地會靠殺韃子吃飯，不殺你不行。今日傷你性命，實在對不住之至。好在你總免不了要死的。我今晚逃走，皇上明日定要砍你腦袋，你也不過早死了半日，不算十分吃虧。何況我殺了你，你是因公殉職。但如皇上砍你的頭，你勢必要抄家，老婆兒女都要受累，不如早死半日，換得家裏的撫卹贈蔭。打起算盤來算一算，你實在是佔了大大的便宜啦。」但多隆平素對自己著實不錯，迫不得已殺了他，心中終究十分難受，忍不住流下淚來。

拭了拭眼淚，轉身瞧那小監，心道：「你這位小兄弟，身上穿了黃馬褂，可有多神氣。你本來便投胎十世，也挨不上黃馬褂的半分邊兒，頭上這頂伯爵大人的頂戴，單是那一顆紅寶石，便夠你使上七八世的了，嘿嘿，你升官發財，可交上大運啦。我韋小寶當年冒充小桂子，從此飛黃騰達，做了大官。你今日冒充韋小寶，今後是不是能飛黃騰達，那得瞧你的本事了。」又想：「我先前冒充小太監，今日讓一個小太監冒充回去，欠下的債，還得一清一爽，乾乾淨淨。小玄子啊小玄子，我可沒對你不起。」

整理一下自身的衣帽，見已無破綻，大聲說道：「小娃兒，你這就出去罷，這裏不用你侍候了。這五兩銀子，給你買糖吃。」跟著含含糊糊的說了聲：「多謝伯爵大人。」又提高嗓子說道：「我跟多總管在這裏喝酒談心，誰也不許來打擾了！」

太監在宮裏本來只服侍皇帝、皇后、妃嬪、皇子和公主，但有職司的大太監要小太監服侍，卻也向來如此。韋小寶雖已不做太監，他從前卻是宮中聲威赫赫、大紅大紫的副首領太監，要一名小太監侍候再打賞銀子，實在平常不過。門外衆侍衛聽了，誰也不加理會，只見房門開處，那小太監提了飯盒出來，低著頭，回身帶上了門。

韋小寶提了食盒，低頭走向門口。見衆侍衛正在搬飯斟酒，誰也沒有留意，韋小寶暗暗歡喜，心想：「衆侍衛至少要一個時辰之後，才會發見房裏兩人已經死了，只道韋伯爵和多總管都給刺客刺死，這一下可得嚇他們個個屁滾尿流。」

跨出大門，忽見數名太監宮女提著燈籠前導，抬了一乘轎子到來。這乘轎子以野鷄尾毛爲飾，稱爲「翟轎」。領先的太監喝道：「公主駕到。」

韋小寶大吃一驚：「公主遲不到，早不到，卻在這當兒到來，一進屋去，立即見到我韋小寶給人殺死了。宮中還不吵得天翻地覆？要出去可千難萬難了。」一時手足無措，只見轎子停下，建寧公主從轎裏跨了出來，叫道：「小桂子在裏面罷？」

韋小寶硬起頭皮，走上前去，低聲說道：「公主，韋爵爺喝醉了，奴才領公主進去。」燈籠不甚明亮，公主沒認出他來，眼見眾侍衛一齊從屋中出來迎接，心想：「怎麼這許多人？」皺起了眉頭，左手擺了擺，道：「大家在外面侍候。」踏步進屋。韋小寶跟了進去。

他一進屋子，反手便帶上了門。公主道：「你也出去。」韋小寶道：「是，韋伯爵在內房。」公主快步過去，推開房門，只見「韋小寶」和多隆二人伏在桌上，顯是喝得大醉，秀眉一蹙，喝道：「還不快出去？」韋小寶低聲笑道：「我如出去，便燒不成藤甲兵了。」

公主一驚回頭，燭光下赫然見到韋小寶站在身後，不由得又驚又喜，「啊」的一聲，叫了出來，道：「你……你幹甚麼？」韋小寶低聲道：「別作聲！」公主瞧瞧他，又瞧伏在桌上的「韋小寶」，低聲問道：「搗甚麼鬼？」韋小寶拉著她進房，又關上了房門，低聲道：「大事不妙，皇上要殺我！」公主道：「皇帝哥哥已殺了額駙，怎麼連你也要殺？他……他……他如殺了你，我跟他拚命。」

韋小寶伸出雙臂，一把抱住了她，在她面頰上吻了一下，說道：「咱們快逃出宮去。皇上知道了我跟你的事，要砍我腦袋。」公主給他一抱一吻，登時全身酸軟，眤聲道：「皇帝哥哥殺了額駙，我只道便可嫁給你了，怎麼……怎麼又弄出這等事來？他怎會知道的？」韋小寶道：「定是你露了口風，是不是？」公主臉上一紅，道：「我沒有。我只問過幾次，你甚麼時候回來。」韋小寶道：「那還不是嗎？那也不打緊，反正咱倆這夫妻是做定了。這就快逃出宮去罷。」

公主遲疑道：「我明兒去求求皇帝哥哥，他不會殺你的。他殺了額駙，跟我說很對我不住，答允另外給我找一個好額駙。他向來很喜歡你的……」說到這裏，只覺房中的血腥氣越來越濃，嗅了兩下，問道：「甚麼……」突然間胸口一陣煩惡，哇的一聲，扶著椅背大吐起來，喉頭不住作嘔，卻只吐出了些清水。

韋小寶輕輕拍她背脊，輕聲安慰：「怎麼？吃壞了東西？好一些沒有？」公主又嘔了兩下，忽地反過手掌，啪的一聲，重重打了他一個耳朵，罵道：「我吃壞了東西？都是你不好，都是你不好！」雙拳在他胸口不住搥打。

公主向來橫蠻，此時突然發作，韋小寶也不以爲奇，但眼前事勢緊迫，多躭擱得一刻，跟大砲齊轟的時候便近了一刻，實不能跟她無謂糾纏，說道：「好，好，都是我不好。」

公主扭住他耳朵，喝道：「你跟我去見皇帝哥哥，咱倆馬上要拜堂做夫妻。」韋小寶大急，求道：「拜堂做夫妻的事，包在我身上。可是一見皇上，你的老公就變成沒腦袋的額駙了。咱們快快逃出宮去要緊。」公主重重一拉，韋小寶耳朵吃痛，忍不住叫了一聲。公主罵道：「沒腦袋打甚麼緊？你這小鬼，你本來就是沒腦子的。我肚子裏的小小桂子卻怎麼辦？」說到這裏，哇的一聲，哭了出來。

韋小寶大吃一驚，問道：「甚……甚麼……小小桂子？」

公主飛起一腳，正中他小腹，哭道：「我肚子裏有了你的臭小小桂子，都是你不好。咱們若不馬上做夫妻，我肚子……我肚子一天天大起來……皇上知道吳應熊是太監，不成的，我……我可不能做人了。」

韋小寶臉色慘白，正在這千鈞一髮的緊急當口，偏生又遇上了這椿尷尬事，忙道：「咱們如不趕快出宮，小小桂子就沒爹爹了。逃了出去之後，咱們立刻拜堂成親，你生下小小桂子後，那……那可不是皇上的外甥？皇上做了便宜舅舅，他成了我的大舅子，總不好意思殺了妹夫罷？」公主道：「有甚麼不好意思？吳應熊是他妹夫，他還不是一刀殺了？」韋小寶道：「皇上知道吳應熊是假妹夫，我韋小寶才是貨眞價實。假妹夫殺得，眞妹夫殺不得。好公主，咱們的小小桂子出世之後，摟住了你的脖子叫媽媽，可不是挺美嗎？」說著便伸手摟住了她脖子。

公主噗哧一笑，喜道：「美你個王八蛋，我才不要小王八蛋叫媽媽呢。」話是這麼說，扭住韋小寶耳朵的手卻也放開了，眤聲道：「這麼久沒見你了，你想我不想？」說著便撲在他懷裏。

韋小寶道：「我日日想，晚晚想，時時刻刻都想。」心中暗罵：「這當兒糾纏不清，眞是他媽的死婊子。」眼見她情意纏綿，紅暈上臉，這時實在不能跟她親熱，可又不敢得罪了她，低聲道：「咱們逃出宮去，以後白天黑夜都在一塊，再也不分開了。這就走罷。」公主身子扭了幾扭，說道：「不成！咱們今晚就要做夫妻。」韋小寶道：「好，好！今晚就今晚，可總得逃出宮去再說。」公主道：「逃甚麼！皇帝哥哥最喜歡我的，他是你師父，也最喜歡你的。咱們明兒求他，他就甚麼氣也沒了。皇帝哥哥最恨吳三桂，你請旨帶兵去打吳三桂，我陪你同去。我做兵馬大元帥，你就做副元帥，把吳三桂打得落花流水，屁滾尿流，皇帝哥哥還要封你做王爺呢。」說著緊緊摟住了他。

韋小寶正狼狽萬狀之際，突然間窗格上有人輕輕敲了三下，一停之後，又敲了兩下。韋小寶大喜，低聲道：「是陶姑姑嗎？」輕輕推開公主，搶過去開了窗子。人影一晃，一人跳了進來，正是陶紅英。

兩個女人一對面，都是吃了一驚。陶紅英低聲叫道：「公主。」公主怒道：「你是甚麼人，來幹甚麼？」一轉念間，登時醋意勃發，心想這宮女從窗子跳進小桂子的屋裏，那還有甚麼好事幹了，定是他的相好無疑，雖見陶紅英年紀已老，但想小桂子連這樣又老又醜的宮女也要勾勾搭搭，更不可恕，她正自情熱如火，給這女人撞破了好事，越加的怒發若狂，大聲叫道：「來……」

韋小寶早已防到，那容她將「來人哪」三字喊出口來，一伸手便按住了她嘴巴。

公主用力掙扎，反手啪的一聲，打了韋小寶一個耳光。韋小寶驚慌焦躁之下，右手扣住她的頭頸，出力收緊，罵道：「死婊子，我扼死你！」公主登時呼吸艱難，手足亂舞。韋小寶左手反過來，在她頭上捶了兩拳。

陶紅英見他膽敢毆打公主，大吃一驚，隨即伸出手指，在公主腰間和胸口連點三下，封了她上身數處穴道。韋小寶這才放開了手，低聲道：「姑姑，大事不好，皇帝要殺我，這就得趕快逃出去。」陶紅英道：「外邊侍衛很多。我早就到了，在花壇後面等了大半個時辰，才得鑽空子過來。你瞧。」輕輕推進窗格一線。

韋小寶湊眼望出去，果見七八名侍衛提了燈籠來回巡邏，一轉念間，想起瘦頭陀和毛東珠的法子，心想：「他兩個運氣不好，撞到了歸辛樹夫婦。老子就學學他們的樣。總不成歸家這三人借屍還魂，又來打公主的轎子。」對公主道：「公主，你別喝醋。她是我的姑姑，就是我爹爹的妹子，我媽媽的姊姊。你不用亂發脾氣。」

公主給陶紅英點了穴道後，氣得幾欲暈去，聽了韋小寶這幾句話，心意登和，也沒想到「爹爹的妹子」和「媽媽的姊姊」不能是同一個人，總之這女人不是小桂子的相好，那就沒事了，當下臉上露出笑容，說道：「那麼快放開我。」韋小寶要討她歡喜，說道：「你是我老婆，快叫姑姑。」公主很高興，居然便叫了聲：「姑姑！」

陶紅英莫名其妙，眼見兩人剛才還在打大架，怎麼公主居然叫起自己「姑姑」來？

韋小寶道：「你去吩咐把轎子抬進屋來，然後叫人出去，關上了門，我和你一起坐在轎裏。咱們混出宮去，立即拜堂成親。拜堂的時候一定得有個長輩在旁瞧著，這才算數。我們的姑姑就是長輩了，你說好不好？」公主大喜，臉上一紅，低聲道：「很好！」韋小寶推她背心，催道：「快去，快去！」

公主給他催得緊了，也不等上身穴道解開，便走到門口吩咐：「把轎子抬進屋來！」一眾太監宮女都感奇怪，但這位公主行事向來匪夷所思，平日吩咐下來甚麼事，總是合乎常情的極少，異想天開的甚多，當即齊聲答應，抬轎過來。慎太妃鑾轎可抬進慈寧宮，悄悄將瘦頭陀和毛東珠抬出去。韋小寶這住屋數尺闊的門口，公主的翟轎怎抬得進門？只進了兩條轎桿，轎身塞在門口，便進不來了。公主罵道：「不中用的東西，通統給我滾出去。」在轎前抬轎的兩名太監均想：「門口就這麼寬，又怎怪得我們？」當下從轎畔鑽了出去。

韋小寶在公主身邊低聲道：「你吩咐衆侍衛不要進來。」公主大聲道：「小桂子，你給我好好在屋裏躭著，不許出來。」韋小寶大聲道：「是，時候不早了，請公主殿下早回休息罷。」公主罵道：「我偏偏要出去逛逛，你管得著嗎？」韋小寶大聲道：「宮裏鬧刺客，公主殿下還是小心些爲是。」公主道：「皇上養了這一大批侍衛，淨會吃飯不管事。大家給我站在屋子外面，不許進去。」衆侍衛齊聲答應。

韋小寶鑽進轎子坐下，招了招手。陶紅英解開公主身上穴道，公主也進轎去，坐在他身前懷裏。韋小寶左手摟住了她，低聲對陶紅英道：「姑姑，請你陪我們出宮罷。」心想她武功了得，有她在轎旁護送，倘若給人拆穿西洋鏡，也好幫著打架殺人。

陶紅英當即答允，她穿的是宮女服色，站在公主轎邊，誰也不會起疑。公主喝道：「抬了轎子走。」兩名在前抬轎的太監又從轎側鑽入門裏，和在轎後抬轎的太監一齊提起轎槓，將轎子倒退數步，轉過身來，抬起來走了，心中都大爲奇怪：「怎麼轎子忽然重了？」

公主聽著韋小寶的指點，吩咐從神武門出宮。翟轎來到神武門，宮門侍衛見公主翟轎要深夜出宮，上前盤問。公主從轎中一躍而出，喝道：「我要出宮，快開門。」

這晚神武門當值的侍衛領班是趙齊賢，當即躬身行禮，陪笑道：「啓稟殿下，宮裏今晚鬧刺客，不大平靜，請殿下等天亮了再出宮罷。」公主怒道：「我有急事，怕甚麼刺客？」趙齊賢本來不敢違拗，但知額駙吳應熊已誅，公主夤夜出宮，說不定跟吳三桂的造反有甚牽連，明日查究起來，脫不了重大干係，接連請了幾個安，只是不肯下令開門，實在給公主逼得急了，便道：「既是如此，待奴才去請示多總管，請公主稍待，奴才請示之後，立即飛奔回來開啓宮門。」

韋小寶在轎中聽得公主只是發脾氣，趙齊賢卻說甚麼也不肯開門，還要去找多隆，那是大糟而特糟了，危急之中便道：「趙齊賢，你知我是誰？」趙齊賢跟隨他辦事已久，自然認得他聲音，又驚又喜，問道：「是韋副總管？」韋小寶笑道：「正是。」從轎中探頭出來，招了招手。趙齊賢忙走近身去。韋小寶低聲道：「我奉皇上密旨，去辦一件機密大事，我只要一露面，就會壞事，因此皇上吩咐我坐在公主的轎子裏，請公主遮掩了出去。」趙齊賢素知他深得皇上寵幸，行事神出鬼沒，更無懷疑，忙道：「是，是。卑職這就開門。」

韋小寶靈機一動，低聲道：「你想不想升官發財？」趙齊賢跟著他辦事，數年間官已升了兩級，財已發了二萬多兩銀子，一聽「升官發財」四字，知道韋副總管既問到這句話，那又是在提拔栽培自己了，心花怒放之下，忙屈膝請安，說道：「多謝副總管栽培。副總管有甚麼差遣，卑職粉身碎骨，在所不辭。」

韋小寶心想：「這句話是你自己說的。大砲轟來，炸得你粉身碎骨，你說過在所不辭，須怪不得我。」低聲道：「有一批反賊跟吳三桂勾結。皇上定下妙計，這當兒已騙得他們聚在我伯爵府中。皇上派我帶領前鋒營人馬，前去擒拿。前鋒營素來跟我的驍騎營不對，你可知皇上爲甚麼派我去帶領前鋒營？」

趙齊賢道：「卑職笨得很，這個可不知道了。」韋小寶壓低了嗓子，說道：「前鋒營的阿統領跟吳三桂勾結，皇上要乘機一網打盡。公主是吳三桂的媳婦，他們一見到公主，就不起疑了。」趙齊賢恍然大悟，道：「原來如此。想不到阿統領竟敢大逆不道。這件事多半也是給韋副總管查出來的，立了大功。」

韋小寶道：「這件功勞，是皇上自己安排好了，交在我手裏的。咱們是好兄弟，有官同升，有財同發，你帶四十名侍衛，跟我一起去立功罷。」

趙齊賢大喜，連聲稱謝，忙請公主升轎，點了四十名素日大拍自己馬屁的侍衛，說道奉了密旨辦事，大開神武門，護送公主翟轎出宮，吩咐餘下的六十名衛士嚴加守衛。韋小寶道：「這宮門今晚無論如何是不可開了，除非有多總管和我的命令，否則甚麼人都不能放出宮去。」趙齊賢轉傳韋小寶的號令，餘下六十名宮門侍衛齊聲答應。

銅帽兒胡同離皇宮並不甚遠，一行人不多時已行近忠勇伯府。一路上韋小寶一顆心跳個不住，只怕行到半路，前面已砲火連天，幸好始終靜悄悄地並無動靜。

將到胡同口，前鋒營統領阿濟赤已得報公主翟轎到來，上前迎接。

公主在轎中一面給韋小寶在身上揉揉搓搓，一面已得他詳細囑咐，如何行事，聽得阿濟赤通名迎接，當即從轎簾後探頭出來，說道：「阿統領，皇上密旨，今晚交辦的事情十分要緊，你一切都預備好了？」

阿濟赤躬身道：「是，都預備好了。」公主低聲道：「那些大砲，也都已安排定當？」阿濟赤道：「是，是南懷仁南大人親自指揮。」韋小寶在轎中聽得分明，心道：「皇上果然沒騙我。南懷仁這洋鬼子在這裏親自瞄準，那還有打不中的？」公主道：「皇上吩咐，要我進伯爵府去辦一件事，你跟著我進去罷。」

阿濟赤道：「回殿下：時候緊迫，這時候不能進去了。」公主怒道：「甚麼不能進去？這是聖旨，你也敢違抗嗎？」阿濟赤道：「奴才不敢。不過……不過，實在很危險。殿下萬金之體……」

韋小寶在轎中一聲咳嗽，陶紅英搶上一步，出指如風，已在阿濟赤左右腰間和脅下三處要穴各點一指。阿濟赤一聲輕呼，上身已動彈不得，隨覺背心一涼，跟著一陣劇痛，一把利刃已在他背上劃破了一道長長的口子，這一下只嚇得魂飛天外，全然不明所以。

公主道：「皇上密旨，你如不奉旨，立刻砍了，還將你滿門抄斬。」阿濟赤顫聲道：「是，是。」韋小寶心念一動：「這些御前侍衛跟著我辦事，一向聽話，何必要他們送命？不如讓前鋒營去做替死鬼。」在公主耳邊低聲道：「要他點五十名前鋒營官兵，跟了咱們進去。」公主喝道：「你帶五十名手下軍士，跟咱們進去辦事。」阿濟赤顫聲應道：「是……是……」當即傳下號令，點了五十名軍士，跟在公主轎後，直進伯爵府中。韋小寶吩咐趙齊賢率領御前侍衛，守在門外。

轎子抬到第二進廳前，公主和韋小寶都下了轎，吩咐五十名軍士在天井中列隊等候。陶紅英押著阿濟赤，四人走進花廳。

一推開廳門，只見陳近南、沐劍聲、徐天川諸人都在廳上。衆人見韋小寶帶進來一位貴婦、一個宮女、還有一名武官，都大感詫異。

韋小寶招招手，衆人都聚了攏來。他低聲道：「皇帝知道咱們在這裏聚會，胡同外已圍滿了官兵，還有十幾門大砲，對準了這裏。」羣豪大吃一驚，盡皆變色。柳大洪道：「大夥兒衝殺出去。」韋小寶搖頭道：「不成！外面官兵很多，大砲更加厲害。我已帶來了幾十名官兵。大家剝了他們的衣服，這才混出去。」羣豪齊稱妙計。

韋小寶回過身來，向公主說了，公主點點頭，對阿濟赤道：「傳二十名軍士進來。」阿濟赤早見情勢不妙，只是鋼刀格在頸中，那敢違抗，只得傳出號令。

天地會和沐王府的羣豪守在門口，待前鋒營二十名軍士一進花廳，立即拳打腳踢、肘撞指戳，將二十人打倒在地。第二次叫進十五名，第三次又叫進十五名，五十名軍士盡數打倒後，剝下衣衫，羣豪換在自己身上。連公主也都換上了。

韋小寶見沐劍屏和曾柔跟著衆人更換衣衫，卻不見雙兒，忙問曾柔。曾柔道：「雙兒妹子見你進宮這麼久不回來，歸二俠他們進宮去行刺，又沒半點消息，好生放心不下，隨同風大爺出去打探消息。」沐劍屏道：「他二人吃過中飯就出去了，怎麼這時候還不回來？」韋小寶皺起了眉頭，好生記掛，雖想風際中武藝高強，當能護得雙兒周全，但他二人不知皇帝的布置，倘若衆人逃走之後，他二人卻又回來，剛好大砲轟到，豈不糟糕？微一凝思，對錢老本道：「錢大哥，風大哥和雙兒出去打探消息，還沒回來，須得在這裏多做記號，好讓他們見到之後，立即離去。」

錢老本答應了，時勢緊迫，便拔出短刀，在兩名清兵大腿上戳了兩刀，割下衣衫，在兩人傷口中蘸了鮮血，在各處門上寫下「快逃」兩個大血字。一連寫了八道門戶，各人換衣也已完畢。

韋小寶帶領衆人，到馬廐牽了坐騎。四名天地會的部屬假扮太監，抬了公主的翟轎，押著阿濟赤從伯爵府出來，那五十名軍士或穴道遭封，或手腳受縛，都留在伯爵府中。

韋小寶仍坐在公主轎中，出府之後，嘆了口氣，心想：「府裏服侍我的那些門房、馬伕、廚子、親兵、男女僕役，可都不免給大砲轟死了，但如叫他們一起出來，非給外面的官兵瞧出破綻不可。」又想：「那日在五台山大家假扮喇嘛，救了老皇爺的性命，今天用的仍是這條計策。這一條烏龜脫殼之計，先救老皇爺，再救小桂子，倒大大的有用。」

羣豪擁著公主和阿濟赤來到胡同外，但見官兵來去巡邏，戒備森嚴之極，但大砲排在何處，一時卻瞧不到。

韋小寶身離險地，吁一口長氣，眼見師父和衆位朋友都免了砲火之災，甚感喜慰，對趙齊賢道：「這阿統領犯上作亂，大逆不道，你去把他押在牢裏，除非皇上親自要提審，否則等我回來再發落好了。」趙齊賢答應了。韋小寶又道：「這人是欽犯，皇上恨他入骨，一聽到他名字就要大發脾氣。你跟衆兄弟說，大家小心些，別讓皇上聽到這反賊的名字。」趙齊賢接了號令，帶領四十名御前侍衛，押著阿濟赤而去。阿濟赤陷身天牢，此後何時得脫，韋小寶也不費心去理會了。

羣豪默不作聲，只往僻靜處行去。走出里許，韋小寶捨轎乘馬。陳近南問他：「歸二俠他們入宮行刺，後來怎樣了？」韋小寶道：「他們三個……」

突然間只聽得砰、砰、砰響聲大作，跟著伯爵府上空黑煙瀰漫，遠遠望去，但見樑木磚瓦在空中亂飛。羣豪只覺腳底下土地震動，這時大砲聲兀自隆隆不絕，伯爵府中血紅的火燄向上升起，高達十餘丈。羣豪和銅帽兒胡同相距已遠，仍覺到一陣陣熱氣撲面而來。衆人相顧駭然，都想不到大砲的威力竟如此厲害，倘若遲走片刻，那裏還有命在？

柳大洪罵道：「他奶奶的，這麼驚天動地的……」只聽得又是砰砰砲響，將他下面的話聲都淹沒了。遠望伯爵府，但見火光一暗，跟著火燄上沖雲霄，燒得半邊天都紅了。

韋小寶心想：「這砲聲小皇帝一定也聽見了，要是他派人來叫我去說話，西洋鏡立刻拆穿。」對陳近南道：「師父，咱們得趕緊出城。等到訊息一傳開，城門口盤查嚴密，就不容易出去了。」陳近南道：「不錯，這就走罷。」公主當即躍出轎來。

韋小寶轉頭對公主道：「你先回宮去，等得事情平靜之後，我便來接你。」公主又驚又怒，喝道：「你說甚麼？」韋小寶又說了一遍。公主叫道：「你過橋抽板，這就想撇下我不理了麼？」韋小寶道：「不，不是……」一言未畢，啪的一聲，臉上已重重吃了個耳光。

羣豪盡皆愕然。適才砲火震撼天地，人人都想若非韋小寶設計相救，各人這當兒早已化爲飛灰，絕無逃生之機，因此即使平日對這少年香主並不如何瞧得起的，此刻也不由得不感激佩服，突然見公主出手便打，當下便有人搶過來將她推開，更有人出言呼叱。

公主大哭大叫：「你說過要跟我拜天地的，我才聽你的話，把你從皇宮裏帶出來，又叫那前鋒營統領去救你朋友，你……你這臭賊，你想抵賴，咱們可不能算完。我肚子裏……」韋小寶怕她口沒遮攔，當眾說出醜事，忙道：「好，好！你跟我去就是。大家出城再說。」公主破涕爲笑，翻身上馬。

一行人來到東城朝陽門。韋小寶叫道：「奉皇上密旨，出城追拿反賊，快快開城。」驍騎營、護軍營、前鋒營三營官兵是皇帝的御林軍親兵，在北京城裏橫衝直撞，文武百官誰都忌憚他們三分。守門官兵見是一隊前鋒營的軍士，那敢違拗？何況剛才聽見砲聲隆隆，城裏確是出了大事，當即打開城門。

眾人出得城來，向東疾馳。韋小寶和陳近南並騎而馳，將歸辛樹一家如何行刺失手、皇帝如何發覺自己的隱秘等情簡略說了。陳近南讚道：「小寶，我平時見你油腔滑調，很不老實，可是遇到這要緊關頭，居然能以義氣為重，不貪圖富貴而出賣朋友，委實難得。」韋小寶笑道：「別的朋友也還罷了，大義滅師的事，卻萬萬做不得。」陳近南道：「甚麼叫做『別的朋友也還罷了』？只要是朋友，那就誰也不能出賣。『大義滅師』這四字，也用得不對。」韋小寶伸了伸舌頭，道：「弟子沒學問，說錯了話，師父別怪。」想到往昔跟小皇帝胡言亂語，甚是快樂，經過今日這一番，此後再也不能和他見面了，不由得心下黯然。

陳近南道：「咱們冒充前鋒營的軍士出來，過不了半天，韃子就知道了。須得趕快更換裝束才是。」韋小寶道：「正是，一到前面鎮上，這就買衣服改裝罷。」

眾人向東馳出二十餘里，來到一座市鎮，可是鎮上卻沒舊衣鋪。陳近南於行軍打仗、政事興革等事極具才略，於這類日常小事，一時卻感束手無策，見無處買衣更換，便道：「只有到前面市鎮再說，只盼能找到一家舊衣店才好。」

一行人穿過市鎮，見市梢頭有家大戶人家，高牆朱門，屋宇宏偉。韋小寶心念一動，說道：「師父，咱們到這家人家去借幾件衣服換換罷。」陳近南遲疑道：「只怕他們不肯。」韋小寶笑道：「咱們是官兵啊。官兵不吃大戶、著大戶，卻又去吃誰的、著誰的？」跳下馬來，提起門上銅環，噹噹亂敲。

男僕出來開門，衆人一擁而入，見人便剝衣服。戶主是個告老回鄉的京官，見這羣前鋒營官兵如狼似虎，連叫：「衆位總爺休得動粗，待兄弟吩咐安排酒飯，請各位用了，再奉上盤纏使用……」一言未畢，已給人一把揪住，身上長袍、褲子當即給人剝了下來。他嚇得大叫：「兄弟年紀老了，這調調兒可不行……」

羣豪嘻嘻哈哈，頃刻間剝了上下人等的數十套衣衫。那官兒和內眷個個魂不附體，幸喜這一隊前鋒營官兵性子古怪，只剝男人衣衫，卻不戲侮女眷，剝了男人衣衫之後，倒也不再幹別的勾當，一鬨而出，騎馬去了。那大戶全家男人赤身露體，相顧差愕。

羣豪來到僻靜處，分別改裝。公主、沐劍屏、曾柔三人也換上了男裝。各人上馬又行。韋小寶只是記掛著雙兒，說道：「風大哥和我的一個小丫頭，不知在京裏怎樣了，我想請那一位外省來的面生兄弟，回京去打聽打聽。」兩名來自廣西的天地會兄弟接令而去。

羣豪見並無官兵追來，略覺放心。又行了一程，沐劍屏「啊」的一聲驚呼，跟著格格笑了起來。原來曾柔所騎的那匹馬突然拉了一大泡稀屎，險些濺在沐劍屏腳上。

行不多時，又有幾匹馬拉了稀屎，跟著玄貞道人所騎的那馬一聲嘶叫，跪倒在地，再也不肯起來。錢老本道：「道長，咱哥兒倆合騎一匹罷！」玄貞道：「好！」縱身上馬，坐在他身後。

韋小寶突然省覺，不由得大驚，叫道：「師父，報應，報應！這下可糟了。」陳近南問道：「甚麼？」韋小寶道：「吳……吳應熊的鬼魂找上我啦。他恨我……恨我抓了他回去，又搶了他的……他的……」下面「老婆」二字，實在不好意思說出口來。

他想到那日奉旨追人，只因吳應熊一行人所騎的馬匹都給餵了大量巴豆，沿途不停的拉稀屎，跟著紛紛倒斃，這才沒法遠逃，給他擒回。倘若吳應熊那次逃去了雲南，皇帝當然殺他不得，追究起來，是自己派人向他的馬匹下毒之故。現下輪到自己逃跑，一匹匹馬也這般瀉肚倒斃，卻不是吳應熊的鬼魂作怪是甚麼？何況自己帶了他的妻子同逃，吳應熊做鬼之後，一個「額駙鬼」頭上還戴一頂碧綠翡翠頂子的一品大綠帽，定然心中不甘。他越想越怕，不由得身子發顫，只聽得幾聲嘶鳴，又有兩匹馬倒將下來。

陳近南也瞧出情形不對，忙問端詳。韋小寶說了當日捉拿吳應熊的情形，顫聲道：「吳應熊陰魂不散，今日報仇來啦。這……這……」公主怒道：「吳應熊這小子，活著的時候是窩囊廢，死了之後也是個膿包鬼，你怕他幹麼？」陳近南皺眉道：「青天白日的，那有甚麼鬼了？那日你毒了吳應熊的馬匹，韃子皇帝知不知道？」韋小寶道：「知道的，他還讚我是福將呢。」陳近南點頭道：「是了。韃子皇帝即以福將之道，還治福將之身。他怕你逃走，早就派人給你的馬匹餵了巴豆。」

韋小寶立時省悟，連說：「對，對。那日拿到吳應熊，小皇帝十分開心，賞了個把總給我的馬伕頭兒做，派他去兵部車駕司辦事。這一次定是叫他來毒我的馬兒。」

陳近南道：「是啊，他熟門熟路，每匹馬的性子都知道，要下毒自然百發百中。」韋小寶怒道：「下次抓到了這馬伕把總，這裏許多爛屎，都塞進他嘴裏去……」一言未畢，突覺胯下的坐騎向前一衝，跪了下去，韋小寶一躍而下，見那匹馬掙扎著要待站起，幾下掙扎，卻連後腿也跪了下來。

陳近南道：「牲口都不中用了。須得到前面市集去買過。」柳大洪道：「一下子買幾十匹馬可不容易。」陳近南道：「正是。大夥兒還是暫且分散罷。」

正說話間，忽然得來路上隱隱有馬蹄之聲。玄貞喜道：「是官兵追來了。咱們殺他個媽巴羔子的，正好搶馬。」陳近南叫道：「天地會的兄弟們伏在大路左首，沐王府和王屋山的兄弟們伏在右首。等官兵到來，攻他個出其不意。啊喲，不對……」

但聽得蹄聲漸近，地面隱隱震動，追來的官兵少說也有一二千人，羣豪不必問他這「啊喲，不對」四字是何用意，都不禁臉上變色。羣豪只數十人，武功雖然不弱，但大白天在平野上和大隊騎兵交鋒，敵軍重重疊疊圍上來，武功高的或能脫身，其餘大半勢必送命。

陳近南當機立斷，叫道：「官兵人數不少。咱們不能打硬仗，大家散入鄉村山林。」只說得這幾句話，蹄聲又近了些。放眼望去，來路上塵頭高揚，有如大片烏雲般湧來。

韋小寶大叫：「糟糕，糟糕！」發足便奔。公主叫道：「喂，你去那裏？」緊緊跟來。韋小寶叫道：「你還是回宮去罷，跟著我沒好處。」公主罵道：「臭小桂子，你想逃走嗎？可沒這麼容易！」

注：本回回目中，「紅雲傍日」指陪伴帝皇，「心隨碧草」指有遠行之念。

洪教主右肩中刀，小腹中給插入一枝判官筆，吼叫連連，連發數掌。韋小寶躲開兩掌，第三掌終於躲避不了，砰的一響，正中後心，兩個觔斗翻了出去。

第四十四回 人來絕域原拚命 事到傷心每怕眞

韋小寶不住叫苦，心想：「要躲開公主，可比躲開追兵還難得多。」眼見東北角上長著一排高粱，高已過人，當下沒命價奔去。奔到臨近，見高粱田後有兩間農舍，此外更無藏身之處，心想追兵馬快，轉眼便到，當即向高粱叢中鑽了進去。

忽覺背心上一緊，已給人一把抓住，跟著聽得公主笑道：「你怎麼逃得掉？」韋小寶無奈，只得回身，苦笑道：「你去躲在那邊，等追兵過了再說。」公主搖頭道：「不行！我要跟你在一起。」當即爬進高粱田，偎倚在他身旁。兩人還沒藏好，只聽腳步聲響，曾柔叫道：「韋香主，韋香主！」韋小寶探頭看去，見是曾柔和沐劍屏並肩奔來。韋小寶道：「我在這裏，快躲進來。」二女依言鑽進。

四人走入高粱叢深處，枝葉遮掩，料想追兵難以發見，稍覺放心。過不多時，便聽得一隊隊騎兵從大路上馳過。韋小寶心想：「那日我和阿珂，還有師太師父和那鄭克塽臭小子，也是四個人，都躲進了麥稈堆中，唉，倘若身邊不是這潑辣公主，卻是阿珂或雙兒，那可要快活死我了。幸好有小郡主和曾姑娘陪我，倒也不錯。阿珂這時不知在那裏，多半做了鄭克塽的老婆啦。雙兒又不知怎樣了？」

忽聽得遠處有人吆喝傳令，跟著一隊騎兵勒馬止步，馬蹄雜沓，竟向這邊搜索過來。公主驚道：「他們見到咱們了。」韋小寶道：「別作聲，見不到的。」公主道：「他們這不是來了麼？」只聽得一人叫道：「反賊的坐騎都倒斃在這裏，一定逃不遠。大家仔細搜查！」公主心道：「原來如此。這些死馬眞害人不淺。」伸手緊緊握住了韋小寶的手。

遼東關外地廣人稀，土地肥沃，高粱地往往便是千畝百頃，一望無際，高粱一長高，稱爲「青紗帳起」，藏身其中，再也難以尋覓。但北京近郊的高粱地卻稀稀落落。韋小寶等四人躲入的高粱地只二三十畝，大隊官兵如此搜索過來，轉眼便會束手成擒。

耳聽得官兵越逼越近，韋小寶低聲道：「到那邊屋子去。」一拉沐劍屏的衣袖，當先向兩間農舍走去。三個女子隨後跟來。過了籬笆，推開板門，見屋內無人，屋角裏堆了不少農具。韋小寶搶過去提起幾件簑衣，分別交給三女，道：「快披上。」自己也披了一件，頭上戴了斗笠，坐在屋角。公主笑道：「咱們都做了鄉下人，倒也好玩。」沐劍屏噓了一聲，低聲道：「來了！」

板門砰的一聲推開，進來了七八名官兵。韋小寶等忙轉過了頭。隔了一會，只聽一人大聲道：「這裏沒人，鄉下人都出門種莊稼去了。」韋小寶聽這人口音好熟，從斗笠下斜眼看去，原來正是趙良棟，心中一喜。一名軍士道：「總兵大人，這四個人……」趙良棟喝道：「大家通統出去，我來仔細搜查，屋子這樣小，他媽的，你們都擠在這裏，身子也轉不過來了。」眾軍士連聲稱是，都退了出去。

趙良棟大聲問道：「這裏有沒面生的人來過？」走到韋小寶身前，伸手入懷，掏出兩隻金元寶、三錠銀子，輕輕放在他腳邊，大聲道：「原來那些人向北逃走了！他們知道皇上大發脾氣，捉住了定要砍頭，因此遠遠逃走了，逃得越快越好，這一次可眞正不得了！」伸出手來，抱住韋小寶輕輕搖晃幾下，轉身出門，吆喝道：「反賊向北逃跑了，大夥兒快追！」

韋小寶嘆了口氣，心想：「趙總兵對我總算挺有義氣。這件事給人知道了，他自己的腦袋可保不住。」只聽得蹄聲雜沓，眾官兵上馬向北追去。公主奇道：「這總兵明明已見到了我們，怎麼說……啊，他還送你金子銀子，原來是你的朋友。」韋小寶道：「咱們從後門走罷！」將金銀收入懷中，走向後進。

跨進院子，只見廊下坐著八九人，韋小寶一瞥之間，大聲驚呼了出來，轉身便逃，只邁出兩步，後領一緊，已讓人抓住，提了起來。那人冷冷的道：「還逃得了嗎？」這人正是洪教主。其餘衆人是洪夫人、胖頭陀、陸高軒、青龍使許雪亭、赤龍使無根道人、黑龍使張淡月、黃龍使殷錦，神龍教的首腦人物盡集於此。還有一個少女則是方怡。

公主怒道：「你拉著他幹麼？」飛腳便向洪教主踢去。洪教主左手微垂，中指在她腳背上一彈。公主「啊」的一聲叫，摔倒在地。

韋小寶身在半空，叫道：「教主和夫人仙福永享，壽與天齊。弟子韋小寶參見。」洪教主冷笑道：「虧你還記得這兩句話。」韋小寶道：「這兩句話，弟子時刻在心，早晨起身時唸一遍，洗臉時唸一遍，吃早飯時唸一遍，吃中飯時唸一遍，吃晚飯時唸一遍，晚上睡覺時又唸一遍。從來不曾漏了一遍。有時想起教主和夫人的恩德，常常加料，多唸幾遍。」

洪教主自從老巢神龍島遭毀，教衆死的死，散的散，身畔只賸下寥寥幾個老兄弟，江湖奔波，大家於「仙福永享，壽與天齊」的頌詞也說得不怎麼起勁了，一天之中，往往難得聽到一次，這時聽得韋小寶諛詞潮湧，不由得心中一樂，將他放下，本來冷冰冰的臉上露出了一絲笑容。

韋小寶道：「手下今日見到教主，渾身有勁，精神大振。只是有一件事當眞不明白。」洪教主問道：「甚麼？」韋小寶道：「那天和教主同夫人別過，已隔了不少日子，怎麼教主倒似年輕了七八歲，夫人更像變成了我的小妹妹，眞正奇怪了。」洪夫人格格嬌笑，伸手在他臉上扭了一把，笑道：「小猴兒，拍馬屁的功夫算你天下第一。」公主大怒，喝道：「你這女人好不要臉，怎地動手動腳？」洪夫人笑道：「我只動手，可沒動腳。好罷！這就動動腳。」左足提起，啪的一聲，在公主臀上重重踢了一腳。公主痛得大叫起來。

只聽得馬蹄聲響，頃刻間四面八方都是，不知有多少官兵已將農舍團團圍住。

大門推開，十幾名官兵擁了進來。當先兩人走進院子，向各人瞧瞧，一人說道：「都是些不相干的莊稼人。」韋小寶聽說話聲音是王進寶，心中一喜，轉過頭來，見王進寶身邊的是孫思克。兩人使個眼色，揮手命衆軍士出去。孫思克大聲道：「就只幾個老百姓，喂，你們見到逃走的反賊沒有？沒有嗎？好，我們到別地方查去。」

韋小寶心念一動：「我這番落入神龍教手裏，不管如何花言巧語，最後終究性命難保，還是跟了王三哥他們去，先脫了神龍教的毒手，再要他二人放我。」見王進寶和孫思克正要轉身出外，叫道：「王三哥、孫四哥，我是韋小寶，你們帶我去罷。」

孫思克道：「你們這些鄉下人，快走得遠遠的罷。」王進寶道：「這鄉下小兄弟說沒錢使，問你身邊有沒有錢。」孫思克道：「要錢嗎？有，有，有！」從懷裏掏出一疊銀票，交給韋小寶，說道：「北京城裏走了反賊，皇上大大生氣，派了幾千兵馬出來捉拿，捉到了立刻就要砍頭。小兄弟，這地方危險得緊，倘若給冤枉捉了去，送了性命，可犯不著了。」

韋小寶道：「你們捉我去罷，我……我寧可跟了你們。」

王進寶道：「你想跟我們去當兵吃糧？可不是玩的。外面有皇上親派的火器營，帶了火銃，砰砰嘭嘭的轟將起來，憑你武功再高，那也抵擋不住。」韋小寶心想：「有火器營，那更加妙了，料來洪教主不敢亂動。」忙道：「我有話要回奏皇上，你們帶我去罷。」王進寶道：「皇上一見了你，立刻殺你的頭。皇上也不過兩隻眼睛，一張嘴巴，有甚麼好見？唔，我們留下十三匹馬，派你們十三個鄉下人每人看守一匹，過得十年八年，送到北京來繳還，死了一匹，可是要賠的。千萬得小心了。」說著便向外走去。

韋小寶大急，上前一把拉住，叫道：「王三哥，你快帶我去。」突然之間，一隻大手按上了他頂門，只聽洪教主說道：「小兄弟，這位總爺一番好心，他剛從京城出來，知道皇上的心思，你別胡思亂想。」孫思克大聲道：「不錯，我們快追反賊去。」韋小寶知道此刻已命懸洪教主之手，他只須內勁一吐，自己立時腦漿迸裂，但此時不死，過不多久總之還是非死不可，大聲叫道：「你們快拿我去，我就是韋小寶！」

眾人一呆，停住了腳步。孫思克哈哈大笑，說道：「韋小寶是個十幾歲的少年，你這位老公公快八十歲啦，尖起了嗓子開玩笑，豈不笑歪了人嘴巴？」一扯王進寶的衣袖，兩人大踏步出去。只聽吆喝傳令之聲響起：「留下十三匹馬在這裏，好給後面的追兵通消息。把兩間茅屋燒了，以免反賊躲藏。」眾軍士應道：「得令！」便有人放火燒屋，跟著蹄聲響起，大隊人馬向北奔馳。

韋小寶嘆了口氣，心道：「這一番可死定了。王三哥、孫四哥怕我逗留不走，再有追兵到來，就不會給情面了。」只見屋角的茅草已著火焚燒，火燄慢慢逼近。

洪教主冷笑道：「你的朋友可挺有義氣哪，給了銀子，又給馬匹。大家走罷。」沐劍屏扶起公主，眾人從後門出來，繞到屋前，果見大樹下繫著十三匹駿馬。其中兩匹鞍轡鮮明，自是王進寶和孫思克二人的坐騎。

各人上馬向東馳去，韋小寶等四人給夾在中間。韋小寶只盼有追兵趕來，將自己擒回，小皇帝對自己情義深厚，這次雖然大大得罪了他，未必便非砍頭不可，洪教主陰毒辣，落入他手中，可不知有多少苦頭吃了。但一路行去，再也聽不到追兵的蹄聲。眾人所乘坐騎都是王進寶所選的良駒，奔馳如飛，後面就有追兵，也沒法趕及，何況趙、王、孫三總兵早將追兵引得向北而行。

一路上除了公主的叫罵之外，誰也默不作聲，後來殷錦點了公主的啞穴，她雖有滿腔怒氣，卻也罵不出聲了。

洪教主率領衆人，儘在荒野中向東南奔行，晚間也在荒野歇宿。韋小寶幾番使計想要脫逃，但洪教主機智殊不亞於他，每次都不過讓他身上多挨幾拳，如何能脫卻掌握？

數日之後，來到海邊。陸高軒拿出一錠從韋小寶身上搜出的銀子，去僱了一艘大海船。韋小寶心中只是叫苦，想到僱海船的銀子也要自己出，更爲不忿。

上船之後，海船張帆向東行駛。韋小寶心想：「這一次自然又去神龍島了，老烏龜定是要把老子拿去餵蛇。」想到島上一條條毒蛇繞上身來，張口齊咬，不由得全身發抖，尋思：「怎地想法子在船底鑿個大洞，大家同歸於盡。」

可是神龍教諸人知他詭計多端，看得極緊，又怎有機可乘？韋小寶想起以前去過神龍島兩次，第一次和方怡在船上卿卿我我，享盡溫柔；第二次率領大軍，威風八面；這一次卻給人拳打腳踢，命在旦夕，其間的苦樂自是天差地遠。自從在北京郊外農舍中和方怡相會，陸行並騎，海上同舟，她始終無喜無怒，木然無語，雖不來折磨自己，但一直不向自己瞧上一眼，有時心想她在洪教主淫威之下，儘管對自己一片深情，卻不敢稍假辭色；有時又想多次上了這小婊子的當，陰險狡猾，天下女子以她爲最，卻又不禁恨得牙癢癢地。

舟行多日，果然到了神龍島。陸高軒和胖頭陀押著韋小寶、公主、沐劍屏、曾柔四人上岸。殷錦脅迫衆舟子離船。一名舟子稍加抗辯，殷錦立即一刀殺了。其餘衆舟子只嚇得魂飛天外，那裏還敢作聲，只得乖乖跟隨。

但見島上樹木枯焦，瓦礫遍地，到處是當日砲轟的遺跡。樹林間腐臭沖鼻，路上一條條都是死蛇骸骨。來到大堂之前，只見牆倒竹斷，數十座竹屋已蕩然無存。

洪教主凝立不語。殷錦等均有憤怒之色。有的向韋小寶惡狠狠的瞪視。

張淡月縱聲大呼：「洪教主回島來啦！各路教衆，快出來參拜教主！」他中氣充沛，提氣大叫，聲聞數里。過了片刻，他又叫了兩遍。但聽得山谷間回聲隱隱傳來：「回島來啦！參拜教主！回島來了！參拜教主！」

過了良久，四下裏寂靜無聲，不但沒見教衆蜂擁而至，連一個人的回音也無。

洪教主轉過頭來，對韋小寶冷冷的道：「你砲轟本島，打得偌大一個神龍教瓦解冰銷，這可稱心如意了嗎？」

韋小寶見到他滿臉怨毒神色，不由得寒毛直豎，顫聲道：「舊的不去，新的不……不來。洪教主重振雄風，大……大展鴻圖，再……再創新教，開張發財，這叫做越燒越發，越轟越旺，教主與夫人仙福永享……」

洪教主道：「很好！」一腳將他踢得飛了起來，撻的一聲，重重摔在地下，周身筋骨欲斷，爬不起身。曾柔見洪教主如此兇惡，雖然害怕，還是過去將韋小寶扶起。

殷錦上前躬身道：「啓稟教主，這小賊罪該萬死，待屬下一刀一刀，將他零零碎碎的剮了。」洪教主哼了一聲，道：「不忙！」隔了一會，又道：「這小子心中，藏著一個重大機密，本教興復，須得依仗這件大事，暫且不能殺他。」殷錦道：「是，是。教主高瞻遠矚，屬下愚魯，難明其中奧妙。」

洪教主在一塊大石上坐了下來，凝思半晌，說道：「自來成就大事，定然多災多難。本教一時受挫，也不足爲患。眼下教衆星散，咱們該當如何重整旗鼓，大家不妨各抒所見。」

殷錦道：「教主英明智慧，我們便想上十天十晚，也不及教主靈機一動，還是請教主指示良策，大家奉命辦理。」

洪教主點了點頭，說道：「眼前首要之務是重聚教衆。上次韃子官兵砲轟本島，教衆傷亡雖然不少，但也不過三停中去了一停，餘下二停，定是四下流散了。現下令陸高軒升任白龍使，以補足五龍使之數。」陸高軒躬身道謝。洪教主又道：「青黃赤白黑五龍使即日分赴各地，招集舊部，如見到資質可取的少男少女，便收歸屬下，招舊納新，重興神教。」

殷錦、張淡月、陸高軒三人躬身道：「謹遵教主號令。」赤龍使無根道人和青龍使許雪亭卻默不作聲。洪教主斜睨二人，問道：「赤龍使、青龍使二人有甚麼話說？」

許雪亭道：「啓稟教主，屬下有兩件事陳請，盼教主允准。」洪教主哼了一聲，問道：「甚麼事？」許雪亭道：「屬下等向來忠於本教和教主，但教主卻始終信不過衆兄弟，未免令人心灰。第一件事，懇請教主恩賜豹胎易筋丸解藥，好讓衆兄弟心無牽掛，全心全意爲教主效勞。」

洪教主冷冷的道：「假如我不給解藥，你們辦事就不全心全意了？」

許雪亭道：「屬下不敢。第二件事，那些少男少女成事不足，敗事有餘，一遇上大事，個個逃得乾乾淨淨。本教此時遭逢患難，自始至終追隨在教主與夫人身邊的，只是我們幾個老兄弟。那些少年弟子平日裏滿嘴忠心不二，說甚麼赴湯蹈火，萬死不辭，事到臨頭，哪一個眞能出力？屬下愚見，咱們重興本教，該當招羅有擔當、有骨氣的男子漢大丈夫。那些口是心非、胡話八道的少男少女，就像叛徒韋小寶這類小賊，也不用再招了。」他說一句，洪教主臉上的黑氣便深一層。許雪亭心中慄慄危懼，還是硬著頭皮將這番話說完。

洪教主眼光射到無根道人臉上，冷冷的道：「你怎麼說？」

無根道人退了兩步，說道：「屬下以爲青龍使之言有理。前車覆轍，這條路不能再走。不經一事，不長一智，既已犯過了毛病，教主大智大慧，自會明白這些少男少女既不管用，又靠不住。便似……便似……」說著向沐劍屏一指，道：「這小姑娘本是我赤龍門屬下，教主待她恩德非淺，但一遇禍患，立時便叛教降敵。這種人務須一個個追尋回來，千刀萬剮，爲叛教者戒。」

洪教主的眼光向陸高軒等人一個個掃去，問道：「這是大夥兒商量好了的意思嗎？」

衆人默不作聲。過了好一會，胖頭陀道：「啓稟教主：我們沒商量過，不過……不過屬下以爲青龍使、赤龍使二位的話，是很有點兒道理的。」洪教主眼望張淡月，等他說話。張淡月戰戰兢兢的道：「本教此次險遭覆滅之禍，罪魁禍首，自然是韋小寶這小賊。屬下對這種人，是萬萬信不過的。」洪教主點點頭，說道：「很好，你也跟他們是一夥。陸高軒，你呢？」陸高軒道：「屬下得蒙教主大恩提拔，升任白龍使重職，自當出力爲教主盡忠效勞。青龍使他們這番心意，也是爲了本教和教主著想，決無他意。」

殷錦大聲道：「你們這些話，都大大的錯了。教主智慧高出我們百倍。大夥兒何必多說多話，只須聽著教主和夫人的指點就是了。韃子兵砲轟本島，是替本教盪垢去污，所有不忠於教主的叛徒，就此都轟了出來。若非如此，又怎知誰忠誰奸？我們屬下都是井底之蛙，眼光短淺，只見到一時的得失，那能如教主這般洞矚百世？」

許雪亭怒道：「本教所以一敗塗地，一大半就是壞在你這種馬屁鬼手裏。你亂拍馬屁，於本教有甚麼好處？於教主又有甚麼好處？」殷錦道：「甚麼馬屁鬼？你……你……你這可不是反了嗎？」許雪亭怒道：「你這無恥小人，敗壞本教，你才是反了。」說著手按劍柄。殷錦退了一步，說道：「當日你作亂犯上，背叛教主，幸得教主和夫人寬宏大量，這才不咎既往，今日……今日你又要造反嗎？」

許雪亭、無根道人、張淡月、陸高軒、胖頭陀五人一起瞪視教主，含怒不語。

洪教主轉過頭去瞧向殷錦，眼中閃著冷酷的光芒。殷錦吃了一驚，又退了一步，說道：「教主，他……他們五人圖謀不軌，須當一起斃了。」洪教主低沉著嗓子道：「剛才你說甚麼來？」殷錦見他神色不善，更是害怕，顫聲道：「屬下忠……忠……忠於教主，跟這些反賊勢……勢不兩立。」洪教主道：「咱們當日立過重誓，倘若重提舊事，追算老帳，那便如何？」殷錦只嚇得魂飛天外，說道：「教……教主開恩，屬下只是一片忠心，別……別無他意。」洪教主道：「當日我和夫人曾起了誓，倘若心中記著舊怨，那便身入龍潭，為萬蛇所噬，舊事早已一筆勾銷，人人都已忘得乾乾淨淨，就只你還念念不忘，一有機會，便來挑撥離間，到底是何用意？有何居心？」

殷錦臉上已無半點血色，雙膝一屈，便即跪倒，說道：「屬下知錯了，以後永遠不敢再提。」洪教主森然道：「本教中人起過的毒誓，豈可隨便違犯？這誓若不應在你身上，便當應在我身上。你說該當是你身入龍潭呢？還是我去？」殷錦大叫一聲，倒退躍出丈許，轉身發足狂奔。洪教主待他奔出數丈，俯身拾起一塊石頭擲出，呼的一聲，正中殷錦後腦。他長聲慘呼，一躍而起，重重摔了下來。扭了幾下，便即斃命。

洪教主眼見許雪亭等五人聯手，雖然憑著自己武功，再加上夫人和殷錦相助，足可克制得住，但教中元氣大傷之後，已只賸下寥寥數人，殷錦只會奉承諂諛，並無多大眞實本事，若再將這五人殺了，自己部屬盪然無存。他於頃刻間權衡輕重利害，便即殺了殷錦，用以拉攏許雪亭等五人，作爲今後臂助。

張淡月和陸高軒躬身說道：「教主言出如山，誅殺奸邪，屬下佩服之至。」許雪亭、無根道人、胖頭陀三人也齊道：「多謝教主。」這五人平素見殷錦一味吹牛拍馬，人品低下，對他十分鄙視，此刻見教主親自下手將他處死，都大感痛快。

洪教主指著韋小寶道：「非是我要饒他性命，但這小子知道遼東極北苦寒之地，有一個極大寶藏。若不是由他領路，沒法尋到。得了這寶藏之後，咱們重建神教就易如反掌了。」頓了一頓，又道：「適才你們五人說道，那些少男少女很不可靠，勸我不可重蹈覆轍。本座仔細想來，也不無道理。這就依從你們的主張，今後本教新招教衆之時，務當特別鄭重，以免奸徒妄人，混進教來。」許雪亭等臉有喜色，一齊躬身道謝。

洪教主從身邊摸出兩個瓷瓶，從每個瓶中各倒出五顆藥丸，五顆黃色，五顆白色。他還瓶入懷，將藥丸托在左掌，說道：「這是豹胎易筋丸的解藥，你們每人各服兩顆。」許雪亭等大喜，先行稱謝，接過藥來。洪教主道：「你們即刻就服了罷。」五人將藥丸放入口中，吞嚥下肚。

洪教主臉露微笑，道：「那就很好……」突然大喝：「陸高軒，你左手裏握著甚麼？」陸高軒退了兩步，道：「沒……沒甚麼。」左手下垂，握成了拳頭。洪教主厲聲道：「攤開左手！」這一聲大喝，只震得各人耳中嗡嗡作響。

陸高軒身子微晃，左手緩緩打開，嗒的一聲輕響，一粒白色藥丸掉在地下。

許雪亭等四人均各變色，素知陸高軒識見不凡，頗有智計，他隱藏這顆白丸不肯服食，必有道理，可是自己卻已吞下了肚中，那便如何是好？

洪教主厲聲道：「這顆白丸是強身健體的大補雪參丸，何以你對本座存了疑心，竟敢藏下不服？」陸高軒道：「屬下……不……不敢。屬下近來練內功不妥，經脈中氣血不順，因此……因此教主恩賜的這顆大補藥丸，想今晚打坐調息之後，慢慢服下，以免賤體經受……經受不起。」

洪教主臉色登和，說道：「原來如此。你何處經脈氣血不順？那也容易得緊，我助你調順內息便是了。你過來。」陸高軒又倒退一步，說道：「不敢勞動教主，屬下慢慢調息，就會好的。」洪教主嘆了口氣，道：「如此說來，你終究信不過我？」陸高軒道：「屬下決計不敢。」洪教主指著地下那顆白丸，道：「那麼你即刻服下罷，要是服下後氣息不調，我豈會袖手不理？」

陸高軒望著那顆藥丸，呆了半晌，道：「是！」俯身拾起，突然中指一彈，嗤的一聲響，藥丸飛過天空，遠遠掉入了山谷，說道：「屬下已經服了，多謝教主。」

洪教主哈哈大笑，說道：「好，好，好！你膽子當眞不小。」陸高軒道：「屬下忠心爲教主出力，教主既已賜服解藥，解去豹胎易筋丸的毒性，卻又另賜這顆毒性更加厲害的百涎丸。屬下無罪，不願領罰。」許雪亭等齊問：「百涎丸？那是甚麼毒藥？」陸高軒道：「教主採集一百種毒蛇、毒蟲的唾涎，調製而成此藥。是否含有劇毒，倒不大清楚，說不定眞有大補之效，也未可知。只不過我膽子很小，不敢試服。」

許雪亭等驚惶更甚，同時搶到陸高軒身邊，五人站成一排，凝目瞪視洪教主。

洪教主冷冷的道：「你怎知這是百涎丸？一派胡言，挑撥離間，擾亂人心。」

陸高軒向方怡一指，說道：「那日我見到方姑娘在草叢裏捉蝸牛，我問她幹甚麼，她說奉教主之命，捉了蝸牛來配藥。教主那條百涎丸的單方，我也無意之中見到了。雖說這百涎丸的毒性要在三年之後才發作，但一來，這百涎丸只怕教主從未配過，也不知是否眞的三年之後毒性才發；二來，屬下還想多活幾年，不願三年之後便死。」

洪教主臉上黑氣漸盛，喝道：「我的藥方，你又怎能瞧見？」

陸高軒斜眼向洪夫人瞧了一眼，說道：「夫人要屬下在教主的藥箱中找藥給她服食，這條單方，便在藥箱之中。」洪教主厲聲道：「胡說八道！夫人就算身子不適，難道不會問我要藥，何必要你來找？我這藥箱向來封鎖嚴固，你何敢私自開啓？」陸高軒道：「屬下並未私自開啓。」洪教主喝道：「你沒私自開啓？難道是我吩附你開的……」

一轉念間，問洪夫人：「是你開給他的？」

洪夫人臉色蒼白，緩緩點了點頭。洪教主道：「你要找甚麼藥？爲甚麼不跟我說？」洪夫人突然滿臉通紅，隨即又變慘白，身子顫了幾下，忽然撫住小腹，喉頭喔喔作聲，嘔了不少清水出來。洪教主皺起眉頭，溫言問道：「你甚麼不舒服了？坐下歇歇罷！」

建寧公主突然叫道：「她有了娃娃啦。你這老混蛋，自己要生兒子了，卻不知道？」洪教主大吃一驚，縱身而前，抓住夫人手腕，厲聲道：「她這話可眞？」洪夫人彎了腰不住嘔吐，越加顫抖得厲害。洪教主冷冷的道：「你想找藥來打下胎兒，是不是？」除陸高軒外，衆人聽了無不大奇。洪教主並無子息，對夫人又極疼愛，如夫人給他生下個孩兒，正是極大美事，何以她竟要打胎？料想洪教主必定猜錯了。那知洪夫人緩緩點了點頭，說道：「不錯。我要打下胎兒。快殺了我罷。」

洪教主左掌提起，喝道：「是誰的孩子？」人人均知他武功高極，這一掌落將下來，洪夫人勢必立時斃命，不料她反而將頭向上一挺，昂然道：「叫你快殺了我，爲甚麼又不下手？」洪教主眼中如欲噴出火來，低沉著嗓子道：「我不殺你。是誰的孩子？」洪夫人緊閉了嘴，神色甚是倔強，顯是早將性命豁出去了。

洪教主轉過頭來，瞪視陸高軒，問道：「是你的？」陸高軒忙道：「不是，不是！屬下敬重夫人，有如天神，怎敢冒犯？」洪教主的眼光自陸高軒臉上緩緩移向張淡月、許雪亭、無根道人、胖頭陀，一個個掃視過去。他眼光射到誰的臉上，誰便打個寒戰。

洪夫人大聲道：「誰也不是，你殺了我就是，多問些甚麼。」

公主叫道：「她是你老婆，這孩子自然是你的，又瞎疑心甚麼？眞正胡塗透頂。」洪教主喝道：「閉嘴！你再多說一句，我先扭斷了你脖子。」公主不敢再說，心中好生不服。她那裏知道，洪教主近年來修習上乘內功，早已不近女色，和夫人伉儷之情雖篤，卻無夫婦之實，也正因如此，心中對她存了歉仄之意，平日對她倍加疼愛。

這時他突然聽得夫人腹中懷了胎兒，霎時之間，心中憤怒、羞愧、懊悔、傷心、苦楚、憎恨、愛惜、恐懼諸般激情紛至沓來，一隻手掌高高舉在半空，就是落不下去，一轉頭間，見許雪亭等人臉露惶恐之意，心想：「這件大丟臉事，今日都讓他們知道了，我怎還有臉面做他們教主？這些人都須殺得乾乾淨淨，不能留下一個活口。只消洩漏了半點風聲，江湖上好漢人人恥笑於我，我還逞甚麼英雄豪傑？」他殺心一起，突然右手放開夫人，縱身而前，一把抓住了陸高軒，喝道：「都是你這反教叛徒從中搗鬼！」

陸高軒大叫：「你想殺人滅……」一個「口」字還沒離嘴，腦門上啪的一聲，已給洪教主重重一掌擊落，登時雙目突出，氣絕而死。

許雪亭等見了這情狀，知道洪教主確要殺人滅口，四人一齊抽出兵刃，護在身前。許雪亭叫道：「教主，這是你的私事，跟屬下各人全不相干。」

洪教主縱聲大呼：「今日大家同歸於盡，誰也別想活了。」猛向四人衝去。胖頭陀挺起一柄二十來斤重的潑風大環刀，當頭砍將過去，勢道威猛之極。洪教主側身讓開，右掌向張淡月頭頂拍落。許雪亭一對判官筆向洪教主背心連遞兩招，同時無根道人的雁翎刀也已砍向他腰間。洪教主大喝一聲，躍向半空，仍向張淡月撲擊下來。

張淡月手使鴛鴦雙短劍，霎時之間向上連刺七劍，這一招「七星聚月」，實是他生平的力作，七劍刺得迅捷凌厲之極。洪教主右掌略偏，在他左肩輕輕一按，借勢躍開。張淡月大叫一聲，在地下一個打滾，翻身站起，但覺左邊半身酸痛難當，叫道：「今日不殺了他，誰都難以活命！」四人各展兵刃，又向洪教主圍攻上去。

這四人都是神龍教中的第一流人物，尤以胖頭陀和許雪亭更為了得。胖頭陀大環刀上九個鋼環噹啷啷作響，走的純是剛猛路子。許雪亭的判官雙筆卻是綿密小巧之技，招招點向對方周身要穴。無根道人將雁翎刀舞成一團白光，心想今日服了百涎丸後，性命難久，在臨死之前定當先殺了這奸詐兇狠的大仇人，是以十刀中倒有九刀是進攻招數，只盼和敵人同歸於盡。張淡月想起當日因部屬辦事不力，取不到《四十二章經》，若不是得無根道人和許雪亭相助，早已為洪教主處死，自己已多活了這些時候，這條命其實是撿來的，這時左臂雖然劇痛，仍奮力出劍。

洪教主武功高出四人甚遠，若要單取其中一人性命，並不為難，但四人連環進擊，殺得一人，自己難免受傷。鬥得四十回合後，胸中一股憤懣難當之氣漸漸平息，心神一定，出招更得心應手，一雙肉掌在四股兵刃的圍攻中盤旋來去，絲毫不落下風，眼見張淡月左劍刺出時漸漸無力，心想這是對方最弱之處，由此著手，當可摧破強敵。

韋小寶見五人鬥得激烈，悄悄拉了拉曾柔和沐劍屏的衣袖，又向公主打個手勢，要她不可作聲。四人轉過身來，躡手躡腳的向山下走去。洪教主等五人鬥得正緊，誰也沒見到，就算見到了，也無人緩得出手來阻攔。

四人走了一回，離洪教主等已遠，心下竊喜。韋小寶回頭望去，見那五人兀自狠鬥，刀光閃爍，掌影飛舞，一時難分勝敗，說道：「咱們走快些。」四人加緊腳步，忽聽得身後腳步聲響，兩人飛奔而來，正是洪夫人和方怡。四人吃了一驚，苦於身上兵刃暗器都已在遭擒之時給搜檢了去，洪夫人武功厲害，料想抵敵不過，只得拚命奔逃。

奔出數十步，公主腳下給石子一絆，摔倒在地，叫出聲來。韋小寶心想：「這潑辣女人肚子裏有我的孩兒，可不能不救。」回身來扶。卻見洪夫人幾個起落，已躍到身前，叉腰而立，說道：「韋小寶，你想逃嗎？」韋小寶笑道：「我們不是逃，這邊風景好，過來玩耍玩耍。」洪夫人冷笑道：「好啊，你們來賞玩風景，怎不叫我？」說話之間，方怡也已趕到。

沐劍屏和曾柔見韋小寶已爲洪夫人截住，轉身回來，站在韋小寶身側。

沐劍屏對方怡道：「方師姊，你和我們一起走罷。他……他……」說著向韋小寶一指，說道：「一直待你很好的，你從前也起過誓，難道忘了嗎？」方怡道：「我只忠心於夫人，唯夫人之命是從。」沐劍屏道：「你不過服了夫人的藥，我以前也服過的……」

韋小寶恍然大悟，才知方怡過去一再欺騙自己，都是受了洪夫人的挾制，不得不然，心中對她惱恨之意登時淡了不少，說道：「怡姊姊，你同我們一起去罷。」這「怡姊姊」三字，是上次他和方怡同來神龍島，在舟中親熱纏綿之時叫慣了的，方怡乍又聽到，不禁臉上一紅。

突然之間，只聽得洪教主大聲叫道：「夫人，夫人！阿荃，阿荃！你……你到那裏去了？」呼聲中充滿著驚惶和焦慮，顯是怕洪夫人棄他而去。

但洪夫人恍若不聞。洪教主又叫了幾聲，洪夫人始終不答。

韋小寶等五人都瞧著洪夫人，均想：「你怎麼不答應？教主在叫你，爲甚麼不回去？」只見洪夫人臉上一陣暈紅，搖了搖頭，低聲道：「咱們快走，坐船逃走罷！」韋小寶又驚又喜，問道：「你……你也同我們一起走？」洪夫人道：「島上只一艘船，不一起走也不成。教主要殺我，你不知道嗎？」臉上又是一紅，當先便走。

衆人向山下奔出數丈，只聽得洪教主又大聲叫了起來：「夫人，夫人！阿荃，阿荃！

快回來！」突然有人長聲慘叫，顯是臨死前的叫嚷，只不知是許雪亭等四人中的那一個。

洪敎主大叫：「你瞧，你瞧！張淡月這老傢伙給我打死了。他一生一世都跟在我身邊，臨到老來，居然還要反我，眞是胡塗透頂。阿荃，阿荃！你怎不回來？我不怪你，這件事我原諒你了。啊！他媽的，你砍中我啦！哈哈，胖頭陀，這一掌還不要了你的狗命？你腦筋不靈，怎麼跟著人家，也來向我造反，這可不是死了嗎？哈哈。」

洪夫人停住腳步，臉上變色，說道：「他已打死了兩個。」

韋小寶急道：「咱們快逃。」發足便奔。

猛聽得洪敎主叫道：「你這兩個反賊，我慢慢再收拾你們。夫人，夫人，快回來！」聲音愈叫愈近，竟是從山上追將下來。韋小寶回頭看去，只見洪敎主披頭散髮，疾衝過來，這一下只嚇得魂飛魄散，沒命價狂奔。

許雪亭大叫：「截住他，截住他。他受了重傷，今日非殺了他不可。」無根道人叫道：「他跑不了的！」兩人手提兵刃，追將下來。不多時韋小寶等已奔近海灘，但洪敎主、許雪亭、無根道人三人來得好快，前腳接後腳，也都已奔到山下，三人身上臉上濺滿了鮮血。

洪敎主大喝：「夫人，你爲甚麼不答應我？你要去那裏？」許雪亭叫道：「夫人不要你啦！她有了個又年輕又英俊的相好。」洪敎主大怒，叫道：「你胡說！」縱身過去，左掌向許雪亭頭頂猛力擊落。許雪亭迅速避開，左手還了一筆，無根道人也已趕到，揮刀向洪教主腰間砍去。此時洪教主的對手已只賸下兩人，但他左腿一跛一拐，身手已遠不如先前靈活。

洪教主叫道：「阿荃，你瞧我立刻就將這兩個反賊料理了。那四個小賤人，你都快殺了罷。只留下那小賊不殺，讓他帶我們去取寶。」他口中叫嚷，出掌仍極雄渾有力。許雪亭和無根道人難以近身。

洪夫人微微冷笑，向沐劍屏等人逐一瞧去。

韋小寶爲迴護四女，竟不顧自身安危，大聲叫道：「夫人，這四個小妞同你一樣，個個都是我的心肝寶貝，你只要傷得其中一人，我立刻自殺，跟她一起去做鬼！大丈夫一言既出，甚麼……甚麼馬難追。」情急之下，連「死馬難追」也想不起來了。

突然間啪的一聲響，許雪亭腰間中掌，他身子連晃，摔倒在地。洪教主哈哈大笑，飛足踢去。許雪亭躍起急撲，這一腳正中他胸口，喀喇聲響，胸前肋骨登時斷了數根，可是洪教主的右腿卻已爲他牢牢抱住。洪教主出力掙扎，竟摔他不脫。無根道人飛快搶上，揮刀砍落。洪教主側頭避過，反手出擊，噗的一響，無根道人小腹中掌，但這一刀也已砍入洪教主右肩。無根道人口中鮮血狂噴，都淋在洪教主後頸，待要提刀再砍，雁翎刀已斬入了洪教主肩骨，手上無力，再也拔不出來。

洪教主叫道：「快……快來……拉開他。」洪夫人也不知是嚇得呆了，還是有意不出手相助，眼看三人糾纏狠鬥，竟站在當地，一動也不動。許雪亭抓起地下一枝判官筆，迷迷糊糊間奮力上送，揷入了洪教主腰間。洪教主狂呼大叫，左腳踢出，將許雪亭踢得直飛出去，跟著左肘向後猛撞，無根道人身子慢慢軟倒。

洪教主哈哈大笑，叫道：「這些……反賊，那……那一個是我敵手？他們……他們想造反，咳咳……咳咳，還不是……還不是都給我殺了。」轉過身來，問洪夫人道：「你……你爲甚麼不幫我？」

洪夫人搖搖頭，說道：「你武功天下第一，何必要人幫？」洪教主大怒，叫道：「你也反我？你也是本教的叛徒？」洪夫人冷冷的道：「不錯，你就只顧自己。我如幫你，終究還是不免給你殺了。」洪教主叫道：「我叉死你，我叉死你這叛徒。」說著向洪夫人撲來。

洪夫人「啊」的一聲，急忙閃避。洪教主雖受重傷，行動仍極迅捷，左手抓住了她右臂，右手便叉在她頸中，喝道：「你說，你說，你反不反我？你只要說不反，我就饒了你。」

洪夫人緩緩道：「很久很久以前，我心中就在反你了。自從你逼我做你妻子那一天起，我就恨你入骨。你……你叉死我好了。」洪教主身上鮮血不斷的流到她頭上、臉上，洪夫人瞪眼凝視他，竟目不稍瞬。洪敎主大叫：「叛徒，反賊！你們個個人都反我，我……我另招新人，重組神龍敎！」右手運勁，洪夫人登時透不過氣來，伸出了舌頭。

韋小寶在旁瞧得害怕之極，眼見洪夫人立時便要給他叉死，從沙灘上捧起一塊大圓石，奮力向洪敎主背上擲去，噗的一聲，正中背心。洪敎主眼前一黑，叉在洪夫人頸中的手便鬆了，轉身叫道：「你……你這小賊，我寶藏不要了，殺了你再說。」揮掌向韋小寶打去。

韋小寶飛步狂奔。洪敎主發足追來，身後沙灘上拖著一道長長的血跡。

韋小寶心知這一次如給他抓住了，決難活命，沒命價奔逃。突然間嗤的一聲響，背上衣衫給洪敎主扯去了一塊，若不是韋小寶身穿護身寶衣，說不定背上肌肉也給扯去了一條，他大驚之下，奔得更加快了，施展九難所授的「神行百變」輕功，在沙灘上東一彎、西一溜的亂轉，洪敎主幾次伸手可及，都讓他在千鈞一髮之際逃了開去。

他如筆直奔逃，畢竟內力有限，早就給抓住了。但這「神行百變」是鐵劍門絕技，再加上木桑當年另創新變，委實精奇奧妙之至。韋小寶「神行」是決計說不上，那「百變」兩字和他天性相近，倒也學得了兩三成。因此雖非武功高手，卻也算得是當世武林中數一數二逃命的「高腳」。

洪敎主吼叫連連，連發數掌。韋小寶躲開了兩掌，第三掌終於閃躲不了，砰的一響，正中後心，兩個觔斗翻了出去。幸好洪教主重傷之餘，掌力大減，韋小寶又有寶衣護身，雖然給打得昏天黑地，卻也並沒受傷。他正要爬起，突覺肩頭一緊，已讓洪教主雙手揪住。

這一來，他一顆心當真要從胸腔中跳了出來，大駭之下，當真是慌不擇路，一低頭，便從洪教主胯下鑽了過去，驀地想到，這正是洪教主當年所教「救命三招」之一的上半截，這招叫做「貴妃騎牛」還是「西施騎羊」，這當兒那裏還記得起？奮力縱躍，翻身騎上了洪教主頭頸。

這一招本來他並未練熟，就算練得精熟，要使在洪教主這一等一的大高手身上，那也絕無可能。但洪教主奮戰神龍教四高手，在發見夫人捨己而去之時，心神慌亂，接連受傷，此時肩頭雁翎刀深砍入骨，小腹中又插入了一枝判官筆，急奔數百丈後大量流血，內力垂盡，揪住韋小寶的雙手早已酸軟無力，給他一掙便即掙脫，騎入了頸中。

韋小寶騎上了他肩頭，生怕掉將下來，自然而然的便伸手抱住他頭，雙手中指正好按在他眼皮上。洪教主腦海中陡然如電光般一閃，記得當年自己教他這一招，一騎上敵人項頸，立即便須挖出敵人眼珠，想不到自己一世英雄，到頭來竟命喪這小頑童之手，而他所使的招數，卻又是自己所授，當眞是報應不爽，想起自己一生殺人無算，受此果報也不算冤枉，不禁長嘆一聲，垂下了雙手。這口氣一鬆，再也支持不住，仰天便倒。

韋小寶還道他使甚麼厲害家數，急忙躍起逃開。只聽得洪教主喘息道：「阿荃，阿荃，你……你過來。」洪夫人向他走近幾步，但離他身前一丈多遠便站住了。洪教主道：「你肚裏……的孩子，究竟……究竟是誰的？」洪夫人搖頭道：「你何必定要知道。」說著忍不住斜眼向韋小寶瞧了一眼，臉上一陣暈紅。

洪教主又驚又怒，喝道：「難道……難道是這小鬼？」洪夫人咬住下唇，默不作聲，顯然便是默認了。洪教主大叫：「我殺了這小鬼！」縱身向韋小寶撲去。

但見洪教主全身是血，張開大口，露出殘缺不全的焦黃牙齒，雙手也滿是鮮血淋漓，這般撲將過來，韋小寶只嚇得魂不附體，縮身一竄，又從洪夫人胯下鑽了過去，躲在她身後。

洪夫人雙臂張開，面對著洪教主，淡淡的道：「你威風了一世，也該夠了！」

洪教主身在半空，最後一口眞氣也消得無影無蹤，啪噠一聲，摔在洪夫人腳邊，惡狠狠的道：「我是教主，你們……你們都該聽我……聽我的話，爲甚麼……爲甚麼……都反我？你們……你們都不對，只有……只有我對。我要把你們一個個都殺了，只有我一人才……才仙福永享……壽……與天……天……天……」最後這個「齊」字終於說不出口，張大了口，就此氣絕，雙目仍是大睜。

韋小寶爬開幾步，翻身躍起，又逃開數丈，這才轉身，只見洪教主躺在地下毫不動彈，過了良久，走上兩步，擺定了隨時發足奔逃的姿式，問道：「他死了沒有？」洪夫人嘆了口氣，輕聲道：「死了。」韋小寶又走上兩步，問道：「他……他怎麼不閉上眼？」

突然間啪的一聲響，臉上重重吃了個耳光，跟著右耳又給扭住，正是建寧公主。她又在韋小寶屁股上踢了一腳，罵道：「你這小王八蛋，他不閉眼，因爲你偷了他老婆。你……你怎麼又跟這不要臉的女人勾搭上了。」

洪夫人哼了一聲，伸手提起建寧公主後頸，啪的一聲，也重重打了她個耳光，一揮手，公主向後便跌。這一來韋小寶可就苦了，公主右手仍扭住他耳朵，她身子後跌，只帶得韋小寶耳朵劇痛，撲在她身上。洪夫人喝道：「你說話再沒規矩，我立刻便斃了你。」

公主大怒，跳起身來，便向洪夫人衝去。洪夫人左足一勾，公主又撲地倒了。公主第三次衝起再打，又給摔了個觔斗，終於知道自己武功跟人家實在差得太遠，坐在地下，又哭又罵。她可不敢罵洪夫人，口口聲聲只是：「小王八蛋！死太監！小畜生！臭小桂子！」

韋小寶撫著耳朵，只覺滿手是血，原來耳朵根已讓公主扯破了長長一道口子。

洪夫人低聲道：「我跟他總是夫妻一場，我把他安葬了，好不好？」語聲溫柔，竟是向韋小寶懇求准許一般。韋小寶又驚又喜，忙道：「好啊，自該將他葬了。」拾起地下的一根判官筆，和洪夫人兩人在沙灘上掘坑，方怡和沐劍屏過來相助，將洪教主的屍體埋入。

洪夫人跪下磕了幾個頭，輕聲說道：「你雖強迫我嫁你，可是……可是成親以來，你自始至終待我很好。我卻從來沒眞心對你。你死而有知，也不用再放在心上了。」說著站起身來，不禁淚水撲簌簌的掉了下來。

她怔怔的悄立片刻，拭乾了眼淚，問韋小寶道：「咱們就在這裏住下去呢，還是回中原去？」韋小寶搔頭道：「這地方萬萬住不得，洪教主、陸先生他們的惡鬼，非向我們索命不可，當眞乖乖不得了。不過回去中原，小皇帝又要捉我殺頭，最好……最好是找個太平的地方躲了起來。」突然間想到一個所在，喜道：「有了。咱們去通吃島，那裏既沒惡鬼，小皇帝又找我不到。」洪夫人問道：「通吃島在那裏？」韋小寶向西一指，笑道：「那邊這個小島，我叫它通吃島。」洪夫人點頭道：「你既喜歡去，那就去罷。」不知如何，對他竟千依百順。

韋小寶大樂，叫道：「去，去，大家一起都去！」過去扶起公主，笑道：「大夥兒上船罷！」公主揮手便是一掌，韋小寶側頭躲過。公主怒道：「你去你的，我不去！」韋小寶道：「這島上有許許多多惡鬼，無頭鬼，斷腳鬼，有給大砲轟出了腸子的拖腸鬼，有專摸女人大肚子的多手鬼……」公主聽得害怕之極，頓足道：「還有你這專門胡說八道的嚼蛆鬼。」左足飛出，在韋小寶屁股上重重一腳。韋小寶「啊」的一聲，跳起身來。

洪夫人緩步走過去。公主退開幾步。洪夫人道：「以後你再打韋公子一下，我打你十下，你踢他一腳，我踢你十腳。我說過的話，從來算數。」公主氣得臉色慘白，怒道：「你是他甚麼人，要你這般護著他？你……你自己老公死了，就來搶人家的老公。」方怡插口道：「你自己的老公呢？吳應熊呢？還不也死了？」公主怒極，罵道：「小賤人，你老公也死了。」

洪夫人緩緩的道：「以後你再敢說一句無禮的言語，我叫你一個人在這島上，沒人陪你。」公主心想這潑婦說得出做得到，當眞要自己一個人在這島上住，這許多拖腸鬼、多手鬼擁將上來，那便如何是好？她一生養尊處優，頤指氣使，這時只好收拾起金枝玉葉的橫蠻脾氣，乖乖的不再作聲。

韋小寶大喜，心想：「這個小惡婆娘今天遇到了對頭，從此有人制住她，免得她一言不合，伸手便打。」舉手摸摸自己給扯傷的耳朵，兀自十分疼痛。

洪夫人對方怡道：「方姑娘，請你去吩咐船夫，預備開船。」方怡道：「是。」又道：「夫人怎地對屬下如此客氣，可不敢當。」洪夫人微笑道：「咱們今後姊妹相稱，別再甚麼夫人屬下的了。你叫我荃姊姊，我就叫你怡妹妹罷。那毒丸的解藥，上船後就給你服，從此以後，再也不用躭心了。」方怡和沐劍屏都十分歡喜。

一行人上得船來，舟子張帆向西。韋小寶左顧右盼，甚是得意。洪夫人果然取出解藥，給方怡和沐劍屏服了，又打開船上鐵箱，取出韋小寶的匕首、「含沙射影」暗器、銀票等物，還了給他。曾柔等人的兵刃也都還了。

韋小寶笑道：「今後我也叫你荃姊姊，好不好？」洪夫人喜道：「好啊。咱們排一排年紀，瞧是誰大誰小。」各人報了生日年月，自然是洪夫人蘇荃最大，其次是方怡，更其次是公主。韋小寶不知自己生日，瞎說一通，說曾柔、沐劍屏和他三人同年，還說曾柔大了他三個月，沐劍屏小了他幾天。

蘇荃、方怡等四女姊姊妹妹的叫得甚是親熱，只公主在一旁含怒不語。蘇荃道：「她是公主殿下，不願跟我們平民百姓姊妹相稱，大家還是稱她爲公主罷。」公主冷冷的道：「我可不敢當。」想到她們聯羣結黨，自己孤另另的，而這沒良心的死太監小桂子，看來也是向著她四人的多，向著自己的少，傷心之下，忍不住放聲大哭。

韋小寶挨到她身邊，拉著她手安慰，柔聲道：「好啦，大家歡歡喜喜的，別哭……」公主揚起手來，一巴掌打了過去，猛地裏想起蘇荃說過的說來，這一掌去勢甚重，沒法收住，只得中途轉向，啪的一聲，打在自己胸口，「啊」的一聲，叫了出來。衆人忍不住都哈哈大笑。公主更加氣苦，伏在韋小寶懷裏大哭。韋小寶笑道：「好啦，好啦。大家不用吵架，咱們來賭，我來做莊。」

可是在洪教主的鐵箱中仔細尋找，韋小寶那六顆骰子卻再也找不到了，自是陸高軒在搜查他身體之時，將六顆骰子隨手拋了。韋小寶悶悶不樂。蘇荃笑道：「咱們用木頭來雕六粒骰子罷。」韋小寶道：「木頭太輕，擲下去沒味道的。」

曾柔伸手入懷，再伸手出來時握成了拳頭，笑道：「你猜這是甚麼？」韋小寶道：「猜銅錢嗎？那也好。總勝過了沒得賭。」曾柔笑道：「你猜幾枚？」韋小寶笑道：「三枚。」曾柔攤開手掌，一隻又紅又白的手掌中，赫然是四粒骰子。韋小寶「啊」的一聲大叫，跳起身來，連問：「那裏來的？那裏來的？」曾柔輕笑一聲，把骰子放在桌上。

韋小寶一把搶過，擲了一把又一把，興味無窮，只覺這四枚骰子兩邊輕重時時不一，顯是灌了水銀的假骰子，心想曾柔向來斯文靦腆，怎會去玩這假骰子騙人錢財？一凝思間，這才想起，心下一陣歡喜，反過左手去摟住了她腰，在她臉上一吻，笑道：「多謝你啦，柔姊姊，多虧你把我這四顆骰子一直帶在身邊。」

曾柔滿臉通紅，逃到外艙。原來那日韋小寶和王屋派眾弟子擲骰賭命，放了眾人，曾柔臨出營帳時向他要了這四顆骰子去。韋小寶早就忘了，曾柔卻一直貼身而藏。

骰子雖然有了，可是這幾個女子卻沒一個有賭性，雖湊趣陪他玩耍，但賭注既小，輸贏又漫不在乎，玩不到一頓飯功夫，大家就毫不起勁，比之在揚州妓院、賭場、宮中、軍中等處的濫賭狠賭，局面實有天壤之別。韋小寶意興索然，嚷道：「不玩了，不玩了，你們都不會的。」想起今後在通吃島避難，雖有五個美人兒相陪，可是沒錢賭，沒戲聽，這日子可也悶得很。再說，在島上便有千萬兩金子、銀子，又有何用？金銀既同泥沙石礫一般，贏錢也就如同贏泥沙石礫了。何況他心中最在意的是雙兒和阿珂二人，這二人卻偏偏不在身邊，雙兒生死如何，阿珂又在何處，時時掛在心頭，豈能就此撇下她兩個不理？

他越想越沒趣，說道：「咱們還是別去通吃島罷。」蘇荃道：「那你說去那裏？」韋小寶想了想，道：「咱們都去遼東，去把那個大寶藏挖了出來。」蘇荃道：「大家安安穩穩的在荒島上過太平日子，不很好嗎？就算掘到了大寶藏，也沒甚麼用。」韋小寶道：「金銀珠寶，成千成萬，怎會沒用？」方怡道：「韃子皇帝一定派了兵馬到處捉你，咱們還是躲起來避避風頭，過得一兩年，事情淡了下來，你愛去遼東，那時大夥兒再去，也還不遲。」

韋小寶問曾柔和沐劍屏：「你兩個怎麼說？」沐劍屏道：「我想師姊的話很是。」曾柔道：「你如嫌氣悶，咱們在島上就只躲幾個月罷。」見韋小寶臉有不豫之色，又道：「我們天天陪你擲骰子玩兒，輸了的罰打手心，好不好？」

韋小寶心道：「他媽的，打手心有甚麼好玩？我又不捨得打痛你。」但見她說這番話時臉帶嬌羞，櫻唇微翹，說不出的可愛，不禁心中一蕩，說道：「好，好，就聽你們的。」若不是衆女在旁，眞想摟她入懷，好好的親熱一番，拉過她白膩的小手，輕輕撫摸，說道：「柔姊姊，以後你永遠跟我在一起過太平日子吧？」

蘇荃也輕輕靠在他身上，低聲道：「太平日子陪你，不太平日子也陪你。」韋小寶大喜，叫道：「大家都陪我嗎？」衆女齊道：「自然大夥兒在一起！」

方怡站起身來，微笑道：「過去我很對你不住，我去做幾個菜，請你喝酒，算是向你賠罪，好不好呢？」韋小寶更加高興，忙道：「那可不敢當。」方怡走到後梢去做菜。方怡烹飪手段著實了得，這番精心調味，雖舟中作料不齊，仍教人人吃得讚聲不絕。

韋小寶叫道：「咱們來猜拳。」沐劍屏、曾柔和公主三人不會猜拳，韋小寶教了她們，「哥倆好」、「五經魁首」、「四季平安」的猜了起來。公主本來悶悶不樂，猜了一會拳，喝得幾杯酒，便也有說有笑起來。

在船中過得一宵，次日午後到了通吃島。只見當日清軍紮營的遺跡猶在，當日權作中軍帳的茅屋兀自無恙，但韋小寶大將軍指揮若定的風光，自然盪然無存了。

韋小寶也不在意下，牽著方怡的手笑道：「怡姊姊，那日就是在這裏，你騙了我上船，險些兒將這條小命送在羅刹國。」方怡吃吃笑道：「我跟你賠過不是了，難道還要向你叩頭賠罪不成？」韋小寶道：「那倒不用。不過好心有好報，我吃了千辛萬苦，今日終究能眞正陪著你了。」沐劍屏在後叫道：「你們兩個在說些甚麼，給人家聽聽成不成？」方怡笑道：「他說要捉住你，在你臉上雕一隻小烏龜呢。」

蘇荃道：「咱們別忙鬧著玩，先辦了正經事要緊。」當即吩咐船夫，將船裏一應糧食用具，盡數搬上島來，又吩咐將船上的帆篷、篙槳、繩索、船尾木舵都拆卸下來，搬到島上，放入懸崖的一個山洞之中。韋小寶讚道：「荃姊姊眞細心，咱們只須看住這些東西，這艘船便開不走，不用躭心他們會逃走。」

話猶未了，忽聽得海上遠處砰的一響，似是大砲之聲，六人都吃了一驚，向大海望去。只見海面上白霧瀰漫，霧中隱隱有兩艘船駛來，跟著又是砰砰兩響，果然是船上開砲。

韋小寶叫道：「不好了！小皇帝派人來捉我了。」曾柔道：「咱們快上船逃罷。」蘇荃道：「帆舵都在岸上，來不及裝了，只好躲了起來，見機行事。」六人中除了公主，其餘五人均多歷艱險，倒也並不如何驚慌。蘇荃又道：「不管躲得怎麼隱秘，終究會給官兵搜出來。咱們躲到那邊崖上的山洞裏，官兵只能一個個上崖進攻，來一個殺一個，免得給他們一擁而上。」韋小寶道：「對，這叫做一夫當關，甕中捉鼈。」蘇荃微笑道：「對了！」

公主卻忍不住哈哈大笑。韋小寶瞪眼道：「有甚麼好笑？」公主抿嘴笑道：「沒甚麼。你的成語用得眞好，令人好生佩服。」韋小寶這三分自知之明倒也有的，料想必是自己成語用錯了，向公主瞪了一眼。

六人進了山洞。蘇荃揮刀割些樹枝，堆在山洞前遮住身形，從樹枝孔隙間向外望去。只見兩艘船一前一後，筆直向通吃島駛來。後面那艘船還在不住發砲，砲彈落在前船四周，水柱衝起。

韋小寶道：「後面這船在開砲打前面那艘。」蘇荃道：「正是。原來兩艘船互相打仗。」韋小寶喜道：「那麼這兩艘船，恐怕不是來捉我們的。」蘇荃道：「但願如此。只不過他們來到島上，見到船夫，一問就知，非來搜尋不可。就算我們搶先殺了船夫，也來不及掩埋屍首了。」韋小寶道：「前面的船怎地不還砲？眞是沒用。最好你打我一砲，我打你一砲，大家都打中，兩艘船一起沉入海底。」

前面那船較小，帆上吃滿了風，駛得甚快。突然一砲打來，桅桿斷折，帆布燒了起來。韋小寶等忍不住驚呼。前船登時傾側，船身打橫，跟著船上放下小艇，十餘人跳入艇中，舉槳划動。其時離島已近，後船漸漸追近，水淺不能靠岸，船上也放下小艇，卻有五艘。

前面一艘逃，後面五艘追。不多時，前面艇中十餘人跳上了沙灘，察看周遭情勢。有人縱聲呼叫：「那邊懸崖可以把守，大家到那邊去。」

韋小寶聽這呼聲似是師父陳近南，待見這十餘人順著山坡奔上崖來。奔到近處，一人手執長劍，站在崖邊指揮，卻不是陳近南是誰？

韋小寶大喜，從山洞中躍出，叫道：「師父，師父！」陳近南一轉身，見是韋小寶，驚喜交集，叫道：「小寶，怎麼你在這裏？」韋小寶飛步奔近，突然一呆，只見過來的十餘人中一個姑娘明眸雪膚，竟是阿珂。

他大叫一聲：「阿珂！」搶上前去。卻見她身後站著一人，赫然是鄭克塽。既見阿珂，再見鄭克塽，原屬順理成章，但韋小寶大喜若狂之下，再見到這討厭傢伙，登時一顆心沉了下來，呆呆站定。

旁邊一人叫道：「相公！」另一人叫道：「韋香主！」他順口答應一聲，眼角也不向二人斜上一斜，只是痴痴的望著阿珂。忽覺一隻柔軟的小手伸過來握住他左掌，韋小寶身子一顫，轉頭去看，只見一張秀麗的面龐上滿是笑容，眼中卻淚水不住流將下來，卻是雙兒。韋小寶大喜，一把將她抱住，叫道：「好雙兒，這可想死我了。」一顆心歡喜得猶似要炸開來一般，剎時之間，連阿珂也忘在腦後了。

陳近南叫道：「馮大哥、風兄弟，咱們守住這裏通道。」兩人齊聲答應，各挺兵刃，並肩守住通上懸崖的一條窄道，原來一個是馮錫範，一個是風際中。

韋小寶突然遇到這許多熟人，只問：「你們怎麼會到這裏？」雙兒道：「風大爺帶著我到處尋你，遇上了陳總舵主，打聽到你們上了船出海，於是……於是……」說到這裏，歡喜過度，喉頭哽著說不下去了。

這時五艘小艇中的追兵都已上了沙灘，從崖上俯視下去，見都是清兵，共有七八十人。當先一人手執長刀，身形魁梧，相隔遠了，面目看不清楚，那人指揮清兵布成了隊伍。一隊人遠遠站定，那將軍一聲令下，衆兵從背上取下長弓，從箭壺裏取出羽箭，搭在弓上，箭頭對準了懸崖。

陳近南叫道：「大家伏下！」遇上這等情景，韋小寶自不用師父吩咐，一見清兵取弓在手，早就穩穩妥妥的縮在一塊巖石之後。只聽那將軍叫道：「放箭！」登時箭聲颼颼不絕。懸崖甚高，自下而上的仰射，箭枝射到時勁力已衰。

馮錫範和風際中一挺長劍，一持單刀，將迎面射來的箭格打開去。

馮錫範叫道：「施琅，你這不要臉的漢奸，有膽子就上來，一對一跟老子決一死戰。」韋小寶心道：「原來下面帶兵的是施琅。行軍打仗，這人倒是一把好手。」只聽施琅叫道：「你有種就下來，單打獨鬥，老子也不怕你。」馮錫範道：「好！」正要下去，陳近南道：「馮大哥，別上他當。他們就只靠人多。」馮錫範只走出一步，便即住足，叫道：「你說單打獨鬥，幹麼又派五艘小艇……他媽的，是六艘，連我們的艇子也偷去了！你叫小艇去接人，還不是想倚多爲勝嗎？」

施琅笑道：「陳軍師、馮隊長，你兩位武功了得，施某向來佩服。常言道識時務者爲俊傑，還是帶了鄭公子下來，一齊投降了罷。皇上一定封你二位做大大的官兒。」

施琅當年是鄭成功手下的大將，和周全斌、甘煇、馬信、劉國軒四人合稱「五虎將」。陳近南是軍師。馮錫範武功雖強，將略卻非所長，乃是鄭成功的衛士隊長。施琅和陳馮二人並肩血戰，久共患難，這時對二人仍以當年的軍銜相稱。懸崖和下面相距七八丈，施琅站得又遠，可是他中氣充沛，一句句話送上崖來，人人聽得清楚。

鄭克塽臉上變色，顫聲道：「馮師父你……你不可投降。」馮錫範道：「公子放心。馮某只教有一口氣在，決不能投降韃子。」陳近南雖知馮錫範陰險奸詐，曾幾次三番要加害自己，要保鄭克塽圖謀延平郡王世子之位，但此時聽他說來大義凜然，不禁好生相敬，說道：「馮大哥，你我今日並肩死戰，說甚麼也要保護二公子周全。」馮錫範道：「自當追隨軍師。」鄭克塽道：「軍師此番保駕有功，回到臺灣，我必奏明父王，大大的……大大的封賞。」陳近南道：「那是屬下份所當爲。」說著走向崖邊察看敵情。

韋小寶笑道：「鄭公子，大大的封賞倒也不必。你只要不翻臉無情，害我師父，就多謝你啦。」鄭克塽向他瞪了一眼。

韋小寶低聲道：「師姊，咱們不如捉了鄭公子，去獻給清兵罷。」阿珂啐道：「一見面就不說好話。你怎麼又來嚇他？」韋小寶笑道：「嚇幾下玩兒，又嚇不死的。就算嚇死了，也不打緊。」阿珂呸了一聲，突然間臉上一紅，低下頭去。

韋小寶問雙兒：「大家怎麼在一起了？」雙兒道：「陳總舵主帶了風大爺和我出海找你。我想起你曾到這通吃島來過，跟陳總舵主說了，便到這裏來瞧瞧。途中湊巧見到清兵砲船追趕鄭公子，打沉了他座船，我們救了他上船，逃到這裏。謝天謝地，終於見到了你。」說到這裏，眼圈兒又紅了。

韋小寶伸手拍拍她肩頭，說道：「好雙兒，這些日子中，我沒一天不想你，到今天才大功告成！」這句話倒不是口是心非，阿珂和雙兒兩個，他每天不想上十次，也有八次，倒還是記掛雙兒的次數多了些。

陳近南叫道：「衆位兄弟，乘著韃子援兵未到，咱們下去衝殺一陣。否則再載得六艇韃子兵來，就不易對付了。」衆人齊聲稱是。這次來到島上的十餘人中，除了陳、馮、鄭、風以及阿珂、雙兒外，尚有天地會會衆八人、鄭克塽的衛士三人。陳近南道：「鄭公子、陳姑娘、小寶、雙兒，你們四個留在這裏。餘下的跟我衝！」長劍一揮，當先下崖。馮錫範、風際中和其餘十一人跟著奔下，齊聲吶喊，向清兵隊疾衝而前。清兵紛紛放箭，都給陳、馮、風三人格打開了。

先前乘船水戰，施琅所乘的是大戰船，砲火厲害，陳近南等只有挨打的份兒。這時近身接戰，清兵隊中除施琅一人以外，餘下的都武功平平，怎抵得住陳、馮、風三個高手？天地會兄弟和鄭府衛士身手也頗了得，這十四人一衝入陣，清兵當者披靡。

韋小寶道：「師姊、雙兒，咱們也下去衝殺一陣。」阿珂和雙兒同聲答應。鄭克塽道：「我也去！」眼見韋小寶拔了匕首在手，衝下崖去，雙兒和阿珂先後奔下。鄭克塽只奔得幾步，便停步不前，心想：「我是千金之體，怎能跟這些下屬同去犯險？」叫道：「阿珂，你也別去罷！」阿珂不應，緊隨在韋小寶身後。

韋小寶雖武功平平，但身有四寶，衝入敵陣，卻履險如夷。那四寶？第一寶，匕首鋒銳，敵刃必折；第二寶，寶衣護身，刀槍不入；第三寶，逃功精妙，追之不及；第四寶，雙兒在側，對手難敵。持此四寶而和高手敵對，固然仍不免落敗，但對付尋常清兵，卻已綽綽有餘，霎時間連傷數人，果然是威風凜凜，殺氣騰騰，心想：「當年趙子龍長阪坡七進七出，那也不過如此。說不定還是我韋小寶……」

眾人一陣衝殺，清兵四處奔逃。陳近南單戰施琅，一時難解難分。馮錫範和風際中卻將眾清兵殺得猶如砍瓜切菜一般，不到一頓飯時分，八十多名清兵已死傷了五六十人，殘兵敗將紛紛奔入海中。眾水軍水性精熟，忙向大船游去。這一邊天地會的兄弟死了二人，重傷一人，餘下的將施琅團團圍住。

施琅鋼刀翻飛，和陳近南手中長劍鬥得甚是激烈，雖然身陷重圍，卻絲毫不懼。韋小寶叫道：「施將軍，你再不拋刀投降，轉眼便成狗肉之醬了。」施琅凝神接戰，對旁人的言行不聞不見。

鬥到酣處，陳近南一聲長嘯，連刺三劍，第三劍上已和施琅的鋼刀黏在一起。他手腕抖動，急轉了兩個圈子，只聽得施琅「啊」的一聲，鋼刀脫手飛出。陳近南劍尖起處，指住了他喉頭，喝道：「怎麼說？」施琅怒道：「你打贏了，殺了我便是，有甚麼話好說？」陳近南道：「這當兒你還在自逞英雄好漢？你背主賣友，英雄好漢是這等行逕嗎？」

施琅突然身子一仰，滾倒在地，這一個打滾，擺脫了喉頭的劍尖，雙足連環，疾向陳近南小腿踢去。陳近南長劍豎立，擋在腿前。施琅這兩腳倘若踢到，便是將自己雙足足踝送到劍鋒上去，危急中左手在地下一撐，兩隻腳硬生生的向上虛踢，一個倒翻觔斗向後躍出，待得站起，陳近南的劍尖又已指在他喉頭。

施琅心頭一涼，自知武功不是他對手，突然問道：「軍師，國姓爺待我怎樣？」

這一句話問出來，卻大出陳近南意料之外。剎那之間，鄭成功和施琅之間的恩怨糾葛，在陳近南腦海中一晃而過，他嘆了口氣，說道：「平心而論，國姓爺確有對你不住的地方。可是咱們受國姓爺的大恩，縱然受了冤屈，又有甚麼法子？」

施琅道：「難道要我學岳飛含冤而死？」

陳近南厲聲道：「就算你不能做岳飛，可也不能做秦檜，你逃得性命，也就是了。

男子漢大丈夫，豈能投降韃子，去做豬狗不如的漢奸？」施琅道：「我父母兄弟、妻子兒女又犯了甚麼罪，爲甚麼國姓爺將他們殺得一個不賸？他殺我全家，我便要殺他全家報仇！」陳近南道：「報仇事小，滿漢之分事大。今日我殺了你，瞧你有沒有面目見國姓爺去！」

施琅腦袋一挺，大聲道：「你殺我便了。只怕是國姓爺沒臉見我，不是我沒臉見他！」

陳近南厲聲道：「你到這當口，還振振有詞。」欲待一劍刺入他咽喉，卻不由得想到昔日戰陣中同生共死之情。施琅在國姓爺部下浴血苦戰，奮不顧身，功勞著實不小，若不是董夫人干預軍務，侮慢大將，此人今日定是臺灣的干城，雖然投敵叛國，絕無可恕，但他全家無辜被戮，實在也其情可憫，說道：「我給你一條生路。你若立誓歸降，重歸鄭王爺麾下，今日就饒了你性命。今後你將功贖罪，盡力於恢復大業，仍不失爲一條堂堂漢子。施兄弟，我良言相勸，盼你回頭。」最後這句話說得極爲懇切。

施琅低下了頭，臉有愧色，說道：「我若再歸臺灣，豈不成了反覆無常的小人？」

陳近南回劍入鞘，走近去握住他手，說道：「施兄弟，爲人講究的是大義大節，只要你今後赤心爲國，過去的一時胡塗，又有誰敢來笑你？就算是關王爺，當年也降過曹操。」

突然背後一人說道：「這惡賊說我爺爺殺了他全家，我臺灣決計容他不得。你快快將他殺了。」陳近南回過頭來，見說話的是鄭克塽，便道：「二公子，施將軍善於用兵，當年國姓爺軍中無出其右。他投降過來，於我反清復明大業有極大好處。咱們當以國家爲重，過去的私人恩怨，誰也不再放在心上罷。」

鄭克塽冷笑道：「哼，此人到得臺灣，握了兵權，我鄭家還有命麼？」陳近南道：「只要施將軍立下重誓，我以身家性命，擔保他決無異心。」鄭克塽冷笑道：「等到他殺了我全家性命，你的身家性命賠得起嗎？臺灣是我鄭家的，可不是你陳軍師陳家的。」

陳近南只氣得手足冰冷，強忍怒氣，還待要說，施琅突然拔足飛奔，叫道：「軍師，你待我義氣深重，兄弟永遠不忘。鄭家的奴才，兄弟做不了……」

陳近南叫道：「施兄弟，回來，有話……」突然背心上一痛，一柄利刃自後背刺入，從胸口透了出來。

這一劍卻是鄭克塽在他背後忽施暗算。憑著陳近南的武功，便十個鄭克塽也殺他不得，只是他眼見施琅已有降意，卻爲鄭克塽罵走，心知這人將才難得，只盼再圖挽回，萬萬料不到站在背後的鄭克塽竟會陡施毒手。

當年鄭成功攻克臺灣後，派兒子鄭經駐守金門、廈門。鄭經很得軍心，卻行止不謹，和乳母通姦生子。鄭成功得知後憤怒異常，派人持令箭去廈門殺鄭經。諸將認爲是「亂命」，不肯奉命，公啓回稟，有「報恩有日，候闕無期」等語。鄭成功見部將拒命，更是憤怒，不久便即病死，年方三十九歲。臺灣統兵將領擁立鄭成功的弟弟鄭襲爲主。鄭經從金廈回師臺灣，打垮臺灣守軍而接延平王位。鄭成功的夫人董夫人以家生禍變，王爺早逝，俱因乳母生子而起，是以對乳母所生的克壓十分痛恨，極立主張立嫡孫克塽爲世子。鄭經卻不聽母言。陳近南一向對鄭經忠心耿耿，他女兒又嫁克壓爲妻，董夫人和馮錫範等暗中密謀，知要擁立克塽，必須先殺陳近南，以免他從中作梗，但數次加害，都爲他避過。不料他救得鄭克塽性命，反遭了此人毒手。這一劍突如其來，誰都出其不意。

馮錫範正要追趕施琅，只見韋小寶挺匕首向鄭克塽刺去。馮錫範迴劍格擋，嗤的一響，手中長劍斷爲兩截。但他這一劍內勁渾厚，韋小寶的匕首也脫手飛出。馮錫範跟著一腳，將韋小寶踢了個觔斗，待要追擊，雙兒搶上攔住。風際中和兩名天地會兄弟上前夾攻。

韋小寶爬起身來，拾起匕首，悲聲大喊：「這惡人害死了總舵主，大夥兒跟他拚命！」向鄭克塽衝去。

鄭克塽側身閃避，挺劍刺向韋小寶後腦。他武功遠較韋小寶高明，這一劍頗爲巧妙，眼見韋小寶難以避過，忽然斜刺裏一刀伸過來格開，卻是阿珂。她叫道：「別傷我師弟！」跟著兩名天地會兄弟攻向鄭克塽。

馮錫範力敵風際中和雙兒等四人，兀自佔到上風，啪的一掌，將一名天地會兄弟打得口噴鮮血而死。忽聽得鄭克塽哇哇大叫，馮錫範拋下對手，向鄭克塽身畔奔去，揮掌又打死了一名天地會兄弟。他知陳近南既死，這夥人以韋小寶爲首，須得先行料理這小鬼，便即伸掌往韋小寶頭頂拍落。

雙兒叫道：「相公，快跑！」縱身撲向馮錫範後心。韋小寶道：「你自己小心！」拔足便奔。

馮錫範心想：「我如去追這小鬼，公子沒人保護。」伸左臂抱起鄭克塽，向著韋小寶追來。他雖抱著一人，奔得仍比韋小寶爲快。

韋小寶回頭一看，嚇了一跳，伸手便想去按「含沙射影」的機括，這麼腳步稍緩，馮錫範來得好快，右掌已然拍到。這當兒千鈞一髮，如等發出暗器，多半已給他打得腦漿迸裂，只得斜身急閃，使出「神行百變」之技，逃了開去。

馮錫範這一下衝過了頭，急忙收步，轉身追去。韋小寶叫道：「我師父的鬼魂追來了！來摸你的頭了！」說得兩句話，鬆得一口氣，馮錫範又趕近了一步。後面雙兒和風際中啣尾急追，只盼截下馮錫範來。韋小寶東竄西奔，變幻莫測，馮錫範抱了鄭克塽，身法究竟不甚靈便，一時追他不上。雙兒和風際中又已追近，在後相距數丈。

追逐得一陣，韋小寶漸感氣喘，情急之下，發足便往懸崖上奔去。馮錫範大喜，心想你這是自己逃入了絕境，眼見這懸崖除了一條窄道之外，四面臨空，更無退路，反追得不這麼急了。只是韋小寶在這條狹窄的山路上奔跑，「神行百變」功夫便使不出來，他剛踏上崖頂，馮錫範也已趕到。韋小寶大叫：「大老婆、中老婆、小老婆，大家快來幫忙啊，再不出來，大家要做寡婦了。」

他逃向懸崖之時，崖上五女早已瞧見。蘇荃見馮錫範左臂中挾著一人，仍奔躍如飛，武功之強，比之洪教主也只稍遜一籌而已，早已持刀伏在崖邊，待馮錫範趕到，唰的一刀，攔腰疾砍。

馮錫範先前聽韋小寶大呼小叫，只道是擺空城計，擾亂人心，萬料不到此處竟眞伏得有人，但見這一刀招數精奇，著實了得，微微一驚，退了一步，大喝一聲，左足微晃，右足突然飛出，正中蘇荃手腕。蘇荃「啊」的一聲，柳葉刀脫手，激飛上天。

韋小寶正是要爭這頃刻，身子對準了馮錫範，右手在腰間「含沙射影」的機括上力撳，嗤嗤嗤聲響，一篷絕細鋼針急射而出，盡數打在馮錫範和鄭克塽身上。

馮錫範大聲慘叫，鬆手放開鄭克塽，兩人骨碌碌的從山道上滾了下去。雙兒和風際中正奔到窄道一半，見兩人來勢甚急，當即躍起避過。

鄭馮兩人滾到懸崖腳邊，鋼針上毒性已發，兩人猶似殺豬似的大叫大嚷，不住翻滾。總算何惕守自入華山派門下之後，遵從師訓，一切陰險劇毒從此摒棄不用，這「含沙射影」鋼針上所餵的只是麻藥，並非致命劇毒，否則以當年五毒教教主所傳的餵毒暗器，見血封喉，中人立斃，馮鄭二人滾不到崖底，早已氣絕。饒是如此，鋼針入體，仍麻癢難當，兩人全身便似有幾百隻蠍子、蜈蚣一齊咬噬一般。馮錫範雖然硬朗，卻也忍不住呼叫不絕。

韋小寶、雙兒、風際中、蘇荃、方怡、沐劍屏、公主、曾柔、阿珂等先後趕到，見到馮鄭二人滾動慘呼的情狀，都相顧駭然。

韋小寶微一定神，喘了幾口氣，搶到陳近南身邊，只見鄭克塽那柄長劍穿胸而過，兀自插在身上，但尚未斷氣，不由得放聲大哭，抱起了他身子。

陳近南功力深湛，內息未散，低聲說道：「小寶，人總是要死的。我……我一生為國為民，無愧於天地。你……你……你也不用難過。」

韋小寶只叫：「師父，師父！」他和陳近南相處時日其實甚暫，每次相聚，總是躭心師父查考自己武功進境，心下惴惴，一門心思只想著如何搪塞推諉，掩飾自己不求上進，極少有甚麼感激師恩的心意。但此刻眼見他立時便要死去，師父平日種種不言之教，對待自己恩慈如父的厚愛，立時充塞胸臆，恨不得代替他死了，哭道：「師父，我對你不住，你……你傳我的武功，我……我……我一點兒也沒學。」

陳近南微笑道：「你只要做好人，師父就很歡喜，學不學武功，那……那並不打緊。」韋小寶道：「我一定聽你的話，做好人，不……不做壞人。」陳近南微笑道：「乖孩子，你向來就是好孩子。」

韋小寶咬牙切齒的道：「鄭克塽這惡賊害你，嗚嗚，嗚嗚，師父，我已制住了他，一定將他斬成肉醬，爲你報仇，嗚嗚，嗚嗚……」邊哭邊說，淚水直流。

陳近南身子一顫，忙道：「不，不！我是鄭王爺的部屬。國姓爺待我恩重如山，咱們無論如何，不能殺害國姓爺的骨肉……寧可他無情，不能我無義，小寶，我就要死了，你不可敗壞我的忠義之名。你……你千萬要聽我的話……」他本來臉含微笑，這時突然面色大爲焦慮，又道：「小寶，你答允我，一定要放他回臺灣，否則，否則我死不瞑目。」

韋小寶無可奈何，只得道：「既然師父饒了這惡賊，我聽你……聽你吩咐便是。」

陳近南登時安心，吁了口長氣，緩緩的道：「小寶，天地會……反淸復明大業，你好好幹，咱們漢人齊心合力，終能恢復江山，只可惜……可惜我見……見不著了……」聲音越說越低，一口氣吸不進去，就此死去。

韋小寶抱著他身子，哭叫：「師父，師父！」叫得聲嘶力竭，陳近南再無半點聲息。

蘇荃等一直站在他身畔，眼見陳近南已死，韋小寶悲不自勝，人人都感悽惻。蘇荃輕撫他肩頭，柔聲道：「小寶，你師父過去了。」

韋小寶哭道：「師父死了，死了！」他從來沒有父親，內心深處，早已將師父當成了父親，以彌補這個缺陷，只是自己也不知道而已；此刻師父逝世，心中傷痛便如洪水潰堤，難以抑制，原來自己終究是個沒父親的野孩子。

蘇荃要岔開他的悲哀之情，說道：「害死你師父的兇手，咱們怎生處置？」

韋小寶跳起身來，破口大罵：「辣塊媽媽，小王八蛋。我師父是你鄭家部屬，我韋小寶可沒吃過你鄭家一口飯，使過鄭家一文錢。你奶奶的臭賊，你還欠了我一萬兩銀子沒還呢。師父要我饒你性命，好，性命就饒了，那一萬兩銀子趕快還來，你還不出來嗎？我割你一刀，就抵一兩銀子。」口中痛罵不絕，執著匕首走到鄭克塽身邊，伸足向他亂踢。

鄭克塽所中毒針較馮錫範為少，這時傷口痛癢稍止，聽得陳近南饒了自己性命，當眞大喜過望，可是債主要討債，身邊卻沒帶著銀子，哀求道：「我……我回到臺灣，一定加十倍，不，不，加一百倍奉還。」韋小寶在他頭上踢了一腳，罵道：「你這狼心狗肺、忘恩負義的臭賊，說話有如放屁。這一萬刀非割不可。」伸出匕首，在他臉頰上磨了兩磨。

鄭克塽嚇得魂飛天外，向阿珂望了一眼，只盼她出口相求，突然想到：「不對，不對！這小賊最心愛的便是阿珂，此刻她如出言為我說話，這小賊只有更加恨我，這一萬刀就一刀也少不了。」說道：「一百萬兩銀子，我一定還的。韋香主，韋相公如果不信……」

韋小寶又踢他一腳，叫道：「我自然不信！我師父信了你，你卻害死了他！」心中悲憤難禁，伸匕首便要往他臉上揷落。

鄭克塽叫道：「你既不信，那麼我請阿珂擔保。」韋小寶道：「擔保也沒用。她保過你的，後來還不是賴帳。」鄭克塽道：「我有抵押。」韋小寶道：「好，把你的狗頭割下來抵押，你還了我一百萬兩銀子，我把你的狗頭還你。」鄭克塽道：「我把阿珂抵押給你！」

霎時之間，韋小寶只覺天旋地轉，手一鬆，匕首掉落，嗤的一聲，揷入泥中，和鄭克塽的腦袋相距不過數寸。鄭克塽「啊喲」一聲，急忙縮頭，說道：「我把阿珂押給你，你總信了，我送了一百萬兩銀子來，你再把阿珂還我。」韋小寶道：「那倒還可商量。」

阿珂叫道：「不行，不行。我又不是你的，你怎能押我？」說著哭了出來。

鄭克塽急道：「我此刻大禍臨頭，阿珂對我毫不關心，這女子無情無義，我不要了。韋香主如肯要她，我就一萬兩銀子賣斷了給你。咱們兩不虧欠，你不用割我一萬刀了。」

韋小寶道：「她心裏老是向著你，你賣斷了給我也沒用。」

鄭克塽道：「她肚裏早有了你的孩子，怎麼還會向著我？」韋小寶又驚又喜，顫聲道：「你……你說甚麼？」鄭克塽道：「那日在揚州麗春院裏，你跟她同床，她有了孩子……」

阿珂大聲驚叫，一躍而起，掩面向大海飛奔。雙兒幾步追上，挽住她手臂拉了回來。阿珂哭道：「你……你答允不說的，怎麼……怎麼又說了出來？你說話就如是放……放……」雖在羞怒之下，仍覺這「屁」字不雅，沒說出口來。

鄭克塽見韋小寶臉上神色變化不定，只怕他又有變卦，忙道：「韋香主，這孩子的的確確是你的。我跟阿珂清清白白，她說要跟我拜堂成親之後，才好做夫妻。你……你千萬不可多疑。」韋小寶問道：「這便宜老子，你又幹麼不做？」鄭克塽道：「她自從肚裏有了你的孩子之後，常常記掛著你，跟我說話，一天到晚總是提到你。我聽著好生沒趣，我還要她來做甚麼？」

阿珂不住頓足，臉上一陣紅，一陣白，怒道：「你就甚麼……甚麼都說了出來。」這麼說，自是承認他的說話不假。

韋小寶大喜，道：「好！那就滾你媽的臭鴨蛋罷！」鄭克塽也是大喜，忙道：「多謝，多謝！祝你兩位百年好合，這份賀禮，兄弟……兄弟日後補送。」說著慢慢爬起。

韋小寶呸了一聲，在地下吐了口唾沫，罵道：「我這一生一世，再也不見你這臭賊。」心想：「我答應師父今日饒他性命，日後卻不妨派人去殺了他，給師父報仇。只要派的人不是天地會的，旁人便怪不到師父頭上。」

三名鄭府衛士一直縮在一旁，直到見韋小寶饒了主人性命，才過來扶住鄭克塽，又將躺在地下的馮錫範扶起。鄭克塽眼望海心，心感躊躇。施琅所乘的戰船已然遠去，岸邊還泊著兩艘船，自己乘過的那艘給清兵大砲轟得桅斷帆毀，已難行駛，另一艘還算完好，那顯是韋小寶等要乘坐的，決無讓給自己之理。他低聲問道：「馮師父，咱們沒船，怎麼辦？」馮錫範道：「上了小艇再說。」

一行人慢慢向海邊行去。突然身後一人厲聲喝道：「且慢！韋香主饒了你們性命，我可沒饒。」鄭克塽吃了一驚，只見一人手執鋼刀奔來，正是天地會好手風際中。鄭克塽顫聲道：「你……你是天地會的兄弟，天地會一向受臺灣延平王府節制，你……你……」風際中厲聲道：「我怎麼樣？給我站住！」鄭克塽心中害怕，只得應了聲：「是。」

風際中回到韋小寶身前，說道：「韋香主，這人害死總舵主，是我天地會數萬兄弟不共戴天的大仇人，決計饒他不得。總舵主曾受國姓爺大恩，不肯殺他子孫。韋香主又奉了總舵主的遺命，不能下手。屬下可從來沒見過國姓爺，總舵主的遺命也不是對我而說。屬下今日要手刃這惡賊，爲總舵主報仇。」

韋小寶右手手掌張開，放在耳後，側頭作傾聽之狀，說道：「你說甚麼？我耳朵忽然聾了，甚麼話也聽不見。風大哥，你要幹甚麼事，不妨放手去幹，不必聽我號令。我的耳朵忽然生了毛病，唉，定是給施琅這傢伙的大砲震聾了。」這話再也明白不過，意思說風際中要殺鄭克塽，儘可下手，他決不阻止。

眼見風際中微有遲疑之意，韋小寶又道：「師父臨死之時，只叫我不可殺鄭克塽，可並沒吩咐我保護他一生一世啊。只要我不親自下手，也就是了。天下幾萬萬人，個個都可以殺他，又有誰管得了？」

風際中一拉韋小寶的衣袖，道：「韋香主借一步說話。」兩人走出十餘丈，風際中停了腳步，說道：「韋香主，皇上一直很喜歡你，是不是？」韋小寶大奇，道：「是啊，那又怎樣？」風際中道：「皇上要你殺總舵主，你不肯，自己逃了出來，足見你義氣深重。江湖上的英雄好漢，人人都十分佩服。」

韋小寶搖了搖頭，淒然道：「可是師父終究還是死了。」風際中道：「總舵主是給鄭克塽這小子害死的，不過皇上交給韋香主的差使，那也算是辦到了……」韋小寶大是詫異，問道：「你……你……為甚麼說這……這等話？」

風際中道：「皇上心中，對三個人最是忌憚，這三人不除，皇上的龍庭總是坐不穩。第一個是吳三桂，那不用說了。第二個便是總舵主，天地會兄弟遍布天下，反清復明的志向從不鬆懈，皇上十分頭痛。現今總舵主死了，除去了皇上的一件大心事……」

韋小寶聽到這裏，腦海中突然靈光一閃：「是你，是你，原來是你！」

海中浮起一頭大海龜，昂起了頭，口吐人言：「東海龍王特遣小將前來，恭請韋爵爺到水晶宮赴宴，宴後大賭，海龍王以紅珊瑚、夜明珠下注，陸上銀票一概通用！」

第四十五回　尚餘截竹爲竿手　可有臨淵結網心

韋小寶在天地會的所作所爲，康熙無不備知底細，連得天地會中的暗語切口，也能背誦如流，但韋小寶偷盜《四十二章經》、在神龍教任白龍使等情，康熙卻全然不知。韋小寶仔細想來，定是天地會中出了奸細，且這人必是自己十分親密之人。但青木堂這些朋友個個赤膽忠心，義氣深重，決計不會去做奸細，出賣朋友。因此他心中雖然一直存了老大一個疑團，卻沒半點端倪可尋，只覺此事十分古怪、難以索解而已。

此刻風際中這麼一說，韋小寶驀地省悟，心道：「我眞該死，怎麼會想不到此人身上。那日小皇帝要我砲轟伯爵府，天地會衆人之中，就只他一個不在府裏。這事早已明白不過，在伯爵府裏的，決不會是奸細，否則大砲轟去，有誰逃得性命？只因他事先已經得悉，因此先行避開。唉，我眞是大傻瓜一個，他此刻倘若不說，我還是蒙在鼓裏。」

風際中沉默寡言，模樣老實之極，武功雖高，舉止卻和一個呆頭木腦的鄉巴佬一般。韋小寶偶爾猜測這奸細是誰，只想到口齒靈便、市儈一般的錢老本；舉止輕捷、精明乖巧的徐天川；辦事周到、能幹練達的高彥超；脾氣暴躁、好酒貪杯的玄貞道人，連對見多識廣、豪爽慷慨的樊綱，以及近年來衰老體弱的李力世、說話尖酸刻薄的祁彪清，也都曾猜疑過，就是對這個半點不像奸細的風際中，從來不曾有過絲毫疑心。

突然又想：「那時候雙兒也不在伯爵府，難道她……她也是奸細，也對我不住嗎？」想到此節，不由得心中一酸，但隨即明白：「雙兒是風際中故意帶出去的。他知道這小丫頭是我的命根子，倘若轟死了她，此後事情拆穿，我定會恨他一世。他不過是皇上所派的一個奸細，暗中通報些消息而已，天地會一滅，皇上便用他不著。我如在皇上面前跟他為難，他就抵擋不住，因此不敢當眞得罪了我。」

這些推想說來話長，但在當時韋小寶心中，只靈機一閃之間，便即明白，說道：「風大哥，多謝你把雙兒帶出伯爵府，免得大砲轟死了她。」

風際中「啊」的一聲，登時臉色大變，退後兩步，手按刀柄，道：「你……你……」韋小寶笑道：「你我心照不宣，皇上早就甚麼都跟我說了。」風際中知皇帝對他甚是寵信，此言自必不假，問道：「那你為甚麼不遵聖旨？」這句話一問，便是一切直承其事。

韋小寶微笑道：「風大哥，那你何必明知故問？這叫做忠義不能兩全。皇上待我，那是沒得說的了，果眞是皇恩浩蕩，可是師父待我也不錯啊。現下師父已經死了，我還有甚麼顧慮的。就不知皇上肯不肯赦我的死罪。」

風際中道：「眼下便有個將功贖罪的良機，剛才我說皇上決意要拔去三枚眼中釘，除了吳三桂、陳近南之外，第三個便是盤踞臺灣的鄭經。咱們把鄭經的兒子拿了，解去北京，說不定便可逼得鄭經歸降。皇上這一歡喜，韋都統，你便有天大的死罪，皇上也都赦免了。」他對韋小寶既不再隱瞞，口中也便改了稱呼，叫他爲「韋都統」，對總舵主也直斥其名。

韋小寶心下惱怒：「你這沒義氣的奸賊，居然叫我師父名字。」但想到能和康熙言歸於好，卻也當眞開心，做不做官，那也罷了，時時能和小皇帝談談講講，實有無窮樂趣。

風際中又道：「韋都統，咱們回到北京，仍不可揭穿了。天地會那些人得知陳近南死了，多半會推你做總舵主。你義氣深重，甘心抛卻榮華富貴，伯爵不做，都統不做，只爲了要救天地會衆朋友的性命，這當兒早已傳遍天下。這些時候來，江湖上沸沸揚揚，說的都是這件事，那一個不佩服韋都統義薄雲天、英雄豪氣？」

韋小寶大是得意，問道：「大家當眞這麼說？你這可不是騙人？」風際中道：「不，不……卑職決計不敢欺騙都統大人。」韋小寶心想：「他自稱卑職，不知做的是甚麼官？」雖然好奇，卻不敢問，一問便露出了馬腳，「皇上早就甚麼都跟我說了」這話就不對，轉念又想：「卻不妨問他升了甚麼官。」微笑道：「你立了這場大功，皇上一定升了你的官，現下是甚麼官兒了？」風際中道：「皇上恩典，賞了卑職當都司。」

韋小寶心想：「原來是個芝麻綠豆小武官，跟老子可差著他媽的十七廿八級。」清朝官制，伯爵是超品大官，驍騎營都統是從一品。漢人綠營武官最高的提督是從一品，總兵正二品，此下是副將、參將、游擊，才輪到都司。但瞧風際中的模樣，臉上雖仍是一副老實之極的神氣，眼光中已忍不住露出得意之色，便拱手笑道：「恭喜，恭喜。這是皇上親手提拔的，與衆不同。」

風際中請了一個安，道：「今後還仗大人多多栽培。」韋小寶笑道：「咱們是自己人，那有甚麼說的？給皇上辦事，你本事大過我啊。」風際中道：「卑職那及大人的萬一？回大人：皇上吩咐卑職，倘若見到大人，無論如何要大人回京。卑職聽皇上的口氣，對大人著實看重，可說是十分想念。這番立了大功，將臺灣鄭逆的兒子逮去北京，皇上一歡喜，定然又會升大人的官。」

韋小寶嗯了一聲，道：「那你是該升游擊了。」風際中道：「卑職只求給皇上出力，皇上見到大人，心裏歡喜，咱們做奴才的也歡喜得緊了。升不升官，那是皇上的恩典。」

韋小寶心想：「我一直當你是老實人，原來這麼會打官腔。」

風際中又道：「大人當上了天地會總舵主，將十八省各堂香主、各處重要頭目通統調在一起，說是爲陳近南開喪，那時候一網打盡，教這些圖謀不軌、大逆不道的反賊一個都逃不了。這場大功勞，可比當日砲轟伯爵府更大上十倍了。大人你想，當日你如遵旨殺了陳近南、李力世這一干人，天地會的反賊各省都有，殺了一個總舵主，又會立一個總舵主，總是殺不乾淨。只有大人自己當了總舵主，那才能斬草除根，永遠絕了皇上的心腹大患。」

這一番言語，只聽得韋小寶背上出了一陣冷汗，暗想：「這條毒計果然厲害之極，料想你自己也未必想得出，十九是小皇帝的計策。我回去北京，小皇帝多半會赦免我的大罪，可是定要我去撲滅天地會。這一次他定有對付我的妙法，再也逃不出他手掌心了。」越想越寒心：「小皇帝要我投降，要打我屁股，那都不打緊，但逼我去做天地會總舵主，將所有兄弟一古腦兒殺了，這件事可萬萬幹不得。這件事一做，普天下好漢個個操我的十八代祖宗，死了之後也見不得師父。這裏的大妞兒、小妞兒們，都要打從心底裏瞧我不起。韋小寶良心雖然不多，總還有這麼一丁點兒。」

他向風際中瞧了一眼，口中「哦哦」連聲，心想：「我如不答允，他立時便跟我翻臉。動起手來，我們這許多人打他一個，未必便輸了。只是這廝武功挺高，我這些大妞兒、小妞兒要是給他殺了一兩個，那可乖乖不得了。咱們不妨再來玩一下『含沙射影』。」沉吟道：「去見皇上，我確也很高興，只不過……只不過要殺了天地會這許多兄弟，未免太也不講義氣，不夠朋友，可得好好商量商量。」

風際中道：「大人說得是。可是常言道得好：量小非君子，無毒不丈夫。」

韋小寶道：「對，對！無毒不丈夫……咦，啊喲，怎麼鄭克塽這小子逃走了？」

風際中吃了一驚，回頭去瞧。韋小寶胸口對準了他，伸手正要去按毒針的機括，卻見雙兒搶上前來，叫道：「相公，甚麼事？」

原來她見二人說之不休，一直關心，早在慢慢走近，忽聽得韋小寶驚呼「啊喲」，當即縱身而前。韋小寶這「含沙射影」一射出，風際中固然打中，卻也勢須波及雙兒，這時手指雖已碰到了機括，可就不敢按下去。

風際中一轉頭間，見鄭克塽和馮錫範兀自站在岸邊，並無動靜，立知不妙，身子一矮，反手已抓住了雙兒，將她擋在自己身前。以雙兒的武功，風際中本來未必一抓便中，只是突然出手，雙兒全無提防，當下給他抓中了手腕脈門，上身酸麻，登時動彈不得。風際中沉聲道：「韋大人，請你舉起手來。」

偷襲的良機既失，雙兒又遭制住，韋小寶登落下風，便笑嘻嘻的道：「風大哥，你開甚麼玩笑？」

風際中道：「韋大人這門無影無蹤的暗器太過厲害，卑職很害怕，請你舉起雙手，否則卑職只好得罪了。」說著推雙兒向前，自己躲在她身後，教韋小寶發不得暗器。

蘇荃、方怡、阿珂、曾柔等見這邊起了變故，紛紛奔來。風際中心想：「這小子心愛這小丫頭，不敢動手，那些女人卻不會愛惜她的性命。她們只愛惜這小子。」左手從腰間拔出鋼刀，手臂一長，刀尖指在韋小寶的喉頭，喝道：「大家不許過來！」

蘇荃等見韋小寶身處險境，當即停步，人人都又焦急，又奇怪，這風際中明明是韋小寶的朋友，剛才還並肩抗敵，怎麼一轉眼間，一言不合，便動起手來？料想定是韋小寶要放鄭克塽，風際中卻要殺了他爲陳近南報仇。

刀尖抵喉，韋小寶微微向後一仰，風際中刀尖跟著前進，喝道：「韋大人，請你別動，鋼刀不生眼睛，得罪莫怪，還是舉起手來罷。」韋小寶無奈，雙手慢慢舉起，笑道：「風大哥，你想升大官、發大財，還是對我客氣一點兒好。」

風際中道：「升官發財固然要緊，第一步還得保全性命。」突然身子微側，搶到韋小寶身後，伸手從他靴筒中拔出匕首，指住他後心，說道：「韋大人，你這把匕首鋒利得很，卑職曾見你使過幾次。」

韋小寶只有苦笑，但覺背心上微痛，知匕首劍尖已刺破了外衣，雖身穿護身寶衣，卻擋不住這柄寶劍。風際中喝道：「你們大家都轉過身去，拋下兵刃。」

蘇荃等見此情勢，只得依言轉身，拋下兵器。風際中見尚有六名天地會兄弟站在一旁，向著他們叫道：「大家都過來，我有話說。」那六人不明所以，走了過來。

風際中右肘一抬，啪的一聲，手肘肘尖撞正韋小寶背心「大椎穴」，左手鋼刀揮出，嚓嚓、啊啊、啪啪、唉唷幾下聲響，六名天地會兄弟已盡數中刀斃命。他在頃刻間連砍六人，每一刀分別砍中了一人要害。出刀之快，砍殺之狠，實是罕見。蘇荃等聽得慘呼之聲，一齊回身，見六人屍橫就地，或頭、或頸、或胸、或背、或腰、或脅，傷口中都鮮血泉湧，眾女無不驚呼失聲，臉無人色。

原來風際中眼見已然破面，動起手來，自己只孤身一人，因此上搶先殺了這六名天地會兄弟，一來立威鎮懾，好教韋小寶及眾女不敢反抗；二來也少了六個敵人。這麼一來，對方人數雖多，卻只剩下一個少年，七個女子。他左手長刀回過，又架在韋小寶頸中，說道：「韋大人，咱們下船罷。」他想只須將韋小寶和鄭克塽二人擒去呈獻皇上，便是立了奇功。這七個女人還是留在島上，以免到得船中多生他患，自己手下留情，不殺七女，那也是預留地步，免得和韋小寶結怨太深。皇上日後對這少年如何處置，那是誰也猜想不到的。

眾女見韋小寶受他挾制，都心驚膽戰，不知如何是好。建寧公主大聲怒罵：「你是甚麼東西，膽敢如此無禮？快快拋下刀子！」風際中哼了一聲，並不理會。他曾隨同韋小寶護送她去雲南就婚，識得公主，不敢出言挺撞。

公主見他不睬，更是大怒，世上除了太后、皇帝、韋小寶、蘇荃四人之外，她是誰也不放在眼內，俯身拾起地下一柄單刀，縱身而前，向風際中當頭劈落。

風際中側身避過。公主呼呼呼連劈三刀，風際中左右避讓。倘若換作別個女人，他早已飛腿將她踢倒。但提刀砍來的是皇帝御妹、金枝玉葉的公主，他心中所想的只是立功升官、報效皇家，如何敢得罪了公主？當下便只閃避。公主罵道：「你這臭王八蛋奴才，站著不許動！我要砍你的腦袋，怎麼你這臭頭轉來轉去，老讓我砍不中？我跟皇帝哥哥去說，把你千刀萬剮！」風際中大吃一驚，心想這女人說得出，做得到，她跟皇帝是兄妹之親，自己只是個芝麻綠豆小武官，怎鬥得過公主？可是要聽她吩咐，將自己的臭頭穩擺不動，讓她公主殿下萬金之體的貴手提刀來砍，似乎總有些難以奉命。

公主口中亂罵，鋼刀左一刀、右一刀的不住砍削。風際中身子微側略斜，輕輕易易的就避過了，雖每一刀相差總不過數寸，卻始終砍他不著。公主焦躁起來，橫過鋼刀，攔腰揮去。風際中叫道：「小心！」縱身躍起，眼見她這一刀收勢不住，砍向韋小寶肩頭，他身在半空，左腳踹出，將韋小寶踹倒在地，同時借勢躍出丈餘。

雙兒向前一撲，將韋小寶抱起，飛步奔開。

風際中大驚，提刀趕來。雙兒武功了得，畢竟力弱，她比韋小寶還矮了半個頭，橫抱著他只奔出數丈，風際中已然追近。韋小寶背心穴道受封，四肢不聽使喚，只道：「放下我，讓我放暗器。」可是風際中來得好快，雙兒要將韋小寶放下，讓他發射「含沙射影」暗器，其勢已然不及，危急之中，奮力將他身子拋了出去。

風際中大喜，搶過去伸手欲接，忽聽得背後嗒的一聲輕響，似是火刀、火石相撞，跟著砰的一聲巨響，他身子飛了起來，摔倒在地，扭曲了幾下，就此不動了。

韋小寶摔倒在沙灘上，幸沒受傷，一時掙扎著爬不起身，但見雙兒身前一團煙霧，手裏握著一根短銃火槍，正是當年吳六奇和她結義爲兄妹之時送給她的禮物。那是羅剎國的精製火器，實是厲害無比。風際中雖然武功卓絕，這血肉之軀卻也經受不起。

雙兒自己也嚇得呆了，這火槍一轟，只震得她手臂酸麻，手一抖，短槍落地。

韋小寶惟恐風際中還沒死，搶上幾步，胸口對準了他，按動腰間機括，一叢鋼針射將出去，盡數釘在他身上。但風際中毫不動彈，火槍一轟，早死得透了。

衆女齊聲歡呼，擁將過來。七個女人再加上一個韋小寶，當眞是七張八嘴，不折不扣，你一言，我一語，紛紛詢問原由。韋小寶簡略說了。

雙兒和風際中相處甚久，一路上他誠厚質樸，對待自己禮數周到，實是個極本份的老好人，那知城府如此之深，越想越是害怕。她轉身拾起短槍，突然之間，明白了當年吳六奇與自己義結兄妹的深意：這位武林奇人盼望韋小寶日後娶自己爲妻，不過自己乃是丫鬟，身分不配，作了天地會紅旗香主的義妹之後，便大可嫁得天地會青木堂香主了。她念及這位義兄的好意，又見人亡槍在，不禁掉下淚來。

韋小寶轉過身來，只見鄭克塽等四人正走向海邊，要上小艇，心想：「就這麼讓他殺了師父，太太平平的離去，未免太便宜了。」當下手持匕首追上，叫道：「且慢！」鄭克塽停步回頭，面如土色，說道：「韋……韋香主，你已答允放我……放我們走了。」韋小寶冷笑道：「我答允不殺你，可沒答允不砍下你一條腿。」馮錫範大怒，待要發作，但只手一提，便全身酸軟，再也使不出半分力道。這時鄭克塽已然心膽俱裂，雙膝一軟，跪倒在地，說道：「韋……韋香主，你砍了我一條腿，我……我定然活不成的了。」

韋小寶搖頭道：「活得成的。你欠了我一百萬兩銀子，說是用阿珂來抵押。但她跟我拜過天地，是我明媒正娶的老婆，肚裏又有了我的孩子，自願跟我。你怎能用我的老婆來向我抵押？天下有沒這個道理？」

這時蘇荃、方怡、曾柔、公主等都已站在韋小寶身旁，齊聲笑道：「豈有此理！」鄭克塽腦中早已一片混亂，但也覺此理欠通，說道：「那……那怎麼辦？」韋小寶道：「我砍下你一條手臂、一條大腿作抵。你將來還了我一百萬兩銀子，我把你的斷臂、斷腿還你。」鄭克塽道：「剛才你答允阿珂賣斷給你，一萬兩……一萬兩銀子的欠帳已一筆勾銷。」

韋小寶大大搖頭，說道：「不成，剛才我胡裏胡塗，上了你大當。阿珂是我老婆，你怎能將我老婆賣給我自己？好！我將你的母親賣給你，作價一百萬兩，又將你的父親賣給你，作價一百萬兩，再將你的奶奶賣給你，作價一百萬兩，還將你的外婆賣給你，作價一百萬兩……」鄭克塽道：「我外婆已經死了。」韋小寶道：「死人也賣。我將你外婆的屍首賣給你，死人打八折，作價八十萬兩，棺材奉送，不另收費。」

鄭克塽聽他越說越多，心想連死人也賣，自己的高祖、曾祖、高祖奶奶、曾祖奶奶一個個都賣過來，那還了得，就算死人打八折，甚至七折六折，那也吃不消，這時不敢說不買，只得哀求：「我……我實在買不起了。」韋小寶道：「好啊。你買不起了，就饒了你。可是已經買了的，卻不能退貨。你欠我三百八十萬兩銀子，怎麼歸還？」

公主笑道：「是啊，三百八十萬兩銀子，快快還來。」

鄭克塽哭喪著臉道：「我身邊一千兩銀子也沒有，那裏拿得出三百八十萬兩？」韋小寶道：「也罷！沒有銀子，准你退貨。你快快將你的父親、母親、奶奶、死外婆，一起交還給我。少一根頭髮也不行。」鄭克塽料想如此胡纏下去，終究不是了局，眼望阿珂，只盼她來說個情，可是她偏偏站得遠遠地，背轉了身，決意置身事外。他心中大急，瞧韋小寶這般情勢，定是要砍去自己一手一足，不由得連連磕頭，說道：「韋香主，我……我害了陳軍師，確是罪該萬死，只求你寬宏大量，饒了小人一命。就算是我欠了你老人家三百八十萬兩銀子，我……我一定設法歸還。」

韋小寶見折磨得他如此狼狽，憤恨稍洩，說道：「那麼你寫下一張欠據來。」鄭克塽大喜，忙道：「是，是。」轉身向衛士道：「拿紙筆來。」可是在這荒島之上，那裏有甚麼紙筆？那衛士倒也機靈，當即撕下自己長衫下襬，說道：「那邊死人很多，咱們蘸些血來寫便是。」說著便要去拖風際中的屍首。韋小寶左手一伸，抓住了鄭克塽右腕，白光一閃，揮匕首割下了他右手食指的一節。鄭克塽大聲慘叫。韋小寶道：「用你指上的血來寫。」

鄭克坤痛得全身發抖，一時手足無措。韋小寶道：「你慢慢寫罷，要是血乾了不夠用，我再割你第二根手指。」鄭克塽忙道：「是，是！」那裏還敢遲延，咬牙忍痛，將斷了半截的食指在衣裾上寫道：「欠銀三百八十萬兩正。鄭克塽押。」寫了這十三個字，痛得幾欲暈去。

韋小寶冷笑道：「虧你堂堂的王府公子，平日練字不用功，寫一張欠據，幾個字歪歪斜斜，全是敗筆，沒一個勝筆。」接過衣裾，交給雙兒，道：「你收下了。瞧瞧銀碼沒短寫了罷？這人奸詐狡猾，別少寫了幾兩。」

雙兒笑道：「三百八十萬兩銀子，倒沒少了。」說著將血書欠據收入懷中。

韋小寶哈哈大笑，對鄭克塽下頦一腳踢去，喝道：「滾你死外婆的罷！」鄭克塽一個觔斗滾了出去。衛士搶上扶起，包了他手指傷口。兩名衛士分別負起鄭克塽和馮錫範，上了一艘小艇，向海中划去。韋小寶笑聲不絕，忽然想起師父慘死，忍不住又放聲大哭。

鄭克塽待小艇划出數十丈，這才驚魂略定，說道：「咱們去搶了大船開走，料得這羣天殺的狗男女追趕不上。」可是駛近大船，卻見船上無舵，一應船具全無。馮錫範恨恨的道：「這批狗男女收起來了。」眼見大海茫茫，波浪洶湧，小艇中無糧無水，怎能遠航？鄭克塽道：「咱們回去再求求那小賊，向他借船，最多又再寫三百八十萬兩欠據。」馮錫範道：「他們也只一艘船，怎能借給咱們？我寧可葬身魚腹，也不願再去向這小賊哀求了。」

鄭克塽聽他說得斬截，不敢違拗，只得嘆了口氣，吩咐三名衛士將小艇往大海中划去。

韋小寶等望著鄭克塽的小艇划向大船，發現大船航行不得，這才划船遠去，都忍不住好笑。蘇荃見韋小寶又哭又笑，總是難泯喪師之痛，要說些話引他高興，便道：「這鄭家二公子奸詐之極，明明是想搶咱們的大船。小寶，你這三百八十萬兩銀子的帳，我瞧他非賴不可。」韋小寶道：「料來這傢伙是不會還的。」蘇荃笑道：「你做甚麼都精明得很，可是剛才這傢伙把你自己的老婆賣給你，一萬兩銀子就算清帳，你想也不想，就沒口子答允，定是你愛阿珂妹子愛得胡塗了。那時候，他就是要你倒找一百萬兩銀子，我瞧你也會答允。」韋小寶伸袖子抹了抹眼淚，笑了起來，說道：「管他三七二十一，答允了再說，慢慢再跟他算帳。」方怡問道：「後來怎麼才想起原來是吃了大虧？」

韋小寶搔了搔頭，道：「殺了風際中之後，我心裏再沒擔憂的事，忽然間腦子就清楚起來了。」他本來也並沒對風際中有絲毫懷疑，只是內心深處，總隱隱覺得身邊有個極大的禍胎，到底是甚麼禍胎，卻又說不上來，只沒來由的害怕著甚麼，待得風際中一死，立時如釋重負，舒暢之極，心想：「說不定我早就在害怕這奸賊，只是連自己也不知道而已。」

眾人迭遇奇險，直到此刻，島上方得太平。人人都感心力交瘁。韋小寶這時雙腳有如千斤之重，支持不住，便在沙灘上躺倒。蘇荃給他按摩背上給風際中點過的穴道。夕陽返照，水波搖晃，海面上有如萬道金蛇競相竄躍，景色奇麗無方。眾女一個個坐了下來。過不多時，韋小寶鼾聲先作，不久眾女先後都睡著了。

直到一個多時辰之後，方怡先醒了過來，到韋小寶舊日的中軍帳茅屋裏去弄了飯菜，叫眾人來吃。大堂上燃了兩根松柴，照得通屋都明。八人團團圍坐，吃過飯後，方怡和雙兒將碗盞收拾下去。

韋小寶從蘇荃、方怡、公主、曾柔、沐劍屏、雙兒、阿珂七女臉上一個個瞧過去，但見有的嬌艷，有的溫柔，有的活潑，有的端麗，公主雖潑辣刁蠻，這時也變得柔順乖巧，何況雙兒、阿珂這兩個小妞兒也在身邊，更無掛慮，不由得心中大樂。此時倚紅偎

翠，心中和平，比之當日麗春院中和七女大被同眠時胡天胡帝，心中惴惴，另有一番平

安豐足之樂，笑道：「當年我給這小島取名爲通吃島，原來早有先見之明，知道你們七

位姊姊妹妹都要做我老婆，那是冥冥中自有天意，逃也逃不掉的了。從今而後，我們八

個人住在這通吃島上壽與天齊，仙福永享。」

蘇荃道：「小寶，這八個字不吉利，以後再也別說了。」韋小寶立時省悟，知她不願聽到任何和洪教主有關之事，忙道：「對，對！是我胡說八道。」蘇荃道：「施琅和鄭克塽回去之後，多半會帶了兵來報仇，咱們可不能在這島上長住。」衆人齊聲稱是。方怡道：「荃姊姊，你說咱們到那裏去才是？」蘇荃眼望韋小寶，笑道：「還是聽至尊寶的主意罷。」韋小寶笑道：「你叫我至尊寶？」蘇荃笑道：「若不是至尊寶，怎能通吃？」

韋小寶哈哈大笑，道：「我名字中有個寶字，本來只道是小小的寶一對，甚麼一對五，板櫈兩張，原來是至尊寶。」眼見衆女一齊望自己，微一沉吟，說道：「中原是去不得的。神龍島離這裏太近，那也不好。總得去一個又舒服、又沒人的地方。」

可是沒人的荒僻之處一定不舒服，舒服的地方一定人多。何況韋小寶心目中的舒服，既要賭博，又要看戲文、聽說書，諸般雜耍、唱曲、菜餚、點心、美貌姑娘，無一不是越多越好。除了美貌姑娘身邊已頗爲不少之外，其餘各項，若不是北京、揚州這等天下一等一的繁華之地，決難住得開心。他一想到這些風流熱鬧，孝心忽動，說道：

「我們在這裏相聚，也算得十分有趣，只不知我娘一個人孤苦伶仃的，又是怎樣？」

衆女從來沒聽他提過自己的母親，均想他有此孝心，倒也難得，齊問：「你娘這時候在那裏？」有的更想：「你娘便是我的婆婆，自該設法相聚，服侍她老人家。」

韋小寶嘆了口氣，說道：「我娘在揚州麗春院。」

衆女一聽到「揚州麗春院」五字，除公主一人之外，其餘六人登時飛霞撲面，有的轉過臉去，有的低下頭來。

公主道：「啊，揚州麗春院，你說過的，那是天下最好玩的地方，你答允過要帶我去玩的。」方怡微笑道：「他損你呢，別信他的。那是個最不正經的所在。」公主道：「爲甚麼不正經？你去玩過嗎？爲甚麼你們個個神情這樣古怪？」方怡忍住了笑不答。公主摟住沐劍屏的肩頭，說道：「好妹子，你說給我聽。」沐劍屏脹紅了臉，說道：「那……那是一所妓院。」公主兀自不解，問道：「他媽媽在妓院裏幹甚麼？聽說那是男人玩的地方啊。」方怡笑道：「他從來就愛胡說八道，你只要信了他半句話，就夠你頭痛的了。」

那日在麗春院中，韋小寶和七個女子大被同眠，除了公主掉了老婊子毛東珠之外，其餘六女此刻都在跟前。公主的兇蠻殊不下於毛東珠，但既不如她母親陰毒險辣，又年輕貌美得多。韋小寶暗自慶幸，這一下掉包大有道理，倘若此刻陪著自己的不是公主而是她母親，可不知如何是好了，說不定弄到後來，自己也要像老皇爺那樣，又到五台山去出家做和尚了，倘若非做和尚不可，這七個老婆是一定要帶去的。

眼見六女神色忸怩，自是人人想起了那晚的情景，他想：「那一晚黑暗之中，我亂攪一起，也弄不清是誰。阿珂和荃姊姊肚裏懷了我的孩子，那是兩個了，好像還有一個，可不知是誰，慢慢的總要問了出來。」笑吟吟的道：「咱們就算永遠住在這通吃島上，那也不寂寞啊。荃姊姊、公主、阿珂，你們三個肚子裏已有了我的孩兒，不知還有那一個，肚子裏是有了孩兒的？」

此言一出，方怡等四女的臉更加紅了。沐劍屏忙道：「我沒有，我沒有。」曾柔見韋小寶的眼光望向自己，便白了他一眼，說道：「沒有！」韋小寶道：「好雙兒，一定是咱們大功告成了。」雙兒一躍而起，躲入了屋角，說道：「不，不！」韋小寶對方怡笑道：「怡姊姊，你呢？你到麗春院時，肚皮裏塞了個枕頭，假裝大肚子，一定有先見之明。」方怡忍不住噗哧一聲，笑了出來，啐道：「死太監，我又沒跟你……怎麼會有……」

沐劍屏道：「是喲。師姊、曾姊姊、雙兒妹子和我四個，又沒跟你拜天地成親，怎麼會有孩子呢？小寶你壞死了，你跟荃姊姊、公主、阿珂姊姊幾時拜了天地，也不跟我說，又不請我喝喜酒。」在她想來，世上都是拜天地結了親，這才會生孩子。

眾人聽她說得天眞，都笑了起來。方怡一面笑，一面伸臂摟住了她腰，說道：「小師妹，那麼今兒晚上你就跟他拜天地做夫妻罷。」沐劍屏道：「不成的。這荒島上又沒花轎。我見做新娘子都要穿大紅衣裙，還要鳳冠霞帔，咱們可都沒有。」蘇荃笑道：「將就著一些，也不要緊的。咱們去採些花兒，編個花冠，就算是鳳冠了。」

韋小寶聽她們說笑，心下卻甚惶惑：「還有一個是誰？難道是阿琪？我記得抱著她走來走去，後來放著她坐在椅上，沒抱她上床。不過那晚妞兒們太多，我胡裏胡塗的抱了她上床可也說不定，倘若她肚子裏有了我的孩子，這小傢伙將來要做蒙古整個兒好的王子。啊喲，不好，難道是老婊子？如果是她，歸辛樹他們可連我的兒子也打死了。」

只聽沐劍屏道：「就算在這裏拜天地，那也是方師姊先拜。」方怡道：「不，你是郡主娘娘，當然是你先拜。」沐劍屏道：「我們是亡國之人，還講甚麼郡主不郡主。」方怡微笑道：「那麼雙兒妹子先跟他拜天地罷。你跟他的時候最久，一起出死入生的，患難之交，與衆不同。」雙兒紅著臉道：「你再說，我要走了。」說著奔向門口，卻讓方怡笑著抱住。蘇荃向韋小寶笑道：「小寶，你自己說罷。」

韋小寶道：「拜天地的事，慢慢再說。咱們明兒先得葬了師父。」

衆女一聽，登時肅然，沒想到此人竟然尊師重道，說出這樣一句禮義兼具的話來。

那知他下面的話卻又露出了本性：「你們七人，個個是我的親親好老婆，大家不分先後大小。以後每天晚上，你們都擲骰子賭輸贏，那一個贏了，那一個就陪我。」說著從懷裏取出那四顆骰子，吹一口氣，骨碌碌的擲在桌上。公主呸了聲，道：「你好香麼？那一個輸了才陪你。」韋小寶笑道：「對，對！好比猜拳行令，輸了的罰酒一杯。那一個先擲？」

這一晚荒島陋屋，春意融融，擲骰子誰贏誰輸，也不必細表。自今而後，韋家衆女擲骰子便成慣例。韋小寶本來和人擲骰賭博，賭的是金銀財寶，患得患失之際，樂趣盎然，但他作法自斃，此後自身成爲衆女的賭注，被迫置身局外，雖有溫柔之福，卻無賭博之樂了。可見花無常開，月有盈缺，世事原不能盡如人意。

次日八人直睡到日上三竿，這才起身。韋小寶率領七女，掩埋陳近南的遺體，眼見黃土蓋住了師父的身子，忍不住又放聲大哭。衆女一齊跪下，在墳前行禮。

公主心中甚是不願，暗想我是堂堂大清公主，怎能向你這反賊跪拜？然心下明白，自己雖是金枝玉葉，可是在韋小寶心目中，只怕地位反而最低，親厚不及雙兒、美貌不及阿珂、武功不及蘇荃、機巧不及方怡、天眞純善不及沐劍屏、溫柔斯文不及曾柔，差有一日之長者，只不過橫蠻潑辣而已，而所謂金枝玉葉，在這荒島的化外之地，全沒半點用處。倘若不拜這一拜，只怕韋小寶從此要另眼相看，在骰子中弄鬼作弊，每天晚上賭擲之時，令得自己場場大勝。當下委委屈屈的也跪了下去，心中祝告：「反賊啊反賊，我公主殿下拜了你這一拜，你沒福消受，到了陰世，只怕要多吃苦頭。」

眾人拜畢站起，轉過身來。方怡突然叫道：「啊喲，船呢？船到那裏去了？」

眾人聽她叫得驚惶，齊向海中望去，只見停泊著的那艘大船已不見了影蹤，無不大吃一驚，極目遠眺，唯見碧海無際，遠遠與藍天相接，海面上數十頭白鳥上下飛翔。蘇荃奔上懸崖，向島周瞭望，東南西北都不見大船的蹤跡。方怡奔向山洞，去查看收藏著的帆舵船具，不出所料，果然已不知去向。

眾人聚在一起，面面相覷，心下都不禁害怕。昨晚八人說笑玩鬧，直至深宵方睡，忘了輪值守夜，竟給船夫偷了船具，將船駛走，從此困於孤島，再也難以脫身。韋小寶想到施琅和鄭克塽定會帶兵前來復仇，自己八人如何抵敵？就算蘇荃、公主、阿珂趕緊生下三個孩兒，也不過十一人而已。

蘇荃安慰眾人：「事已如此，急也無用。咱們慢慢再想法子。」

回到屋中，眾人自是異口同聲的大罵船夫，但罵得個把時辰，也沒甚麼新鮮花樣罵出來了。蘇荃對韋小寶道：「眼下得防備清兵重來。小寶，你瞧怎麼辦？」韋小寶道：「清兵再來，人數定然不少，打是打不過的。咱們只有躲了起來，只盼他們一下子找不到，以爲咱們早乘船走了。」蘇荃點頭道：「這話很是。清兵決計猜不到我們的船會給人偷走。」韋小寶高興起來，說道：「倘若我是施琅，就不會再來。他料想我們當然立即腳底抹油，那有傻不哩嘰的呆在這裏，等他前來捉拿之理？」

公主道：「倘若他稟告了皇帝哥哥，皇帝哥哥就會派人來瞧瞧，就算我們已經逃了，也好尋些線索，瞧我們去了那裏。」韋小寶搖頭道：「施琅不會稟告皇上的。」公主瞪眼道：「爲甚麼？」韋小寶道：「他如稟告了，皇上自然就問：爲甚麼不將我們抓去。他只好承認打了敗仗，豈不是自討苦吃？」

蘇荃笑道：「很是，很是。小寶做官的本事高明。瞞上不瞞下，是做官的要緊訣竅。」韋小寶笑道：「荃姊姊倘若去做官，包你升大官，發大財。」蘇荃微微一笑，心想：「神龍教中那些人幹的花樣，還不是跟官場中差不多？」

韋小寶道：「施琅一說出來，皇上怪他沒用，那也罷了，必定還派他帶兵前來捉拿。施琅料想我們早已逃走，那裏還捉得著？這豈不是自己找自己麻煩？還不如悶聲大發財罷。」衆女一聽都覺有理，憂愁稍解。

公主道：「鄭克塽那小子呢？他這口氣只怕嚥不下去罷？」說著向阿珂望了一眼。衆人都知道她這話含意，那自是說：「這個如花似玉的阿珂，他怎肯放手，不帶兵來奪回去？」

阿珂滿臉通紅，低下了頭，說道：「他要是再來，我……我便自盡，決不跟他去。」語氣極是堅決。

韋小寶大喜，心想阿珂對自己向來無情，是自己使盡詭計，偷搶拐騙，才弄到了手，此刻聽了這句話，直比立刻弄到十艘大船還要歡喜，情不自禁，便一把抱住了她，在她臉上嗒的一聲，親了一下，說道：「好阿珂，他不敢來的，他還欠了我三百八十萬兩銀子。他有天大的膽子來見債主？」

公主道：「哎唷，好肉麻！他帶了兵來捉住了你，將借據搶了過去，又將阿珂奪了去，再將你的爹爹、媽媽、奶奶、外婆賣給你，一共七百六十萬兩銀子，割下你的指頭，叫你寫一張借據，算欠了他的。」

韋小寶越聽越惱，如這些事他能對付得了，也就不會生氣，但鄭克塽倘若如此這般，依樣葫蘆，將他的爹爹、媽媽、奶奶、外婆硬賣給他，媽媽倒也罷了，他爹爹是誰卻從來不知，不知爹爹是誰，自然更不知奶奶是誰，要將兩個連他自己也不知是誰的人賣給他，又坐地起價，漲了一倍，如何承受得落？他大怒之下，厲聲道：「別說了！鄭克塽這小子倘若領兵到來，我別的誰都不賣，就將一個天下最值錢的皇帝御妹賣給他，作價一千萬兩。他還要倒找我二百四十萬兩銀子！這筆生意倒做得過。」

公主哇的一聲，哭了出來，掩面而走。沐劍屏忙追上去安慰，說料想韋小寶決無此意，不過是嚇嚇她的，不必難過。

韋小寶發了一會脾氣，卻也束手無策。衆人只得聽著蘇荃指揮，在島中密林之內找到一個大山洞，打掃布置，作爲安身起居的所在，那茅屋再也不涉足一步，只盼施琅或鄭克塽重來之時，見島上人跡杳然，只道他們早已遠走，不來細加搜索。

初時各人還提心吊膽，日夜輪流向海面瞭望，過得數月，別說並無淸廷和臺灣的艦隻，連漁船也不見一艘，大家漸漸放下心來，料想施琅不敢多事，而鄭克塽坐了小艇，定是在大海中遇風浪沉沒了。八人在島上捕魚打獸，射鳥摘果，整日價忙忙碌碌，倒也太平無事。好在島上鳥獸不少，海中魚蝦極豐，八人均有武功，漁獵甚易，是以糧食無缺。

秋去冬來，天氣一日冷似一日。蘇荃、公主、阿珂三人的肚子也一日大似一日。方怡和雙兒忙著剝製獸皮，爲八人縫製冬衣，三個嬰兒的衣衫也一件件做了起來。又過得半月，忽然下起大雪來，只一日一夜之間，滿島都是皚皚白雪。八人早就有備，醃魚鹹肉、柴草乾果等物在洞中藏得甚是豐足，日常閒談，話題自是不離那三個即將出世的孩兒。

這一晚冬雪已止，北風甚勁，寒風不住從山洞板門中透進來。雙兒在火堆中加了乾柴，韋小寶取出骰子，讓衆女擲骰。五女擲過後，沐劍屏擲得三點最小，眼見她今晚是輸定了。曾柔笑道：「是劍屏妹子輸了，我不用擲啦。」沐劍屏笑道：「快擲，快擲！說不定你擲個兩點呢。」曾柔拿了骰子在手，學著韋小寶的模樣，向著掌中四粒骰子吹了一口氣，正要擲出，一陣北風吹來，風聲中隱隱似有人聲。

眾人登時變色。蘇荃本已睡倒，突然坐起，八人你瞧瞧我，我瞧瞧你，剎那間人人臉無血色。沐劍屏低呼一聲，將頭鑽入了方怡懷裏。

過得片刻，風聲中傳來一股巨大之極的呼聲，這次聽得甚是清楚，喊的是：「小桂子，小桂子，你在那裏？小玄子記掛著你哪！」

韋小寶跳起身來，顫聲道：「小……小玄子來找我了。」公主問道：「小玄子是誰？」韋小寶道：「是……是……」「小玄子」三字，只他一人知道是康熙，他從來沒跟誰說過，康熙自己更加不會讓人知道，忽然有人叫了起來，而聲音又如此響亮？他全身顫抖，只覺此事實在古怪之極，定是康熙死了，他的鬼魂記掛著自己，找到了通吃島來。霎時之間，不禁熱淚盈眶，從山洞中奔了出去，叫道：「小玄子，小玄子，你找我麼？小桂子在這裏！」

只聽那聲音又叫：「小桂子，小桂子，你在那裏？小玄子記掛著你哪！」聲音之巨，直不似出自一人之口，倒如是千百人齊聲呼叫一般，但千百人同呼，不能喊得這般整齊，而一人呼叫，任他內力如何高強，也決不能這般聲若雷震，那定是康熙的鬼魂了。

韋小寶心中難過已極，眼淚奪眶而出，心想小玄子對我果然義氣深重，死了之後，鬼魂還來找我。他平日十分怕鬼，這時卻說甚麼也要和小玄子的鬼魂會上一面，當下發足飛奔，直向聲音來處奔去，叫道：「小玄子，你別走，小桂子在這裏！」滿地冰雪，溜滑異常，他連摔了兩個觔斗，爬起來又跑。

轉過山坡，只見沙灘邊火光點點，密若繁星，數百人手執燈籠火把，整整齊齊的排著。韋小寶大吃一驚，叫道：「啊喲！」轉身便逃。

人叢中搶出一人，叫道：「韋都統，這可找到你啦！」韋小寶跨出兩步，便已明白眼下情勢，自己蹤跡既已給人發見，對方數百人搜將過來，在這小小的通吃島上決計躲藏不了，聽那人聲音似乎有些熟悉，當即停步，硬著頭皮，緩緩轉過身來。

那人叫道：「韋都統，大夥兒都想念你得緊。謝天謝地，終於找著你了。」聲音中充滿喜悅不勝之情。那人手執火把，高高舉起，快步過來，走到臨近，認出原來是王進寶。

韋小寶和故人相逢，也是一陣歡喜，想起那日在北京郊外，他奉旨前來捉拿，卻故意裝作不見，拚著前程和性命不要，放走了自己，的是義氣深重，今日是他帶隊，縱有凶險，也有商量餘地，當下微笑道：「王三哥，你的計策妙得很啊，可騙了我出來。」

王進寶抛擲火把在地，躬身說道：「屬下決計不敢相欺，實不知都統是在島上。」韋小寶微笑道：「這是皇上御授的錦囊妙計，是不是？」王進寶道：「那日皇上得知都統避到了海外，便派屬下乘了三艘海船，奉了聖旨，一個個小島挨次尋來。上島之後，便依照皇上的聖旨，這般呼喊。」

這時雙兒、蘇荃、沐劍屏都已趕到，站在韋小寶身後，又過一會，方怡、公主、阿珂、曾柔四人也都到了。韋小寶回頭向公主道：「你皇帝哥哥本事眞好，終於找到咱們啦。」

王進寶認出了公主，跪下行禮。公主道：「皇上派你來抓我們去北京嗎？」王進寶忙道：「不，不是。皇上只派小將出海來尋訪韋都統，小將不知公主殿下也在這裏。」公主低頭瞧了一眼自己凸起的大肚子，臉上一陣紅暈。

王進寶向韋小寶道：「屬下是四個多月前出海的，已上了八十多個小島呼喊尋訪，今晚終於得和都統相遇，實在歡喜得緊。」韋小寶微笑道：「我是犯了大罪之人，早就不是你上司了，這都統、屬下的稱呼，咱們還是免了罷。」王進寶道：「皇上的意思，都統聽了宣讀聖旨之後，自然明白。」轉身向人羣招了招手，說道：「溫公公，請你過來。」

人羣中走出一個人來，一身太監服色，卻是韋小寶的老相識，上書房的太監溫有方。他走近身來，朗聲道：「有聖旨。」

溫有方是韋小寶初進宮時的賭友，擲骰子不會作弊，是個「羊牯」，已不知欠了他多少銀子。韋小寶青雲直上之後，每次見到，總還是百兒八十的打賞。韋小寶聽得「有聖旨」三字，當即跪下。溫有方道：「這是密旨，旁人退開。」

王進寶一聽，當即遠遠退開。蘇荃等跟著也退了開去。公主卻道：「皇帝哥哥的聖旨，我也聽不得嗎？」溫有方道：「皇上吩咐的，這是密旨，只能說給韋小寶一人知道，倘若洩漏了一字半句，奴才滿門抄斬。」公主哼了一聲，道：「這麼厲害！你就滿門抄斬好了。」料想自己在旁，他決不肯頒旨，只得退了開去。

溫有方從身邊取出兩個黃紙封套，韋小寶當即跪下，說道：「奴才韋小寶接旨。」溫有方道：「皇上吩咐，這一次要你站著接旨，不許跪拜磕頭，也不許自稱奴才。」

韋小寶大是奇怪，問道：「那是甚麼道理？」溫有方道：「皇上這麼吩咐了，我就跟你這麼說，到底是甚麼道理，你見到皇上時自己請問罷。」韋小寶只得朗聲道：「是，謝皇上恩典。」站起身來。溫有方將一個黃紙封套遞了給他，說道：「你拆來瞧罷。」韋小寶雙手接過，拆開封套，抽出一張黃紙來。溫有方左手提起燈籠，照著黃紙。

韋小寶見紙上畫了六幅圖畫。第一幅畫的是兩個小孩滾在地下扭打，正是自己和康熙當年摔角比武的情形。第二幅圖畫是衆小孩捉拿鰲拜，鰲拜撲向康熙，韋小寶刀刺鰲拜。第三幅畫著一個小和尚背負一個老和尚飛步奔逃，後面有六七名喇嘛持刀追趕，那是他在清涼寺相救老皇爺的情狀。第四幅白衣尼凌空下撲，挺劍行刺康熙，韋小寶擋在他身前，代受了一劍。第五幅畫的是韋小寶在慈寧宮寢殿中將假太后踏在地下，從床上扶起眞太后。第六幅畫的是韋小寶和一個羅刹女子、一個蒙古王子、一個老喇嘛，一齊揪住一個老將軍的辮子，瞧那老將軍的服色，正是平西親王，自是說韋小寶用計散去吳三桂的三路盟軍。

康熙雅擅丹青，六幅畫繪得甚爲生動，只吳三桂、葛爾丹王子、桑結喇嘛、蘇菲亞公主四人他沒見過，相貌不像，其餘人物卻個個神似，尤其韋小寶一幅憊懶頑皮的模樣，更加維妙維肖。六幅畫上沒寫一個字，韋小寶自然明白，那是自己所立的六件大功。和康熙玩鬧比武本來算不得是甚麼功勞，但康熙心中卻念念不忘。至於砲轟神龍教、擒獲假太后、捉拿吳應熊等功勞，相較之下便不足道了。

韋小寶只看得怔怔發呆，不禁流下淚來，心想：「他費了這麼多功夫畫這六幅圖畫，記著我的功勞，那麼心裏是不怪我了。」

溫有方等了好一會，說道：「你瞧淸楚了嗎？」韋小寶道：「是。」溫有方拆開第二個黃紙封套，道：「宣讀皇上密旨。」取出一張紙來，讀道：

「小桂子，他媽的，你到那裏去了？我想念你得緊，你這臭傢伙無情無義，可忘了老子嗎？」

韋小寶喃喃的道：「我沒有，眞的沒有。」中國自三皇五帝以來，皇帝聖旨中用到「他媽的」三字，而皇帝又自稱爲「老子」，看來康熙這道密旨非但空前，抑且絕後了。

溫有方頓了一頓，又讀道：

「你不聽我話，不肯去殺你師父，又拐帶了建寧公主逃走，他媽的，你這不是叫我做你的便宜大舅子嗎？不過你功勞很大，對我又忠心，有甚麼罪，我都饒了你。我就要大婚啦，你不來喝喜酒，老子實在不快活。我跟你說，你乖乖的投降，立刻到北京來，我已給你另外起了一座伯爵府，比先前的還要大得多……」

韋小寶心花怒放，大聲道：「好，好！我立刻就來喝喜酒。」

溫有方繼續讀道：

「咱們話兒說在前頭，從今以後，你如再不聽話，我非砍你的腦袋不可了，你可別說我騙了你到北京，又來殺你，不夠義氣。你姓陳的師父已經死了，天地會跟你再沒甚麼干係，你出點力氣，把天地會給好好滅了。我再派你去打吳三桂。建寧公主就給你做老婆。日後封公封王，升官發財，有得你樂子的。小玄子是你的好朋友，又是你師父，烏生魚湯，說過的話死馬難追，你給我快快滾回來罷！」

溫有方讀完密旨，問道：「你都聽明白了？」韋小寶道：「是，都聽明白了。」溫有方將密旨伸入燈籠，在蠟燭上點燃了，取出來燒成了一團灰燼。韋小寶瞧著那道密旨著火後燒成火燄，又火滅成灰，心中思潮起伏，蹲下身來，撥弄那堆灰燼。

溫有方滿臉堆笑，請了個安，笑道：「韋大人，皇上對你的寵愛，那眞是沒得說的。小的今後全仗你提拔了。」

韋小寶黯然搖頭，尋思：「他要我去滅天地會。這件事可太也對不起朋友。要是我這種事也幹，豈不是跟吳三桂、風際中一般無異，也成了大漢奸、烏龜王八蛋？小玄子這碗飯，可不是容易吃的。這一次他饒了我不殺，話兒卻說得明明白白，下一次可一定不饒了。但我如不肯回去，不知他又怎樣對付我？」問道：「我要是不回北京，皇上要怎樣？叫你們抓我回去，還是殺了我？」

溫有方滿臉詫異之色，說道：「韋大人不奉旨？那……那有這等事？這……這不是……唉，違旨的事，那是說也說不得的。」

韋小寶道：「你跟我說老實話，我要是不奉旨，那就怎樣？」溫有方搔了搔頭，說道：「皇上只吩咐小的辦兩件事，一件是將一道密旨交給韋大人，另一件是待韋大人看了第一道密旨之後，再拆閱另一道密旨宣讀。這密旨裏說的甚麼話，小的半點不懂。其餘的事，那更加不明白了。」

韋小寶點點頭，走到王進寶身前，說道：「王三哥，皇上的密旨，是要我回京辦事，可是……可是你瞧，公主的肚子大得很了，我當眞走不開。要是不奉旨回京，皇上要你怎樣對付我？」心想：「先得聽聽對方的價錢。倘若說是格殺勿論，我就投降，否則的話，不妨討價還價。」

王進寶道：「皇上只差屬下到各處海島尋訪韋都統，尋到之後，自有溫公公宣讀密旨。以後的事，屬下自然一切聽憑韋都統差遣。」

韋小寶大喜，道：「皇上沒叫你捉我、殺我？」王進寶忙道：「沒有，沒有，那有此事？皇上對韋都統看重得很。韋都統一進京，定然便有大用，不做尚書，也做大將軍。」韋小寶道：「王三哥，不瞞你說，皇上要我回京，帶人去滅了天地會。我是天地會的香主，這等殺害朋友的事，是萬萬幹不得。」

王進寶為人極講義氣，對韋小寶之事也早已十分清楚，聽他這麼說，不禁連連點頭，心想為了升官發財而出賣朋友，那可豬狗不如。

韋小寶又道：「皇上待我恩重如山，可是吩咐下來的這件事，我偏偏辦不了。我不敢去見皇上的面，只好來世做牛做馬，報答皇上的大恩了。你見到皇上，請你將我的為難之處，分說分說。本來嘛，忠義不能兩全，做戲是該當自殺報主，雖然割脖子痛得要命，我無可奈何，也只好盡忠報國了。」

王進寶將心比心，自己倘若遇此難題，也只有出之以自殺一途，既報君皇知遇之恩，亦不負朋友相交之義，急忙勸道：「韋都統不可出此下策，咱們慢慢想法子。待屬下將都統這番苦衷回稟皇上。張提督、趙總兵、孫副將和屬下幾個，這幾個月來都立了些功勞，很得皇上看重，大夥兒拚著前程不要，無論如何要為韋都統磕頭求情。」

韋小寶見他一副氣急敗壞的模樣，心中暗暗好笑：「要韋小寶自殺，那真是日頭從西天出了。別說自殺，老子就割自己一個小指頭兒也不會幹。再說，小玄子要殺我就殺，要饒我就饒，他自己可不知道多有主意，憑你們幾個人磕幾個響頭，又管甚麼用？」但見他義氣深重，心下也自感激，握住了他手，說道：「旣是如此，就煩王三哥奏告皇上，說韋小寶左右爲難，橫劍自刎，幸蒙你搶救，才得不死。」

王進寶道：「是，是！」心想溫太監就在旁邊，一切親眼目睹，如此欺君，只怕要拆穿西洋鏡，不由得露出爲難之色。韋小寶哈哈大笑，說道：「王三哥不必當眞，我是說笑呢。皇上深知韋小寶的爲人，自殺是挺怕痛的。你一切據實回奏罷。」王進寶這才放心。

韋小寶心想倘若坐他船隻回歸中原，再逃之夭夭，皇上定要降罪，多半會殺了他頭，自己如出言求懇，他在勢不能拒絕，可是那未免太對不起人了，說道：「咱們正事說完啦。王三哥，兄弟在這荒島上，很久沒賭錢了，實在沒趣之極，咱們來擲兩把怎樣？」

王進寶大喜，他賭性之重，絕不下於韋小寶，當沒有對手之時，往往左手和右手賭，當下連聲稱好，迫不及待，命手下兵士搬過一塊平整的大石，六名兵士高舉燈籠在旁照著，呼么喝六，便和韋小寶賭了起來。不久溫有方，以及幾名參將、游擊也加入一起擲骰，圍在大石旁的越來越多。

沐劍屛看得疑竇滿腹，悄悄問方怡道：「師姊，他們爲甚麼擲骰子？難道輸了的便……便……可是他們都是男人啊。」方怡噗哧一聲，笑了出來，低聲道：「那個輸了，那個便來陪你。」沐劍屛雖不明世務，卻也知決無此事，伸手到方怡胳窩裏呵癢，二女笑成一團。

一場賭博，直到天明方罷。韋小寶面前銀子堆了高高的三堆，一來手氣甚旺，二來大出花樣，衆官兵十個中倒有九個輸了。韋小寶興高采烈，一轉頭間，見公主、阿珂、沐劍屏三女已倚在石上睡著了，蘇荃、方怡、雙兒、曾柔四人睡眼惺忪，強自支撐著在旁相陪，不由得心感歉仄，將面前三大堆銀子一推，說道：「王三哥，這裏幾千兩銀子，請你代爲賞了給衆兄弟罷。各位來到荒島之上，沒甚麼款待的，實在不好意思。」

衆官兵本已輸得個個臉如土色，一聽之下，登時歡聲雷動，齊聲道謝。王進寶吩咐官兵划了小艇回船，將船上的米糧、豬羊、好酒、藥物，以及碗筷、桌椅、鍋鑊、菜刀等物一艇艇的搬上島來。又指揮官兵在林中搭了幾大間茅屋。人多好辦事，幾百名官兵落力動手，數日之間，通吃島上諸事燦然齊備，這才和韋小寶別過。

溫有方臨別之時，才知這島名叫通吃島，不由得連連跺腳嘆氣，說道早知如此，定要請韋小寶讓他推幾鋪莊，在通吃島上做閒家打莊，豈有不給通吃之理？

過得十餘日，公主先產下一女。過了幾天，阿珂產下一子。後來蘇荃又生下一子。公主見人家生的都是兒子，自己卻偏偏生了個女兒，心中生氣，連哭了幾日。韋小寶不住安慰，說自己只喜歡女兒，不愛兒子，這才哄得她破涕爲笑。

三個嬰兒倒有七個母親，雖然人人並無育嬰經驗，七手八腳，不免笑話百出，但三個嬰兒倒也都甚壯健活潑。三兒滿月後，衆女恭請韋小寶題名。韋小寶笑道：「我瞎字不識，要我給兒子、姑娘取名字，可爲難得很了。這樣罷，咱們來擲骰子，擲到甚麼，便是甚麼。」

當下拿起兩粒骰子，口中唸唸有詞：「賭神菩薩保祐，給取三個好聽點兒的名字。先是兒子，再是閨女。第一個！」擲了下去，一粒六點，一粒五點，是個「虎頭」。韋小寶笑道：「阿二的名字不錯，叫作韋虎頭。」第二次擲了個一點和六點，湊成個「銅鎚么六」，老三叫作「韋銅鎚」。

第三把是給女兒取名，擲下去，第一粒骰子滾出兩點，第二粒骰子轉個不停，終於也是個兩點，湊成一張「板凳」。韋小寶一怔之下，哈哈大笑，說道：「咱們大姑娘的名字可古怪了，叫作『韋板凳』！」衆女無不愕然。

公主怒道：「難聽死了！好好的閨女，怎能叫甚麼板凳、板凳的，快另擲一個。」

韋小寶道：「賭神菩薩給取的名字，怎能隨便亂改？」將女嬰抱了過來，在她臉上嗒的一聲，親了個吻，笑道：「韋板凳親親小寶貝兒，這名字挺美啊。」

公主怒道：「不行，不行！說甚麼也不能叫板凳。孩子是我生的，這樣難聽的名字，我可不要。」韋小寶道：「哼，孩子是你生的，你一個人生得出嗎？」公主搶過骰子，說道：「我來擲，擲了甚麼，就叫甚麼。」韋小寶無奈，只得由她，說道：「好罷，這一次可不許賴！倘若也擲了虎頭、銅鎚呢？」公主道：「跟她弟弟一樣，也叫虎頭、銅鎚好了。」把骰子在掌中不住搖動，說道：「賭神菩薩，你如不給我閨女取個好聽名兒，我砸爛了你這兩粒臭骰子。」

一把擲下，兩粒骰子滾了幾滾，定將下來，天下事竟有這般巧，居然又都是兩點，仍是一張「板凳」。公主目瞪口呆之餘，哇的一聲，大哭起來。

衆人又驚訝，又好笑。蘇荃笑道：「妹子你別著急！兩點是雙，兩個兩點是雙雙。咱們閨女叫作『韋雙雙』，你瞧好不好呢？」公主破涕爲笑，登時樂了，笑道：「好，好！這名字挺有趣的，跟雙兒妹子差不多。」雙兒也很歡喜，將韋雙雙接過去抱在懷裏，著實親熱。沐劍屏笑道：「雙兒妹子，你這樣愛她，快餵她吃奶呀。」雙兒紅著臉啐了一口，道：「還是你餵！」伸手去解她衣扣。沐劍屏急忙逃走。衆女笑成一團。

通吃島上添了三個嬰兒，日子過得更加熱鬧。自從王進寶送了大批糧食用具之後，諸物豐足，不必日日漁獵，只興之所至，想吃些新鮮魚蝦野味，才去動手。初時大家也還躭心康熙呼召韋小寶不至，天威不測，或有後患，但過得數月，一無消息，也就漸漸不將這事放在心上了。

到得這年夏天，王進寶忽又率領大船數艘到來，宣讀聖旨。這次的聖旨卻駢四驪六，文辭深奧。韋小寶一句不懂，全仗蘇荃解說。

原來康熙於前事一句不提，卻派了一名參將，率兵五百，駐島保護公主。此外還有十六名男僕、八名女僕、八名丫環，諸般用具、食物，滿滿的裝了三大船。

韋小寶暗暗發愁：「小玄子賞了我這許多東西，只怕是要叫我在這通吃島上長住一世了。」他生性好動，島上歲月雖無憂無慮，又有七個如花似玉的夫人相伴，可是太平日子過得久了，委實乏味無聊，有時回思往事，反覺在麗春院中給人揪住了小辮子又打又罵，來得精神爽利。

這年十二月間，康熙差了趙良棟前來頒旨，皇帝立次子允礽爲皇太子，大赦天下，韋小寶晉爵一級，封爲二等通吃伯。

韋小寶設宴請趙良棟吃酒，席上趙良棟說起討伐吳三桂的戰事，說道吳三桂兵將厲害，王師諸處失利。韋小寶道：「趙二哥，請你回去奏知皇上，說我在這裏實在悶得無聊，還是請皇上派我去打吳三桂這老小子罷。」趙良棟道：「皇上早料到爵爺忠君愛國，得知吳逆猖獗，定要請纓上陣。皇上說道，韋小寶想去打吳三桂，那也可以，不過他先得給我滅了天地會。否則的話，還是在通吃島上釣魚捉烏龜罷。」

韋小寶眼圈紅了，險些哭了出來。

趙良棟道：「皇上說，從前漢朝漢光武年輕的時候，有個好朋友叫做嚴子陵。漢光武做了皇帝之後，這嚴子陵不肯做大官，卻在富春江上釣魚。皇上又說，從前周文王的大臣姜太公，也在渭水之濱釣魚。周文王、漢光武都是古時候的好皇帝，可見凡是好皇帝，總得有個大官釣魚。皇上說道，皇上要做鳥生魚湯，倘若韋爵爺不給他捉鳥釣魚，皇上怎做得成鳥生魚湯呢？韋爵爺，屬下是粗人，爲甚麼皇上要派爵爺在這裏捉鳥釣魚，實在不大明白。不過皇上英明得很，想來其中必有極大的道理。」

韋小寶道：「是，是！」只有苦笑。明知康熙是開自己的玩笑，看來自己如不答允去滅天地會，皇帝是要自己在這裏釣一輩子的魚了。這五百名官兵說是在保護公主，其實是獄官獄卒，嚴加監視，不許自己離島一步。他越想越悲苦，一席酒筵草草終場，竟然酒後賭錢也不賭了，回到房中，怔怔的掉下淚來。

七位夫人見韋小寶哭泣，都感驚訝，齊來慰問。他將康熙這番話說了。公主怒道：「是啊！皇帝哥哥眞要升你的官爵，從三等伯升爲二等伯就是了，那有甚麼『二等通吃伯』的道理。咱們大清只有昭信伯、威毅伯，要不然是襄勤伯、承恩伯，你本來是三等忠勇伯，那就挺好，這『通吃伯』三字，明明是取笑人。他……他……一點也不把我放在心上。」

韋小寶道：「通吃伯倒也沒甚麼，這通吃島的名字是我自己取的，也不能怪皇上。我是通吃島島主，自然是通吃伯了，總比『通賠伯』好得多。荃姊姊，你怎生想個法子，咱們逃回中原去，我……我實在想念我媽媽。」

蘇荃搖頭道：「這件事可實在難辦，只有慢慢等機會罷。」

韋小寶拿起茶碗，嗆啷一聲，在地下摔得粉碎，怒道：「你就是不肯想法子，好，我將來一個人悄悄溜了，大家可別怪我。我……我……我寧可去麗春院提大茶壺做王八，也不做這他媽的通吃伯，這可把人悶都悶死了。」

蘇荃也不生氣，微笑道：「小寶，你別著急，總有一天，皇上會派你去辦事。」

韋小寶大喜，站起來深深一揖，道：「好姊姊，我跟你賠不是了。快說，皇上會派我去辦甚麼事？只要不是打天地會，我……我甚麼事都幹。」

公主道：「皇帝哥哥要是派你去倒便壺、洗馬桶呢？」韋小寶怒道：「我也幹。不過天天派你代做。」公主見他脾氣很大，不敢再說。

沐劍屏道：「荃姊姊，你快說，小寶當真著急得很了。」

蘇荃沉吟道：「做甚麼，我是不知道。但推想皇帝的心思，總有一日會叫你去北京的。他在逼你投降，要你答允去滅天地會。你一天不答允，他就一天跟你耗著。小寶，你要做英雄好漢，要顧全朋友義氣，這一點兒苦頭總是要吃的。又要做英雄，又想聽粉頭唱〈十八摸〉，這英雄可也太易做了。」

韋小寶一想倒也有理，站起身來，笑道：「我又做英雄，自己又唱〈十八摸〉，這總可以了罷？」跟著便唱了起來：「一呀摸，二呀摸，摸到荃姊姊的臉蛋邊，荃姊姊的臉蛋白得發銀光，韋小寶花差花差哉……」伸手向蘇荃臉上摸去。衆人嘻笑聲中，一場小風波消於無形。

此後日復一日，年復一年，韋小寶和七女便在通吃島上躭了下去。每年臘月，康熙必派人前來頒賞，賞賜韋小寶的水晶骰子、翠翡牌九、諸般鑲金嵌玉的賭具不計其數。幸好通吃島上多了五百名官兵，韋小寶倒也不乏賭錢的對手。

這一年孫思克到來頒賞。韋小寶見他頭戴紅寶石頂子，穿的是從一品武官的服色，知是升了提督，忙向他恭喜：「孫四哥，恭喜你又升了官啦！」

孫思克滿臉笑容，向他請安行禮，說道：「那都是皇上恩典，韋爵爺的栽培提拔。」開讀聖旨，卻原來是朝廷平定三藩，雲南平西王吳三桂、廣東平南王尙之信、福建靖南王耿精忠先後削平。康熙論功行賞，以二等通吃伯韋小寶舉薦大將，建立殊勛，甚可嘉尙，特晉爵爲一等通吃伯，蔭長子韋虎頭爲雲騎尉。韋小寶謝恩畢，收了康熙所賞的諸般賜物，其中竟有一座大理石屏風，便是當年在吳三桂五華宮的書房中所見，是吳三桂的三寶之一。張勇、趙良棟、王進寶、孫思克等也各有厚禮。

當晚筵席之上，孫思克說起平定吳三桂的經過。原來張勇在甘肅、寧夏一帶大破吳三桂大軍，屢立大功，現下已封了一等侯，加少傅，兼太子太保，官爵已在韋小寶之上。孫思克說張侯爺當年給歸辛樹打了一掌之後，始終不能復原，騎不得馬，也不能站立，打仗時總是坐在轎子中指揮大軍。韋小寶嘖嘖稱奇，說道：「抬轎子的可也得是勇士才行，否則張老哥大叫衝鋒，四名轎夫卻給他來個向後轉，豈不糟糕？」孫思克道：「是啊。張侯爺臨陣之時，轎子後面一定跟著刀斧手，抬轎的倘若向後轉，大刀斧頭就砍將下來了。」

孫思克又說到趙良棟如何取陽平關、定漢中、克成都、攻下昆明，功勞甚大，皇上封他為勇略將軍、兼雲貴總督、加兵部尚書銜。王進寶和他自己，也各因力戰而升為提督。

韋小寶見他說得眉飛色舞，自己不得躬逢其盛，不由得怏怏不樂，但想四個好朋友都立大功、封大官，又好生代他們歡喜。

孫思克道：「我們幾個人常說，這幾年打仗，打得十分痛快，飲水思源，全仗皇上知遇之恩，韋爵爺舉薦之德，倘若韋爵爺做平西大元帥，帶著我們四人打吳三桂，那才十全十美了。趙二哥和王三哥常常吵架，吵到了皇上御前，連張大哥也壓他們不下。皇上幾次提到韋爵爺，說如此吵架，怎對得起你，他們兩個才不敢再吵。」

韋小寶微笑道：「他二人本來一見面就吵架，怎麼做了大將軍之後，這脾氣還不改？」孫思克道：「可不是嗎？兩個人分別上奏章，你說我的不是，我說你的不是。幸好皇上寬宏大量，概不追究，否則的話，只怕兩個都要落個處分呢。」

韋小寶道：「吳三桂那老小子怎麼了？你有沒有揪住他辮子，踢他媽的幾腳？」孫思克搖頭道：「這老小子的運氣也眞好……」韋小寶驚道：「給他逃走了？」孫思克道：「那倒不是。他到處吃敗仗，佔了的地方一處處失掉，眼看支持不住了，就想在臨死之前過一下皇帝癮，於是穿起黃袍，身登大寶，定都衡州。咱們聽得他做了皇帝，更加唏哩嘩啦的狠打，他幾個大敗仗一吃，又驚又氣，就嗚呼哀哉了。」韋小寶道：「原來如此。倒便宜了這老小子。」孫思克道：「吳逆死後，他部下諸將擁立他孫子吳世璠繼位，退到昆明。趙二哥打到昆明，把吳逆的大將夏國相、馬寶他們都抓來斬了。吳世璠自殺，天下就太平了。」

韋小寶道：「昆明有一件國寶，卻不知怎樣了？」孫思克道：「甚麼國寶？屬下倒沒聽說過。」韋小寶道：「那是件活國寶，便是天下第一美人陳圓圓了。」孫思克笑道：「原來是陳圓圓，可沒聽到她的下落。不知是在亂軍中死了呢，還是逃走了。」韋小寶連稱：「可惜，可惜！」心想：「阿珂是我老婆，陳圓圓是我貨眞價實的岳母大人。趙二哥要是俘虜了她，知道是我岳母，自然要送到通吃島來，讓她和阿珂母女團聚。她母女團聚也不打緊，我們岳母女婿團聚，可大大的不同。別的不說，單是聽她聽她彈起琵琶，唱唱圓圓曲、方方歌，當眞非同小可。丈母娘通吃是不能吃的，不過『女婿看丈母，饞涎吞落肚』，那總可以罷？」

宴後回到內堂，向七位夫人說起。阿珂聽說母親不知所蹤，雖然她自幼為九難盜去，不在母親身邊，但母女親情，不免也感傷心。

韋小寶勸阿珂不必躭心，說她母親不論到了甚麼地方，那「百勝刀王」胡逸之一定隨侍在側，寸步不離，說道：「阿珂，這胡大哥的武功高得了不得，你是親眼見過的了，要保護你母親一人，那是易如反掌。」阿珂心想倒也不錯，愁眉稍展。

韋小寶忽然一拍桌子，叫道：「啊喲，不好！」阿珂驚問：「甚麼？你說我娘有危險麼？」韋小寶道：「你娘倒沒危險，我卻有大大的危險。」阿珂奇道：「怎麼危險到你身上了？」韋小寶道：「胡大哥跟我八拜之交，是結義兄弟。倘若他在兵荒馬亂之中，卻跟你娘摟摟抱抱，勾勾搭搭，可不是做了我岳父嗎？這輩份是一塌胡塗了。」阿珂啐了一口，白眼道：「這位胡伯伯是最規矩老實不過的，你道天下男子都像你這般，見了女人便摟摟抱抱、勾勾搭搭嗎？」

韋小寶笑道：「來來來，咱們來摟摟抱抱、勾勾搭搭！」說著張臂向她抱去。

韋小寶升為「一等通吃伯」之後，島上廚子、侍僕、婢女又多了數十人。韋虎頭身在襁褓之中，便有了「雲騎尉」的封爵。荒島生涯，竟也是錦衣玉食，榮華富貴，只不過太也安逸無聊，韋小寶千方百計想要惹事生非，搞些古怪出來，須知不作荒唐之事，何以遺有涯之生？只可惜七位夫人個個一本正經，日日夜夜，看管甚緊，連公主這等素愛胡鬧之人，也不肯追隨他興風作浪，這位一等通吃伯縛手縛腳，只有廢然長嘆。

想起孫思克所說征討吳三桂大小諸場戰事，有時驚險百出，有時痛快淋漓，自己卻置身事外，不能去大顯身手，實是遺憾之極；自己若在戰陣之中，決不能讓吳三桂如此一死了之，定會想個法子，將他活捉了來，關入囚籠，從湖南衡州一路遊到北京，看一看收銀子五錢，向他吐一口唾沫收銀子一兩，小孩減半，美女免費。天下百姓恨這大漢奸切骨，我韋小寶豈有不花差不差哉？

吳三桂已平，仗是沒得打的了，但天下除打仗之外，好玩之事甚多，只要到了人多之處，自有生發熱鬧，總而言之，須得先離開通吃島；但七個夫人、兩個兒子、一個女兒，寸步不離的跟著，便如是十塊大石頭吊在頸中，要想一齊偷偷離開通吃島，委實難之又難，不如撇下這十個人，自己想法子溜了罷。好在這幾年來，七位夫人倒沒多添子女，負擔幸沒加重。自從送走孫思克後，每日裏就在盤算。有時坐在大石上垂釣，想像坐在大海龜背上，乘風破浪，悠然而赴中原，不亦快哉？

這一日將近中秋，天時仍頗炎熱，韋小寶釣了一會魚，心情煩躁，倚在石上正要矇矓入睡，忽聽得有聲音說道：「啓稟韋爵爺：海龍王有請！」

韋小寶大奇，凝神看時，只見海中浮起一頭大海龜，昂起了頭，口吐人言：「東海龍王他老人家在水晶宮中寂寞無聊，特遣小將前來恭請韋爵爺赴宴，宴後豪賭一場。海龍王以紅珊瑚、夜明珠下注，陸上銀票一概通用。」韋小寶大喜，叫道：「妙極、妙極！這位高鄰如此客氣，自然是要奉陪的。」那大龜道：「水晶宮中有一部戲班子，擅做〈羣英會〉、〈定軍山〉、〈鍾馗嫁妹〉、〈白水灘〉諸般好戲。有說書先生擅說《大明英烈傳》、《水滸傳》諸般大書。又有無數歌女，各種時新小調，〈嘆五更〉、〈十八摸〉、〈四季相思〉無一不會。海龍王的七位公主個個花容月貌，久慕韋爵爺風流倜儻，都盼一見。」

韋小寶只聽得心癢難搔，連稱：「好，好，好！咱們這就去罷。」那大龜道：「就請爵爺坐在小的背上，擺駕水晶宮去者。」

韋小寶縱身一躍，坐上大龜之背。那大龜分開海波，穩穩游到了水晶宮。東海龍王親自在宮外迎接，攜手入宮。南海龍王已在宮中相候。

歡宴之間，又有客人絡繹到來，有豬八戒和牛魔王兩個妖精，張飛、李逵、牛皋、程咬金四位大將，紂王、楚霸王，隋煬帝、明正德四位皇帝。這四帝、四將、一豬一牛二龍四位神魔，個個都是古往今來、天上地下兼海底最胡塗的大羊牯。

宴後開賭，韋小寶做莊，隨手抓牌，連連作弊，每副牌不是至尊寶，就是天一對，只贏得那十二人哇哇大叫，金銀財寶輸得都堆在韋小寶身前，最後連紂王的妲己、楚霸王的虞姬、正德皇帝的李鳳姐，以及豬八戒的釘扒、張飛的丈八蛇矛也都贏了過來。

待得將李逵的兩把板斧也贏過來時，李逵賭性不好，一張黑臉只惱得黑裏泛紅，大喝一聲：「賊廝鳥，做人見好就該收了。你贏了人家婆娘，也不打緊，卻連老子的吃飯傢伙也贏了去，太也沒有義氣。」一把抓住韋小寶胸口，提起醋缽大的拳頭，打將下來，砰的一聲，打在他耳朵之上，只震得他耳中嗡嗡作響。

韋小寶大叫一聲，雙手一提，一根釣絲甩了起來，釣魚鉤鉤在他後領之中，猛扯之下，魚鉤入肉，全身跟著跳起。

霎時之間，甚麼李逵、張飛、海龍王全都不知去向，待得驚覺是南柯一夢，卻又聽得砰的一聲大響，起自海上。